Éloges pour

D1194767

Lauréat du N~~........~~ ~~~~~~~~ ~~~~~ ~~~~~
Award de 2008 pour un ouvrage de fiction
destiné aux jeunes adultes.
Candidat au Esther Glen Award de 2008.

« L'œuvre d'un conteur qui manie la plume avec
une aisance déconcertante […] *Le sel* est un
roman aussi brutal qu'inspirant. »
— Bernard Beckett

« Habile, tout en subtilité, en ingéniosité, Maurice
Gee est un vrai magicien. Nous sommes aussitôt
captivés par le monde désarmant et cru qu'il nous
propose sans aucune concession. »
— Michael Pryor

« Un soir, je me suis mis à lire *Le sel*, ce nouvel
ouvrage fantastique pour jeunes adultes de Maurice
Gee… et jamais je n'ai pu m'arrêter. Par la force de sa
prose incisive et rythmée, par les idées fondamen-
tales qu'il exprime en toute simplicité […], l'auteur
nous présente le meilleur livre fantastique de
sa longue carrière. »
— *Listener*

LE SEL

Éditeur : François Doucet

Traduction : Mathieu Fleury

Révision linguistique : Féminin pluriel

Correction d'épreuves : Nancy Coulombe, Carine Paradis

Conception de la couverture : Mathieu C. Dandurand

Photo de la couverture : © Thinkstock

Mise en pages : Sébastien Michaud

ISBN papier 978-2-89667-737-5

ISBN PDF numérique 978-2-89683-755-7

ISBN ePub 978-2-89683-756-4

Première impression : 2012

Dépôt légal : 2012

Bibliothèque et Archives nationales du Québec

Bibliothèque Nationale du Canada

Éditions AdA Inc.

1385, boul. Lionel-Boulet

Varennes, Québec, Canada, J3X 1P7

Téléphone : 450-929-0296

Télécopieur : 450-929-0220

www.ada-inc.com

info@ada-inc.com

Diffusion

Canada :   Éditions AdA Inc.

France :   D.G. Diffusion

                Z.I. des Bogues

                31750 Escalquens — France

                Téléphone : 05.61.00.09.99

Suisse :   Transat — 23.42.77.40

Belgique :   D.G. Diffusion — 05.61.00.09.99

Imprimé au Canada

Participation de la SODEC. SODEC

Nous reconnaissons l'aide financière du gouvernement du Canada par l'entremise du Fonds du livre du Canada (FLC) pour nos activités d'édition.

Gouvernement du Québec — Programme de crédit d'impôt pour l'édition de livres — Gestion SODEC.

Catalogage avant publication de Bibliothèque et Archives nationales du Québec et Bibliothèque et Archives Canada

Gee, Maurice

    Le sel

    (La trilogie du sel ; livre 1)

    Traduction de : Salt.

    Pour les jeunes de 13 ans et plus.

    ISBN 978-2-89667-737-5

    I. Fleury, Mathieu. II. Titre.

PZ23.G43Se 2012   j823'.914   C2012-941970-2

LA TRILOGIE DU SEL
LIVRE **1**

Maurice Gee

Traduit de l'anglais par
Mathieu Fleury

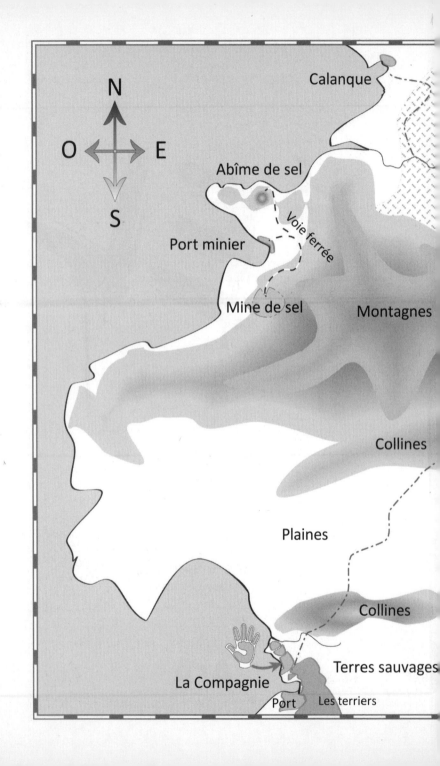

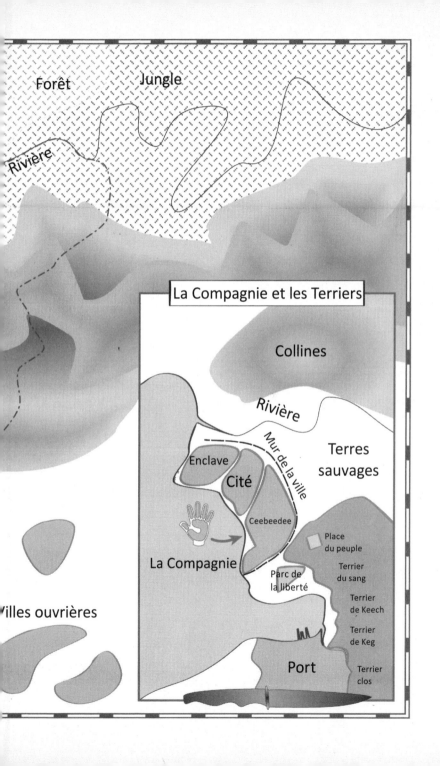

CHAPITRE 1

Les Faucheurs, silencieux comme des chats en chasse, avaient assiégé le Terrier du sang aux heures crépusculaires, ces parcelles de temps qui attendent encore l'aurore. La marche avait débuté au petit matin, au son des chiens hurlant. La pluie tombait battante ce jour-là, délavant les rues et engorgeant les gouttières, faisant rager l'eau en torrents dans les caniveaux. La tunique grise des Faucheurs virait au noir sous l'averse, l'ondée faisait luire leurs casques comme le dos des scarabées qui détalaient sous le martèlement des bottes. Des éclairs se traçaient dans les mains des hommes de guerre, les décharges allant dansantes de phalange en phalange. À la baguette, et par peur d'électrocution, tous obéissaient, dociles, au doigt et à l'œil. C'est ainsi que, sous la menace du feu qui vaporisait l'eau des égouts alentour en brumes dormantes, une horde de nouvelles recrues avait fait son entrée.

C'était, ce jour-là, un jour de maigre récolte. Pour seule prise, les Faucheurs ramenaient quatre-vingt-dix hommes, extirpés pour certains de leur misère, d'autres ramassés au hasard des ruines. À coup de hurlements, de feu, de menaces, la marche s'organisait, forcée, sur la partie haute de la Place du peuple, tout au sud, là où la fange du marais cessait de lécher le pavé. Au nord, l'eau bourbeuse allait inonder jusqu'aux marches des bâtiments. Le Libérateur, Cowl, avait toujours aux lèvres le cri «Liberté ou mort» et, la bouche grande ouverte, il gardait sa tête de marbre au-dessus de la nappe d'eau stagnante, comme une bravade contre ses ennemis de toujours. De sous sa langue, des moustiques s'élevaient en nuages. Les Faucheurs, comme le voulait la coutume, s'arrêtèrent dans leur marche et, poing levé, adressèrent à la statue un machinal «Cowl l'assassin!» avant de poursuivre leur chemin.

Sur la place, on avait arrêté une charrette. Attelée par deux chevaux et couverte d'une bâche, la voiture était protégée de tabliers, de chaque côté et derrière, de rideaux de jute qui cachaient ses roues en fer. L'auditeur s'impatientait à l'ombre d'un auvent, assis devant son pupitre, une épaisse liasse de dossiers sous sa paume posée. De l'autre main, il trempait dans l'encrier une plume d'oie longue et recourbée comme une lame de cimeterre. L'uniforme qu'il portait était pâle en comparaison des vêtements trempés des Faucheurs, et le sien avait cette fantaisie d'arborer une broderie, un blason, celui de la Compagnie : une main ouverte. Il fronça les sourcils en constatant la cohue qui apparaissait sur la place. Il se boucha vainement le nez devant le désordre répugnant de ces hommes, dont la puanteur laissait soupçonner des plaies suppurant sous leurs haillons.

— Sergent recruteur...

— Monsieur l'auditeur?

— Dois-je assumer que c'est là votre conception du surpassement, de l'effort? C'est là ce que vous pouvez faire de mieux? Car les ordres que j'ai ici sous les yeux parlent d'un vaste enrôlement, de recruter deux cents hommes, des spécimens sains, dispos et prêts à l'ouvrage.

Le sergent des Faucheurs avala durement la critique et bruyamment sa salive, comprenant que sa prime au recrutement fondait aussi vite que sa superbe. Mais ceci dit, vu les résultats, ses hommes et lui nourrissaient bien peu d'attentes sur cette question pécuniaire. Pourtant, ils avaient trimé dur, complétant froidement l'encerclement et raflant un maximum d'hommes, n'épargnant âme qui vive.

— Comprenez qu'ils détalent comme des rats, monsieur l'auditeur, qu'ils ont des trous partout, qu'ils fuient comme on le fait pour la peste.

— De grâce, sergent, ne me faites pas le jeu de celui qui ignore pourquoi on le paie. Vous deviez faire table rase, ratisser bien, mais large. Et voilà que vous me ramenez les affamés, les à moitié morts!

— Ne vous y trompez pas, monsieur l'auditeur, ce n'est que jeux et faux-semblants. Celui-ci, par exemple, fit le sergent en faisant avancer d'un coup de botte un homme à demi nu et gémissant. Celui-ci, dis-je, il bondissait comme un jeune daim quand nous l'avons pris. Voyez, maintenant, le voilà qui crachote et voûte le dos. Il voudrait nous faire croire à une maladie, monsieur l'auditeur, mais s'il vomit, c'est qu'il s'est gavé de terre, de pleines bouchées de boue.

— C'en est assez, s'énerva l'auditeur. Vous ne m'apprenez rien ; je connais toutes leurs feintes. Alors, maintenant, le compte, je vous prie.

— Quatre-vingt-dix, monsieur.

— Mais faites-les taire ! cria l'auditeur, qui, agacé de voir que le sergent tardait à obéir et que le tumulte persistait, exigea que l'on fasse aussi taire les femmes.

Les Faucheurs levèrent leurs mains électriques et l'air tout autour se mit à grésiller, imposant le silence dans la foule des femmes et des enfants qui se massait derrière la ligne des gardes ; d'un seul geste, les plaintes des unes se turent, comme aussitôt le braillement de leurs rejetons, ceux-là déroutés de voir l'effroi sur le visage de leurs mères. On entendit encore quelques cris assourdis, puis il n'y eut plus que la pluie qui tombait en travers des larmes. L'averse grossissait les mares où ces pauvres gens pataugeaient pieds nus.

L'auditeur se leva derrière son pupitre, au sec sous l'auvent.

— Messieurs ! Oui, vous, hommes de bien, scanda-t-il, un sourire amusé au coin des lèvres, content que l'affolement et la crainte de mourir aient cet effet chez les condamnés de favoriser l'écoute et l'attention. Ce jour est le vôtre, dit-il ensuite d'une voix morne, ne voyant déjà plus d'intérêt à ajouter l'émotion au verbe, puisque tous ces gens l'écoutaient. C'est un jour de gloire… si l'on veut. Vous avez été choisis, tous autant que vous êtes, pour remplir un noble devoir, celui de servir la Compagnie dans sa glorieuse entreprise. Voyez : chaque jour, nous gagnons en aise et en prospérité. Vous êtes appelés à prendre part à cette réussite. Sans plus attendre, je vous demanderai d'élever vos voix et de dire toute votre gratitude.

Levant la main dans une invitation entendue, l'auditeur acheva son discours comme on lit une annonce :

— Qui sert la Compagnie sert l'humanité.

Simple fait de proximité, sans doute, les prisonniers près des Faucheurs furent les premiers à réagir. C'est d'eux que vinrent les premiers cris et on n'entendit nulle part ailleurs la même conviction :

— Longue vie à la Compagnie ! Vive la Compagnie !

Or, entre ces promesses obligées vint un cri de femme, et ce cri accusait, s'indignait :

— Assassins !

Dans les bâtiments en ruine, puis partout autour de la place, derrière les portes closes et depuis les fenêtres barricadées, on entendit hurler comme en écho à ce cri du cœur :

— Voleurs ! Assassins ! Meurtriers !

L'auditeur ne se laissa aucunement démonter par cette démonstration bruyante ; les épanchements d'âme ne l'avaient d'ailleurs jamais ému. Il s'en tiendrait au discours et à la procédure qui, en les circonstances présentes, préconisait de tolérer les cris et les pleurs, voire les hurlements et quelques protestations. C'est ainsi qu'on procédait en temps de recrutement. Replaçant son corps dans sa chaise, l'auditeur bâilla longuement sur le dos de sa main.

— Contrôle, somma-t-il en roulant un regard mou vers le sergent.

Un des Faucheurs fit avancer un homme sur une ligne imaginée devant le pupitre, loin de l'auvent, et plus encore de la charrette. Ses gants hors tension pour ne pas trop blesser le malheureux, il arracha ses vêtements, les mains de fer lacérant sa peau. On vit le jeune homme voûter le dos, maigrelet et gêné de sa nudité, tremblant sous la pluie obstinée.

— La douche vient du ciel. Comptez-vous chanceux : aujourd'hui, c'est congé de boyau d'arrosage ! ironisa l'auditeur.

L'instant d'après, il bâillait à s'en décrocher la mâchoire, tandis que deux de ses aides désinfectaient le jeune homme, l'un actionnant la pompe, l'autre braquant la lance qui crachait le savon, tenant fermement sous le bras le boyau raccordé à la citerne, un chariot-réservoir installé en retrait de la charrette.

— Nom ?

— Heck, annonça le jeune homme d'une voix étranglée.

L'auditeur prit sa plume et consigna ce nom dans ses dossiers.

— Difformités ? s'enquit-il encore, mais cette fois à un subalterne qui descendait tout juste de la charrette.

— Aucune, certifia celui-ci.

— Plaies ?

— Multiples. Aux pieds et aux jambes.

— Cote et rendement ?

— E.

L'auditeur parcourut du regard le corps du jeune homme.

— Vous m'apportez de la camelote, fit-il remarquer au sergent.

— Monsieur, il est rapide, objecta le sergent recruteur. Il a du nerf, et court sûrement plus droit qu'un crabe. Regardez comme il pourrait se glisser dans les plus minuscules trous !

— Peut-être, répondit l'auditeur en regardant Heck d'un air dubitatif. À la mine : ouvrier du sel, annonça-t-il d'un ton catégorique, après une courte réflexion qui tenait davantage d'un goût avoué pour le drame que de l'indécision.

— Pitié ! s'écria l'homme en tombant à genoux. Pas la mine, pas le sel. Je ferai tout, j'irai sur les fermes, j'embarquerai sur vos bateaux… Tout, mais pas ça! Au nom de la Compagnie, je vous implore, pas la mine, pas le sel.

— Marquez-le, ordonna l'auditeur, qui aurait peut-être versé une larme pour pire sort, indiquant à son aide, comme une formalité, d'exécuter la tâche avec les instruments d'usage.

L'aide exigea de ses propres subalternes qu'on lui apporte le seau d'acide et la brosse. Un Faucheur s'occupa de maintenir Heck, les bras derrière le dos, tandis qu'on plaquait sur le front du jeune homme le métal découpé d'un pochoir. On appliqua l'acide en plusieurs coups de brosse tandis que, selon la formule, un employé récitait à haute voix la bénédiction; le vitriol défigurait Heck, qui hurlait de douleur.

— Celui qui joint la Compagnie rejoint l'histoire. Ton temps est venu.

— Nommez-le, exigea l'auditeur.

L'aide lut ce que l'acide avait inscrit dans la chair.

— S97406E.

L'auditeur avait cette dernière question pour remplir sa fiche :

— Cet ouvrier a-t-il femme? Oui ou non. Allons. Si oui, qu'elle se montre. Dépêchons-nous. Approchez. Manifestez-vous.

Une dame courbée par la pauvreté et l'âge s'avança, se frayant un chemin dans le cercle de la garde. Les

Faucheurs s'écartaient et elle put enfin aller devant la charrette, se présenter à l'auditeur.

— Vous êtes à lui, crut-il bon de présumer.

— Je suis une mère, messire. La sienne. Une mère qui n'a jamais pu le marier, ce fils qui rebute et ne sait garder la moindre femme.

L'auditeur haussa les épaules, par courtoisie sans doute, avant de déclarer :

— Qu'on la lui donne.

L'aide alla déposer une pièce en fer dans la main ridée de la vieille, laquelle, reconnaissante, s'en saisit et la porta à son cœur, comme on serre ce qu'on a de plus cher.

— Il suffira que, pièce en main et preuve à l'appui, vous vous présentiez à la porte d'Ottmar, au matin du dernier jour de chaque mois. À ces conditions, la Compagnie honorera les sommes qui l'engagent envers vous, mais gare à vous si par inadvertance vous égariez la pièce, car rien en ce cas ne vous serait payé. Signez ici, dit-il sans présenter crayon ni papier, en s'assurant quand même qu'elle porte un doigt sur le cœur, comme une signature au contrat.

— Longue vie à la Compagnie. La Compagnie veille, dit la mère qui, sur ces mots d'espoir, tourna les talons pour franchir à nouveau la ligne de garde des Faucheurs, la pièce de fer déjà cachée, loin sous ses loques.

— La Compagnie se soucie de vous aussi, dit l'auditeur, peut-être comme un salut à la vieille, quoique, connaissant l'homme et ses manières, on pût sérieusement en douter. Au suivant, demanda-t-il.

Le décompte, le marquage et l'humiliation des hommes avaient paru éternels, mais seul le sort qu'on leur annonçait avait le caractère infini de la condamnation. La pluie avait martelé le pavé et les recrutés jusqu'à la mi-journée. Tout ce temps, sous la charrette, entre les essieux et caché par les tabliers en jute, Hari demeura prostré, les genoux sur la pierre dure, remuant seulement lorsqu'il ne sentait plus ses jambes. La main toujours fermée sur le manche de son couteau, il s'apprêtait à attaquer. Les chevaux n'ignoraient pas sa présence, mais Hari avait une entente avec eux. De temps à autre, il passait la main pour écarter le jute et effleurer d'un toucher la patte arrière des animaux, son geste aussi doux que le vol d'une mouche. Ainsi, il renouvelait la confiance, assurant la bonne entente entre les deux chevaux et lui. Il avait découpé un rabat comme une paupière dans le jute. Il avait vu les recrues qu'on marquait de force, les femmes et les filles venir chercher le gage, son cœur s'emplissant de rage et de haine à la vue de ce cruel spectacle. Mais de ces sentiments, il devait se détacher, pour ne pas affoler les chevaux qui lui seraient utiles le moment venu. Ainsi, Hari taisait en lui la vengeance promise aux Faucheurs et à l'auditeur. Il regarda son père, un homme qui portait deux noms : Tarl et Couteau.

Jamais Hari n'aurait imaginé que son père puisse tomber aux mains de la Compagnie, et Tarl lui-même avait fait le serment de mourir plutôt que de vivre en esclavage. Or, voilà qu'il se tenait encerclé par les Faucheurs, brûlé sur la poitrine et aux bras par leurs doigts électriques, attendant son tour devant l'auditeur et la marque de l'acide.

Surpris par les hurlements hâtifs des chiens, Tarl et son fils s'étaient éveillés ce matin-là dans le coin qu'ils occupaient de la grande salle du dortoir, comme on avait nommé par habitude ce lieu en ruine. Hari avait tout de suite lu le message dans ces hurlements. Se précipitant entre les dormeurs, il avait crié, alertant les gens de sa tribu, réveillant les gens à coups de pied :

— C'est les Faucheurs ! Ils arrivent !

— Réveille ceux du terrier, je m'occupe d'alerter la rue, avait crié son père.

Ainsi, Hari s'était engagé, s'enfonçant à fond de train et toujours plus loin dans le terrier, par les corridors, les tunnels et les escaliers, glissant sur des poutres pourries, sur les roches des éboulis, criant à en perdre la voix ce même avertissement :

— Les Faucheurs ! Les Faucheurs arrivent !

Dans le Terrier du sang, le cri d'alarme avait été entendu et les hommes s'étaient mis à courir en tous sens dans un sauve-qui-peut général. Ils furent plus de cent à rejoindre la surface, mais assurément moins à réussir la fuite. Dans les premiers instants de chaos, Tarl avait assumé les plus gros risques, criant dans les rues pour alarmer les familles, pour sauver ceux de la tribu qui vivaient à la surface, dans les décombres. De malchance, les Faucheurs l'avaient pris en étau, piégé dans le cercle grésillant de leur prison électrique. Hari, au terme de sa course, observant la scène par une lézarde au pied d'un mur écroulé non loin de la Place du peuple, avait vu les quatre-vingt-dix hommes ramenés au bord du marais. C'est là qu'il avait constaté, incrédule, que son père était du nombre. La charrette de l'auditeur était passée avec fracas, juste devant son nez, se dirigeant à son endroit habituel sur la place, non loin du mur sud. À la manière des chiens sauvages, et comme les rats le lui avaient appris, Hari n'avait pas pensé, il avait agi, se jetant sous la charrette et ses jupes de jute. Il avait évité de justesse le roulement des roues cuirassées de métal pour s'accrocher comme une coquerelle à un essieu. Dès cet instant, il avait su que les chevaux sentaient sa présence et il eut l'esprit d'établir aussitôt le contact. Dans un murmure silencieux, il leur disait :

— Mon frère le cheval, ma sœur la cavale, je suis ici, je suis avec vous.

Quatre-vingt-neuf hommes avaient été dévêtus, marqués, baptisés et grelottaient sous une pluie cinglante. On leur avait lié les mains derrière le dos et une longue corde les attachait tous ensemble. Son père serait le dernier de ce navrant cortège, et Hari, observant par le judas du jute déchiré, comprit que Tarl avait fait ce choix ; cette dernière position, il l'avait voulue. Sous son gilet mité, dans un fourreau en peau de rat, son père cachait un couteau. Il ne lui restait plus qu'à lever le bras pour le tir. L'auditeur allait mourir. Hari avait entendu l'intention de son père comme le souffle d'une idée chuchotée à son oreille. « Non, aurait-il voulu lui dire en pensée, je connais un meilleur moyen. » Mais c'était déjà trop tard.

Soudain, Tarl se mit à se tordre de douleur, ses membres se figeant ensuite dans une contorsion morbide. Un Faucheur s'approcha et, éteignant ses gants électriques, il leva des doigts de fer pour arracher les habits du dos de Tarl. C'est ce moment que Tarl choisit pour démontrer l'un des grands traits de son caractère : la témérité. D'une ruade, il se défit du garde et, brandissant la lame noire de son poignard, il frappa, son coup rapide comme l'attaque des chats-crocs. Le Faucheur recula en hurlant tandis que sa joue, exposée entre la visière et la mentonnière de son casque, s'ouvrait en une plaie béante. D'un seul bond de côté, Tarl retrouva une certaine liberté de mouvement et, fendant l'air d'un saut agile, il se retrouva face à face avec l'auditeur. Il fit tourner l'arme dans sa main, puis la prit par la lame, dressant le bras et visant l'ennemi. Mais dès le mouvement suivant, avant même que le poignard quitte sa main dans un sifflement d'air,

Hari comprit l'erreur que son père avait commise. La lame était mouillée de sang et les doigts de Tarl glissèrent au dernier moment, abaissant de quelques degrés la trajectoire de l'arme. Le couteau frappa un coin du bureau. Puis, rebondissant, il alla choir sur le pavé. Déjà, des Faucheurs fondaient sur son père, leurs gants recouverts d'étincelles meurtrières.

— Attrapez-le ! Mais ne le tuez pas, cria l'auditeur.

Ils s'arrêtèrent au moment de se jeter sur Tarl et l'immobilisèrent dans un flot d'arcs électriques. De ses vêtements, on vit monter des volutes de vapeur, puis des fumées inquiétantes. L'auditeur s'écria :

— Reculez, ordonna l'auditeur. Plus loin. Je veux voir son visage.

Les Faucheurs reculèrent d'un seul pas.

— Déshabillez-le.

De ses doigts griffus et sans s'inquiéter des blessures qu'il infligeait, le sergent des Faucheurs enleva les habits du prisonnier. Tarl se tenait à présent nu devant l'auditeur, sous un rideau de pluie.

— Oui, je vois. En fin de compte, nous n'avons pas affaire à un homme détruit. Vous servirez bien la Compagnie. Quel dommage, par ailleurs, que nous ne puissions faire usage de vos talents à l'arme blanche ! J'aurais pu vous poster au sein de la Garde corporative. Mais avec cette attaque vicieuse sur un Faucheur et par votre tentative d'assassinat sur ma personne, j'ai bien peur que vous ayez ruiné vos chances.

— Je ne joindrai jamais les rangs de la Compagnie. Je n'appartiens à personne d'autre qu'à moi-même. Je suis un homme libre, cria Tarl.

Après un sourire convenu, l'auditeur dit sur un ton patient :

— Oui, tu dis vrai. Tout le monde est libre. Mais cette liberté implique de servir la Compagnie. Ne comprendrez-vous jamais rien dans les terriers ?

— Vous vous servez de nous à cette seule fin de vous enrichir. Vous nous affamez et faites de nous vos esclaves.

— C'est une époque éprouvante que la nôtre, dit l'auditeur, compréhensif. Et tous y sacrifient. Mais la Compagnie travaille pour tout un chacun. Ses dividendes, les bénéfices, viendront bientôt jusqu'ici. Vous les verrez pleuvoir sur ces terres comme une douce averse, mouillant même jusqu'au Terrier du sang. Qu'est-ce qui vous échappe encore, ma foi ? Peut-être est-il temps de faire venir ici quelques éducateurs. Mais assez parlé. Quel est votre nom ?

— Je n'ai aucun nom pour la Compagnie, rétorqua Tarl. Le nom que je porte est le mien, et mien seul.

— Soit. Alors, gardez-le pour vous, fit l'auditeur. De mon côté, je vous en donne un nouveau.

Il échangea quelques mots avec son assistant, après quoi ce dernier alla percer un nouveau pochoir. L'auditeur lança l'objet à l'un des subalternes.

— Marquez-le, dit-il.

Deux Faucheurs avec leurs gants réglés au quart de leur puissance s'avancèrent sur Tarl et le mirent à genoux. Malgré sa faible intensité, l'électricité douloureuse qui parcourut le corps de Tarl convulsionna tous ses muscles. Des aides, l'un muni du pochoir, l'autre de la brosse trempée d'acide, marquèrent les chairs du malheureux. Tarl poussa un cri, mais ce ne fut pas sa douleur qu'il exprima par cet éclat de voix.

— Je n'accepte pas cette marque. Je suis Tarl !

L'auditeur tendit la main et prit la plume d'oie.

— Plus maintenant, mon cher, j'en ai bien peur. Mais allez, toi, qu'attends-tu ? cria-t-il à un subalterne, une menace fulminante dans les yeux. Lis la marque.

Le simple soldat obéit, et un gémissement de peur s'éleva du groupe des prisonniers entravés, mais aussi de la foule de femmes rassemblées près du marais.

— AS936A, lut le soldat.

Sous la charrette, Hari ferma les yeux, la terreur s'emparant de lui. Par AS, on faisait référence à l'Abîme de sel, aux tunnels d'une mine qui s'enfonçaient dans des profondeurs insondables. Les hommes qu'on envoyait là-bas ne revoyaient jamais la surface. Et, de ce qu'ils creusaient, personne ne savait rien, mais chose certaine, après un temps, un par un, ils disparaissaient sans laisser de traces. Jamais on ne retrouvait de corps, pas même le reste de quelques ossements. Certaines rumeurs parlaient de gigantesques vers, d'autres disaient que les hommes étaient dévorés par des tigres et des rats de sel, des créatures que toute âme sensée considérait comme chimériques, la pure invention d'esprits trop fantaisistes ; bref, personne n'avait vu ce genre d'animal. Il y avait aussi cette légende qui disait que l'âme des malheureux était aspirée dans les profondeurs et diluée dans l'immense lac noir au centre du monde. Hari croyait à tout cela. Accroupi sous la charrette, le front plaqué contre la pierre, Hari tremblait de peur. Les chevaux attelés à la voiture se mirent à geindre, secouant leur crinière et leur robe, comme piqués par le dard des moustiques. Dehors, les Faucheurs s'éloignèrent de Tarl et, après un moment, celui-ci eut la force de relever la tête.

— Je suis encore, et je serai toujours un homme libre, dit-il, mais sa voix se brisait, réduite à présent à un mince filet de souffle apeuré.

— Ce que vous êtes à présent, c'est AS936A. Et je vous présente toutes mes félicitations ! De toute ma carrière, je n'avais jamais attribué un A à quiconque. Votre femme recevra deux pièces plutôt qu'une. Où se trouve-t-elle ?

— Je n'ai pas d'épouse. Et je n'accepterai rien de la Compagnie.

— Très bien. La Compagnie sera épargnée de cette dépense et, comme on sait, l'épargne sert le bien de tous. Entravez-le, et ne rechignez pas sur les liens.

Ces ordres furent observés à la lettre tandis que Hari, sous la charrette, se soulevait de la pierre et rampait à nouveau jusqu'à l'œillette déchirée dans le jute.

— *Restez, commanda-t-il aux chevaux, ne bougez pas.*

Il vit comment les Faucheurs serraient les liens de son père, attachant d'un double nœud ses mains dans le dos. Mais Tarl n'avait aucun homme attaché derrière lui. D'une seule taillade, Hari saurait rompre ses liens.

— Qu'aucun homme ne croie pouvoir changer sa destinée, laquelle sera toujours de servir la Compagnie, dit l'auditeur. Vous marcherez à présent, quatre-vingt-dix serviteurs habités d'une glorieuse mission, jusqu'au centre de tri, où vous trouverez des tuniques propres, chacune blasonnée de la main ouverte, et de la nourriture, de bons aliments, des vivres en quantité suffisante pour repaître les hommes forts que vous êtes. La Compagnie veille au grain !

— La Compagnie veille, répondirent plusieurs recrues, car depuis longtemps déjà, on n'avait plus entendu dans les terriers les mots « nourriture » et « en quantité suffisante » dans une même phrase.

Dans un sourire, l'auditeur ne cacha pas sa satisfaction.

— De là, vous vous rendrez à votre nouveau travail : vers les navires ou la charbonnière, vers les fermes ou la manufacture, vers les greniers ou la mine de sel — et à ce moment, on vit son sourire s'élargir davantage — et vers l'Abîme de sel. Chacun devra fournir son lot de travail, et les mensualités seront dûment payées à vos femmes restées derrière, à la maison. La Compagnie veille, comme chacun sait. Et lorsque vous aurez achevé votre contribution, lorsque vous demanderez la cessation de labeur, vous serez admis au Village d'or, le lieu de retraite des travailleurs émérites de la Compagnie. Et vos femmes vous rejoindront pour finir vos existences dans la sérénité et une plaisante quiétude. C'est là l'avenir heureux que la Compagnie vous prescrit ! À présent, marchez comme des hommes. Marchez comme les serviteurs du monde meilleur, pour l'entreprise.

— Et marchez vers votre mort, ajouta Tarl dans un cri, car il n'existe aucune retraite, sachez-le. Vous trimerez jusqu'au trépas. C'est la seule utilité que la Compagnie vous accorde.

Le sergent des Faucheurs marcha jusqu'à lui avec les mains levées, mais l'auditeur ordonna sèchement :

— Laissez-le. Qu'il déclame, tempête et fulmine s'il y trouve plaisir. Il part pour l'Abîme de sel et, en vérité, aucun homme n'en revient. Mais laissez-moi vous poser cette question, mon cher... AS936A, dit-il après avoir jeté un coup d'œil au front de Tarl. S'en cachent-ils d'autres comme vous dans les terriers ? Auriez-vous des disciples, des partisans de la même folie que vous répandez comme du poison parmi les honnêtes citoyens que vous côtoyez ? Nous devons faire enquête. Un frère, peut-être ? Un fils que vous traîneriez dans vos pas ?

— Non, dit Tarl, aucun fils.

Mais il parla trop vite, car l'auditeur alla aussitôt chercher sa plume.

— Ah, j'en prends donc bonne note, « un fils ».

Sous la charrette, Hari lutta encore contre sa pulsion vengeresse. Il devait prendre son mal en patience, car des Faucheurs se tenaient trop près de son père. Mais l'urgence d'agir lui était insoutenable, chaque seconde d'attente pouvant être celle de trop. Hari sentait la chance lui filer entre les doigts. Il chercha en pensée l'esprit des chevaux et, s'y liant, il murmura en silence :

— *Mon frère, cheval, ma sœur, cavale, la mouche noire croque… elle vous croque la croupe.*

Les deux bêtes ployèrent les pattes avant puis ruèrent, s'ébrouant violemment. La voiture en fut vivement secouée, puis, penchant vivement sur le côté, elle menaça de tomber sur l'auditeur. Dans la panique, l'homme renversa sa chaise et tendit le bras pour se sauver de l'écrasement. Mais mal lui en prit, car les chevaux tiraient sur la voiture, essayant en vain de fuir les morsures imaginaires. Malgré les cris du conducteur, la voiture avança et l'une des roues de fer broya l'épaule de l'auditeur sur la pierre. Un cri s'éleva comme la pointe d'une lance dans le ciel.

Hari glissa sur le dos tandis que la charrette avançait. Les pans de jute à l'arrière de la voiture lui passèrent sur le corps comme un balai sur le pavé, puis il se releva dans un bond, désormais à découvert. Il vit le seau d'acide et s'en empara, aspergeant de son contenu les deux aides qui se tenaient devant lui. Ceux-ci se mirent à crier, la brûlure de l'acide les faisant danser de souffrance. Rapide comme un chat, Hari sauta sur le Faucheur à sa droite, plantant son couteau entre le casque et le plastron du soldat. Le soldat tenta d'atteindre Hari, de se défaire de sa prise, mais il perdit pied. Sa tête alla s'écraser sur le pavé et, sous le choc, l'armure se déforma, emprisonnant la lame du couteau de Hari comme dans les mâchoires d'une pince. Hari était désarmé.

— Mon poignard, Hari, cria Tarl.

Hari vit l'arme de son père qui gisait tout près, à côté d'une roue de la voiture. Il la ramassa d'un geste agile, mais, dans le combat, l'effet de surprise qui l'avait avantagé jusqu'ici était gaspillé. Les Faucheurs qui étaient venus au secours de l'auditeur revenaient maintenant et encerclaient Tarl. Au même moment, les gardes postés aux portes de la Place du peuple convergeaient vers l'échauffourée, en contournant les eaux du marais. Hari esquiva le premier coup, mais sentit la chaleur brûlante du poing qui s'écrasait là où il s'était trouvé l'instant d'avant ; il entendit crier l'adjoint de l'auditeur qui se tenait debout dans la voiture :

— Prenez-le vivant.

Hari plongea sur le ventre et se laissa glisser sur les pierres mouillées. Il passa ainsi entre les pieds de deux Faucheurs et se releva, debout aux côtés de son père.

Abattant la lame noire du poignard, il trancha la corde liant Tarl à l'homme devant lui, la coupant aussi facilement que l'on rompt un simple fil de coton. Le temps manquait pour s'occuper des entraves que Tarl avait aux mains, car déjà les Faucheurs marchaient sur eux, des arcs jaunes bondissant de leurs doigts métalliques.

Une fois encore, Hari transperça l'esprit des chevaux en bandant sa pensée :

— *La mouche noire pique. La mouche noire mord.*

Les animaux hennirent de douleur et, battant la pierre de leurs lourds sabots, ils partirent en avant, entraînant la charrette cahotante à leur suite. Le chariot-réservoir s'était violemment renversé, écrasant trois Faucheurs dans sa chute. Hari et son père s'élancèrent par cette trouée dans le front ennemi, mais le sergent des Faucheurs, étalé au sol, tendit une main sournoise et attrapa Tarl par la cheville. Tarl s'effondra, criant à l'agonie sous l'effet de la brûlure, et son garçon, deux pas devant lui, ressentit cette même souffrance tant le lien qui les unissait était grand. En hurlant, Hari s'écrasa à genoux. Dans une volte-face, il voulut venir en aide à son père, mais Tarl, pris dans la poigne électrique du gant de fer, l'implora de partir.

— Sauve-toi, dit-il d'une voix muette.

Les Faucheurs se trouvaient à un jet de pierre de Hari. La chaleur qu'ils dégageaient se faisait sentir. Il tourna le dos à la scène et se précipita dans la foule en émoi des femmes réunies.

— Une bourse pleine de pièces à quiconque attrapera ce garçon, cria l'adjoint de l'auditeur.

Hari sentit des mains qui s'accrochaient à ses vêtements tandis que d'autres femmes s'écartaient, lui ouvrant la voie, puis refermant celle-ci sur son passage. Mais les Faucheurs le talonnaient, tout près derrière, jetant les malheureuses par terre, comme on fauche les blés. Ils arrivaient, avec leurs mains brûlantes. Hari n'eut pas le temps d'une pause en arrivant au bord du marais. Il s'élança dans les joncs, la boue collante sous ses pieds, puis se jeta dans les eaux stagnantes, là où le marais devenait plus profond. Il s'y enfonça en s'aidant de ses mains, le poignard de son père dans un poing fermé. Plus profondément, encore plus creux, il progressait, aveugle dans les eaux troubles qui le sauvaient néanmoins du feu des hommes de fer. On ne connaissait rien de la nage dans les terriers, et pour cause : dans ces lieux, aucune eau ne coulait hormis celle qui gouttait depuis les drains de surface ; on y retrouvait bien sûr des eaux stagnantes, des mares couvertes d'écumes et des flaques jaunâtres, mais celles-là étaient empoisonnées au dire des habitants. Hari savait nager. Il avait appris d'une manière peu commune. En suivant les enseignements de Lo, l'ancien Survivant, Hari avait su pénétrer l'esprit des rats géants. Et en sondant ces créatures des profondeurs, Hari avait trouvé le berceau d'un instinct qui les prédisposait à la nage ; il avait donc appris à nager selon cet instinct, comme les rats. Pour

Hari, les mares, les étangs et les marais étaient autant de chemins de fuite, autant de voies pour se déplacer dans les terriers. Et c'était tant mieux, dans les présentes circonstances. Dans l'eau boueuse, Hari s'était enfoncé, nageant les bras devant. Il sentit soudain la lame du couteau de son père heurter le socle englouti de Cowl le Libérateur. Il allait bientôt manquer d'air. Suivant la courbe du socle, il fit le tour de la statue et se mit à grimper la pierre, comme on monte dans un arbre. Il émergea enfin, emplissant ses poumons d'air, heureux de sortir de cette mare croupissante, à l'ombre de la tête géante du Libérateur. Il posa un pied dans l'énorme bouche de Cowl, se hissa sur ses sourcils broussailleux et s'affala sur la pente de son front, respirant lourdement pour reprendre son souffle.

La plupart des Faucheurs le tenaient déjà pour mort, mais le sergent restait à l'affût de tout mouvement suspect.

— Là-bas, le garçon, cria-t-il. Il nage comme les rats.

L'auditeur s'était relevé et saignait abondamment, sa blessure au bras le faisant souffrir.

— Tuez-le, ordonna-t-il dans un hurlement. Utilisez les canons électriques. J'en autorise l'utilisation.

Les Faucheurs dégainèrent les armes qu'ils avaient à la ceinture et les activèrent. Juché sur le front de la statue, Hari vit les armes sorties et sut qu'il faudrait un certain temps pour que leur charge s'accumule et soit suffisante pour le tir. Il aperçut son père qui se levait péniblement, sa jambe fumant encore, la peau calcinée jusqu'à l'os par le gant du sergent.

— Tarl, cria-t-il de toutes ses forces. Je reviendrai pour toi.

— Non, reste. Ton devoir est ici, répondit Tarl, qu'un Faucheur s'occupa aussitôt de réduire au silence d'un violent coup de coude.

— Tuez ce garçon, répéta l'auditeur dans un gémissement avant de perdre connaissance, s'effondrant au sol.

Les canons électriques étaient chargés. Ces armes encombrantes n'étaient pas de la plus grande précision, mais leur pouvoir de destruction était indéniable. D'une seule décharge, on pouvait percer d'énormes trous dans les grands murs de pierre. Hari attendit que le sergent épaule son arme. Il se précipita ensuite tant bien que mal au sommet de la tête de Cowl, puis se laissa glisser jusqu'à l'épaule submergée de la statue.

— Mort à la Compagnie! lança-t-il avant de se jeter à l'eau, tandis que l'éclair du sergent achevait son arc dans le ciel pour s'abattre vers lui.

Cette fois, il resta dans les eaux de surface, car la nage serait plus longue, il devrait reprendre son souffle. Il serra le couteau de son père entre ses dents et nagea à la manière des grenouilles de boue, les bras et les jambes battant l'eau dans des mouvements simultanés. La mare se faisait plus profonde à cet endroit où ses eaux rencontraient le mur d'un bâtiment en ruine, une grande demeure qui émergeait au nord de la place, entre deux portails. Il avait planifié de sortir la tête à cet endroit précis, sachant qu'il n'aurait là que le temps d'une seule respiration avant que les éclairs électriques ne se remettent à tomber. «Une bouffée d'air et après, pensa-t-il, il faut leur faire croire à la noyade, mais Tarl saura qu'il n'en est rien.»

Ses mains touchèrent le mur. Il trouva à tâtons les pierres saillantes qui lui permettraient l'appui et se propulsa vers la surface. Au-delà de la tête brisée de Cowl, le sergent observait les eaux de la mare, et d'autres Faucheurs, leurs canons électriques levés, attendaient devant les portails, à la limite du marais. Tarl s'efforçait à nouveau de relever sa pauvre carcasse. Il adressa un dernier conseil, qui se fit entendre comme un cri d'agonie :

— Ne les laisse jamais te prendre.

Hari manqua d'air et ne put rien répondre. Il prit le couteau, le poignard de son père qu'il avait encore entre les dents, et le leva au-dessus de la tête. Tarl comprendrait. Il y eut une pluie d'éclairs tombant dans sa direction, sifflant en chauffant l'air. Il replongea et fut secoué par l'onde de choc des détonations, brûlé par l'eau qui bouillait sous le feu des éclairs. Par bonheur, Hari s'était repéré et savait maintenant la route à suivre. Il alla plus bas encore, puis à gauche, comptant ses prises sur le mur, jusqu'à ce que, à quatre longueurs sous la surface, il trouve le trou qu'il cherchait, percé à la base du mur par un boulet de canon, un coup tiré du temps de la Guerre de libération. L'ouvrage de maçonnerie était épais et le trou rétrécissait vers l'intérieur jusqu'à serrer les épaules. Il se tortilla pour assurer son passage, se prenant dans des algues qui tombaient ondulantes des parois comme autant de rideaux gluants. En frétillant comme un poisson, Hari put remonter le long des tunnels noyés par les eaux du marais. Il pria pour ne pas trouver de nouveaux éboulements en travers de sa route, ce qui aurait bloqué sa fuite et scellé son sort. Il pria aussi pour ne pas tomber nez à nez avec un rat royal.

À bout de souffle, Hari déboucha enfin à l'air libre et, extirpant le poignard d'entre ses dents serrées, il se laissa tomber sur une porte arrachée à ses charnières. Le temps de reprendre son souffle, il était déjà reparti et grimpa à travers des enchevêtrements de poutres rompues et de planches brisées jusqu'à ce qu'il retrouve la lumière. C'était une lueur qui perçait l'obscurité en rayons troubles par le toit du bâtiment. Hari se trouvait dans une vaste salle qui avait dû accueillir les grands d'une autre époque, les conviant à des banquets et des bals — c'était du moins ce que Hari en avait conclu, encore qu'il n'aurait su dire ce qu'était un bal ou un banquet. Mais de cette époque, il ne restait presque plus rien, tous les objets utiles ayant été récupérés par d'autres générations et depuis très longtemps. Des décombres et des madriers pourrissant jonchaient le sol et en cachaient les étonnantes mosaïques. Aujourd'hui, Hari ne s'attarderait pas dans cette pièce, comme il l'avait souvent fait par le passé. En effet, il lui était arrivé de traîner des heures durant dans ce lieu, débarrassant le parquet des gravats et balayant la poussière pour découvrir les magnifiques carrelages en tuiles rouges, vertes et jaunes. Il s'était émerveillé devant des forêts colorées, des animaux dans de vastes paysages et une foule de scènes de la vie quotidienne des gens d'antan.

L'endroit ne comptait ni fenêtre ni ouverture sur la Place du peuple, et Hari cherchait justement cela. Il se mit donc à courir, quittant la grande salle pour emprunter de longs couloirs et des passages exigus, rampant dans des tunnels de pierre fissurée, grimpant par des trous dans les plafonds. Il se glissa entre des murs effondrés où des poutres carbonisées se dressaient comme les dents gâtées d'une immense mâchoire. En redoublant de prudence, il contourna à genoux un trou qui éventrait le plancher d'une tour de guet en surplomb de la Porte de l'est. Sous lui, un Faucheur tenait la garde, son canon électrique dans l'étui et ses gants bourdonnant à faible puissance. Hari poursuivit sa route, silencieux comme un chat. Il reprit bientôt sa course et arriva enfin à une bâtisse au sud de la place. Une fenêtre s'ouvrait haut dans le mur derrière la charrette de l'auditeur. Des planches la condamnaient, mais il demeurait un petit espace ouvert, tout en bas, où le chambranle avait été arraché. Hari avança la tête vers ce point de lumière et la place lui apparut dans son entier.

La pluie avait cessé et le soleil pointait quelques timides rayons. Une demi-douzaine d'hommes, dans la même cordée d'infortune, s'échinaient à remettre le chariot-réservoir sur ses roues. Tarl n'était pas du nombre. On l'avait enchaîné au gros anneau de fer de la charrette de l'auditeur; le sergent des Faucheurs assurait personnellement sa garde.

Hari se concentra et retissa le lien mental qui l'unissait avec les chevaux :

— *Mon frère cheval, ma sœur cavale, pardonnez-moi, jamais je n'ai voulu vous faire de mal. J'ai une autre faveur à vous demander : voyagez calmement, soyez lents de sorte que mon père ne trébuche point au bout de ses chaînes.*

Hari savait comment communiquer en pensée, mais cet art qu'il tenait de Lo gardait encore quelques mystères. Entre autres, il ne savait pas sous quelle forme ses messages silencieux arrivaient à la conscience des animaux. Sur cette réflexion, Hari vit les chevaux dresser leurs oreilles comme s'ils l'avaient entendu de vive voix.

— Je vous remercie, leur dit tout bas Hari avant de reporter son regard sur son père.

On l'emmènerait bientôt de par le désert et jusqu'aux mines, puis on le jetterait dans les profondeurs de la terre, dans l'Abîme de sel, là d'où aucun travailleur ne sortait jamais. Hari leva la lame noire du poignard devant ses yeux.

— Ne meurs pas, chuchota-t-il. Je te sauverai.

C'était là une promesse fort imprudente et de celles que personne ne peut tenir. Il le savait, mais qu'à cela ne tienne, cette promesse l'enhardissait. Ces mots s'étaient inscrits dans son esprit et battaient comme son cœur dans sa poitrine. Qu'importe les conséquences, Hari irait jusqu'au bout. De cela, il n'y avait aucun doute.

Un peu plus loin sous son regard, les femmes et les enfants s'éloignaient. Les aides que Hari avait marqués à l'acide s'occupaient à fabriquer une attelle pour l'épaule brisée de l'auditeur. Il était revenu de l'inconscience et grognait sa douleur. Son adjoint arpentait un coin de la place, se pavanant d'un air important, commandant aux Faucheurs d'inciter, par quelques brûlures, les hommes s'affairant au chariot-réservoir.

— Qu'ils y mettent davantage de cœur.

Les Faucheurs que l'engin avait épinglés au sol furent libérés et transportés ailleurs. L'un d'entre eux avait péri sous la charge.

Les aides aidèrent l'auditeur jusqu'à sa charrette, où ils l'étendirent. En voyant son père si près de ce scélérat, Hari pensa : « Mon père saurait le tuer d'une seule morsure, comme un chat sauvage. Égorgé, c'est la fin qu'il mérite. » Mais Tarl n'eut pas ce genre de discours et tint plutôt ces paroles à l'auditeur :

— Tu es blessé aujourd'hui, mais demain ta douleur sera pire encore. Tu n'es plus qu'un engrenage brisé, une pièce inutile et irrécupérable. Et la Compagnie te jettera comme tel.

— Tu parles faux et fourbe, répondit l'auditeur d'une voix aiguë et grinçante. La Compagnie veille sur nous.

— Tu avais le quota de rendre deux cents hommes et tu n'en ramènes que quatre-vingt-dix ; et c'est sans parler de la perte d'un Faucheur sous tes ordres. La Compagnie n'est pas connue pour apprécier les erreurs. Qui sait ? Nous nous reverrons peut-être bientôt, dans l'Abîme de sel.

— Tuez cet homme ! Achevez-le, cria l'auditeur.

Mais le sergent ne bronchait pas et l'adjoint eut ce mot sage :

— Ce serait folie de gaspiller ainsi un homme apte et sain. Il appartient à la Compagnie.

— Vous voyez, releva Tarl. Voici déjà un postulant à votre poste.

— Vous mourrez dans l'Abîme, siffla l'auditeur. Les vers de sel vous dévoreront. Votre âme sera aspirée dans les profondeurs enténébrées du monde.

— Ainsi soit-il, rétorqua Tarl dans un haussement d'épaules.

— Et votre fils est mort, noyé comme un rat. Vivez donc avec cette idée.

— Il n'est pas mort dans l'esclavage. Il est mort libre, dit Tarl. Aujourd'hui, il a vaincu la Compagnie.

«Il sait que je vis encore, pensa Hari. Il sait que je suis près et que rien de cet échange ne m'échappe.» Il s'efforça de transmettre un message à son père :

— *J'irai jusque dans l'Abîme de sel et je te libèrerai.*

Or, Tarl n'avait jamais eu ce don d'entendre de cette manière-là. «Mais il pressent ma présence, se convainquit Hari. Il sait que je suis là.»

Il regarda partir la charrette qui faisait bruyamment rouler ses roues de métal sur le pavé de pierre, contournant les eaux du marais. En un lugubre cortège, les Faucheurs, l'auditeur et les nouveaux serviteurs arrivèrent à la grande porte. Tarl tourna la tête au dernier moment et jeta un regard au-delà de la tête à demi engloutie de Cowl. Ses yeux trouvèrent le minuscule trou dans le chambranle de la fenêtre condamnée.

«Il sait», pensa Hari. Il se risqua à sortir le poing qu'il fermait sur le poignard noir. Son père hocha la tête une fois et il fut parti.

«Je te sauverai», se jura Hari en pensée.

Il rentra la main, puis marcha dans les corridors et les passages qui le ramèneraient sur le territoire des terriers.

CHAPITRE 2

Tarl n'avait pas menti en se déclarant sans femme. La maladie avait emporté son épouse durant le grand fléau de 77, l'épidémie qui laissa Hari sans mère. Il avait trois ans au moment du drame et c'est par chance qu'il ne succomba pas à cette même maladie. Il en portait d'ailleurs les marques, des cicatrices sur son visage couturé.

Son père l'avait élevé seul, le traînant partout sur son dos, puis sur ses épaules, jusqu'à ce que le garçon fût assez grand pour courir à ses côtés. Hari avait appris les détours de chaque canalisation, l'utilité de tous les tunnels que comptait le Terrier du sang. Perché sur les épaules de Tarl ou grimpant derrière son père sur les murs brisés, il avait exploré jusqu'aux étendues ruinées qui menaient au port. Ensemble, ils chassaient les trésors dans les rues sales et détruites qui s'arrêtaient sous l'ombre de la forteresse, Ceebeedee[1], cette citadelle du commerce où la Compagnie menait ses affaires, bien à l'abri derrière le mur fortifié. En suivant ce mur vers le

---

1. N. d. T. : L'auteur fait ici un acronyme de C.B.D., Central Business District, soit le quartier des affaires.

nord, on voyait bientôt poindre une colline verte qui surplombait la baie. Et sur cette hauteur, on retrouvait les manoirs et les hôtels particuliers, un quartier que l'on nommait l'Enclave, le lieu de résidence des grandes familles actionnaires et des propriétaires de la cité. En grandissant, Hari en était venu à connaître chaque pierre du mur fortifié, et ce, même s'il lui fallait, pour atteindre ses limites extérieures, se risquer dans les terres sauvages à l'arrière des faubourgs, au-delà de Ceebeedee. Cette route inspirait les plus grandes craintes et n'offrait que de rares endroits à couvert, trop peu d'ombre pour se cacher des chiens sauvages qui rôdaient en meute ou des jeunes gens issus de grandes familles qui s'aventuraient à l'occasion hors de leur château fort pour chasser; une chasse d'ailleurs fort particulière où, pour le plaisir du sport, ils prenaient pour cibles les pauvres et les ramasse-miettes, ces gens qui, dans l'esprit peu enclin à la compassion et aux réalités de l'indigence de ces fils choyés, braconnaient sur leurs terres. Malgré le danger et ses peurs, Hari empruntait souvent cette route qui plaisait à l'œil, avec ses vues imprenables sur les manoirs de l'Enclave, où les arbres en fleur avaient ce don d'alléger le cœur, où il aimait regarder la marche des voitures dans les rues et s'étonnait toujours de voir les créatures qui lui semblaient difficilement humaines, leurs corps si grands, si gras, si blancs. Leurs jupes et leurs tuniques étaient tissées de matériaux brillants, arborant des couleurs étincelantes que l'on rencontrait seulement dans les terriers sur les éclats de verre brisé ou les tessons de céramique.

Il grimpait dans un des conduits d'égout, peinant contre le courant, pour pénétrer dans l'Enclave. Il glissait sous les grilles submergées et se retrouvait bientôt, à la nuit tombante, sur la colline derrière un croissant de manoirs en front de mer. Des rues larges comme des pâtés de maisons couraient dans différentes directions, certaines traversant les parcs verdoyants tout autour. Hari s'élançait dans les jardins avec l'agilité d'un chat sauvage et, à la manière d'un rat cette fois, il traversait une talle boisée où des feuilles de nénuphar tapissaient quelques étangs. Il lui arrivait parfois, durant les mois chauds de l'année, de se laisser flotter la nuit durant sur l'un de ces étangs, interrompant seulement sa détente pour boire à même les filets d'eau des fontaines ou aller espionner aux fenêtres des manoirs, sous le couvert des arbres à fleurs, s'accrochant aux plus grandes branches. Il regardait les gens vivre derrière le verre des vitres — c'était des gens comme lui, Lo le lui avait dit. Il les observait, buvant des boissons dans de tout petits verres et mangeant dans les assiettes les plus énormes qui soient. Ils étaient servis par des hommes à qui, selon Hari, on devait avoir coupé la langue puisque jamais ceux-ci ne parlaient. Avant que ne pointe l'aurore, il se faufilait derrière les manoirs où se trouvaient les boîtes à ordures. Il se lançait là dans une fouille circonspecte (ici, il n'avait pas à craindre les chiens sauvages ; en fait, là, il n'y avait pas de chiens du tout, ni même de chats, car les familles de l'Enclave ne se connaissaient aucune tendresse envers les animaux, quels qu'ils fussent). Emportant des os qu'il grugerait plus tard, il allait jeter un œil le long des falaises, élaborant des chemins de fuite possibles, devinant des endroits où grimper ou sauter, au cas où les gardes le surprendraient dans l'action. Il contournait la main géante sculptée dans le marbre, une main dressée au bord de l'escarpement en mémoire des grandes familles tuées lors de la révolution de Cowl. Il suivait ensuite les tuyaux d'écoulement qui se jetaient tout en bas, dans la mer, et regagnait le littoral. Il dormirait dans les grottes que l'eau de mer avait creusées dans les falaises le temps que le jour passe, avant d'entreprendre, à la tombée de la nuit, le périlleux chemin qui le ramènerait au Terrier du sang.

Tarl était au courant de ces expéditions et les encourageait même, confiant que Hari ne se laisserait pas prendre. Il se montrait souvent curieux et questionnait longuement le garçon, qui lui racontait volontiers tout ce qu'il avait vu — le nombre de gardes en poste, l'emplacement des baraquements, les faiblesses dans le mur, les conduites qui débouchaient dans des lieux boudés par les patrouilles. Ainsi, son père et lui passaient de longs moments à préparer une révolte qui, Hari le savait trop bien, ne viendrait jamais. Il fallait être fou pour ne pas voir l'évidence : jamais la population affamée des terriers ne saurait s'organiser pour la bataille, ces gens qui n'avaient d'ailleurs rien pour se battre ; et qui, dans leur grande majorité, n'avaient d'autre cause ni raison pour lutter que celle de survivre : leur guerre en étant une pour la nourriture. Il fallait trouver une autre solution — une nouvelle idée, un nouvel allié, une source où puiser de nouvelles forces. Le garçon tenait cette vérité de Lo, l'ancien Survivant. Hari était la seule personne dans les terriers à savoir que Lo avait encore une voix et qu'il vivait encore.

Après avoir quitté la fenêtre donnant sur la Place du peuple, Hari courut durant une heure. Il avait foncé toujours plus loin sous la terre, passant les abords inquiétants des terriers de Keech et de Keg, obliquant pour traverser le terrier clos et ses maisons de prostitution, où il resta sourd aux avances que lui criaient les femmes, forçant la course vers le district interdit du port, là où les Faucheurs patrouillaient les rues, là où les vaisseaux de la Compagnie s'alignaient par paires le long des quais. (Hari avait visité les navires durant ces nuits où il s'aventurait à la nage entre les pilotis, sous les quais.) La cellule de Lo se trouvait sur une langue de terre abandonnée du Terrier clos, un territoire qui, comme une lance, s'avançait dans le district du port. Durant les nuits d'orage, l'ancien Survivant pouvait entendre le chant de la mer. Il venait d'une famille de marins et, tout jeune, il s'était engagé comme garçon d'équipage sur les grands vaisseaux, mais c'était là sa vie avant l'accident, avant l'explosion électrique qui lui fit perdre la vue. C'était durant les combats que la Compagnie appelait la Guerre de libération, en l'an un d'une ère créée de toutes pièces par les stratèges et les historiens. Lo avait connu cette guerre et, à quatre-vingt-dix ans, il était le dernier survivant que comptaient les terriers.

Hari s'arrêta devant le rideau qui fermait l'entrée de la minuscule chambre de Lo. Il attendit, reprenant lentement le souffle que sa course lui avait raccourci, et bientôt, la voix de Lo, usée et grinçante comme la plus vieille des portes, dit :

— Je peux t'entendre, mon garçon. Viens, entre. Rien ne sert d'attendre.

Hari écarta le rideau, fit un pas à l'intérieur, sa main s'attardant un instant avant de le laisser retomber. La pièce était plongée dans l'obscurité, mais Hari savait où Lo se trouvait, étendu dans son lit de hardes, dans un coin.

— Je n'ai ni eau ni nourriture à vous offrir. Je suis désolé, dit-il.

— J'en ai suffisamment. Et mes besoins sont modestes. Tu as couru, mon garçon.

— La Compagnie s'est emparée de mon père.

Lo garda le silence. Hari l'entendit se retourner dans son lit, puis grogner sous l'effort. Il s'était assis. Hari s'avança, se fiant au son pour se guider vers le vieil homme. Il lui prit les épaules — des os aussi frêles que ceux des rats — et l'aida à trouver son aise, l'adossant contre le mur.

— Merci, mon garçon. Laisse entrer la lumière si cela peut t'être utile.

À tâtons, Hari trouva le coin d'une roche qui bloquait un trou dans le mur. Il la retira lentement. La lumière qui en vint ne fit d'abord que peu de différence, mais après un moment, les yeux de Hari s'habituant à la pénombre, il put apercevoir les contours confus de Lo — un homme affaissé par l'âge et les années de famine, assis sur ses draps mités, dans la poussière, avec pour seuls vêtements les restes d'un pagne cachant son bas-ventre. Hari se demanda ce qui pouvait bien le garder en vie.

— Je ne sais pas, dit Lo en réponse à cette pensée de Hari. Mais chose certaine, je ne verrai pas la fin de la Compagnie de mon vivant. Ni même peut-être les balbutiements de sa chute.

— J'ai perdu mon père.

— Et tu le pleures. C'est ce qu'il faut faire. Car personne n'en revient. Tu dois à présent vivre par toi-même et chercher tes propres expédients.

— Vous ne m'avez pas demandé où ils l'ont emmené.

— C'est inutile. Tarl était un homme libre. Un indomptable. Ils l'amèneront à l'Abîme de sel.

Comme chaque fois, Hari sentit ses tripes se nouer en entendant ce nom. Sa gorge se serra tant qu'il lui fut difficile de parler.

— Qu'est-ce qu'il y a dans l'Abîme de sel ? Dites-moi, réussit-il à demander.

— J'ai entendu toutes sortes de fables, toutes plus fausses les unes que les autres. N'aie pas peur, mon garçon. Les vers et les tigres de sel, ce sont des créatures qui n'existent que dans l'esprit des hommes. Les rats de sel ? Peut-être. Les rats sont partout. Mais sache ceci, Hari : il y a quelque chose là. On m'a parlé d'hommes avalés par la nuit, aspirés à l'endroit même où ils dormaient, des hommes que personne ne revoit jamais. C'est là d'autres fables, bien sûr... mais j'ai ouï des murmures parmi les rats, des chuchotements qui racontent ces enlèvements. Et ce que rat sait..., commença-t-il en s'arrêtant dans sa phrase, pour poursuivre l'instant d'après sur un autre sujet. Tarl sera de ceux qui disparaissent. D'autres meurent à force de travail et leurs frères d'infortune abandonnent leurs cadavres dans les tunnels vides, où ils reposent à jamais. Mais cette chose, quoi qu'elle puisse être, prendra Tarl.

— Comment pouvez-vous savoir ? cria Hari, que la peur emportait.

— Je te l'ai dit, mon garçon, entre les événements présents et ceux à venir, un rideau pend, un voile aussi noir que l'obscurité du monde dans lequel je vis depuis l'éclat de canon qui m'a rendu aveugle. Mais il arrive à l'occasion qu'une main se tende et prenne la mienne, me guidant à l'orée de ce que demain réserve, et le rideau se lève, et je vois...

— Que voyez-vous ? Est-ce que vous voyez mon père ? Le voyez-vous maintenant ?

— Que des ombres, Hari. Mais ton père semble se relever là où il a chuté, et il y a cette voix qui murmure : «Suis-moi.» Je ne saurais dire ses intentions. Cette chose est peut-être gentille, ou le mal incarné... mais Tarl se relève.

— Et il la suit, cette voix ?

— Il me semble. Mais le rideau se ferme, Hari, et la nuit qui est ma demeure revient.

— Je suis venu vous dire...

— Oui, qu'est-ce que c'est ?

— Que j'ai fait la promesse de le sauver.

— Ah, fit Lo, qui ne parla plus pendant un long moment, après quoi Hari vit soudain sa bouche se tordre dans une grimace. Oui, reprit-il. C'est bien ce qu'il te faut faire.

— Voyez-vous quelque chose ? Le rideau se relève-t-il ?

— Non, mon garçon. Rien ne me vient. Mais je crois que tu dois faire ce que dois. Et suis la voix lorsqu'elle appellera, ajouta-t-il, une autre grimace déformant son visage. J'aurai du mal à te perdre, Hari. Je mourrai quand tu partiras...

— Non.

— Tu m'as gardé en vie. T'enseigner était la seule raison qui me poussait à regarder par ce trou dans le mur, à sentir la brise et à entendre la mer se briser sur les plages. Hari, toi seul sais ces choses que j'ai connues. Les hommes qui m'ont raconté les récits, qui m'ont montré l'histoire. Je parle des hommes, et des femmes aussi, qui savent jeter un pont entre leur esprit et celui des animaux, et qui m'ont enseigné cette habileté. Tous ces gens sont morts depuis longtemps, et toi seul demeures. Je n'en ai trouvé aucun autre.

— Mon père. Je lui ai dit.

— Et le savait-il? L'a-t-il appris?

— Il en savait assez pour combattre la Compagnie. Pour m'apprendre à lutter et à me défendre.

— Et rien d'autre?

— Il ne pouvait pas… c'était au-delà de ses forces, d'ainsi tendre l'esprit pour sonder l'intérieur d'un rat ou d'un chat. Et les histoires que vous m'avez racontées et que je lui ai répétées, eh bien, elles le mettaient en colère. Chaque fois que je lui en parlais, il se jetait sur la pierre pour aiguiser son couteau et partait chasser le rat royal dans les terriers. Et il criait en donnant la mort : « À bas la Compagnie! »

Hari sentit à ce moment les larmes qui mouillaient ses joues, et il ajouta :

— Et c'est tout.

— Mais tu pressens qu'il doit exister d'autres manières, qu'un autre avenir est possible.

— Oui.

— Et je t'ai raconté l'origine des choses, comment nous en sommes venus à ce présent.

— Oui.

— Redis-le-moi avant de partir.

Hari avala sa salive. Il n'avait aucune envie de revoir pour une énième fois l'histoire : l'invasion, les défaites, les années d'asservissement. Il avait d'autres ambitions et des désirs autrement plus profonds. Il voulait que Lo lui indique le chemin de l'Abîme de sel. Il voulait sauver son père. Mais il savait aussi que le vieil homme ne posait aucune question en vain, et malgré qu'il ignorât les raisons intimes de sa demande, il accepta d'y répondre, se mouillant les lèvres avant de se lancer dans l'histoire.

— Des siècles, il y eut de longs siècles avant la venue de la Compagnie. La vie était bonne. Notre ville s'appelait Appartenance et nous nous nommions Peuplade. Nos navires mouillaient à Franc-Port et, voguant à l'ouest et au nord, ils partaient faire la moisson des mers. Nos terres s'étendaient au sud et à l'ouest, fertiles de champs de blé et de fermes, aussi loin que l'homme savait voyager, jusqu'aux jungles et aux déserts qui gisaient au-delà. Des étrangers venaient depuis les contrées éloignées, arrivaient avec leurs caravanes et leurs bateaux, pour commercer avec nous, apportant les vivres dont nous avions besoin et repartant avec d'autres marchandises. Et nous, la nation Peuplade, étions heureux. Mais le jour vint où un navire noir accosta. Nous ne savions pas qu'il existait des terres habitées au-delà du monde connu. On s'étonna donc de voir ce vaisseau noir, s'avançant dans la baie, vers l'appontement, ses voiles blanches gonflées, une main ouverte et rouge pour seul pavillon. Il se nommait le *Main ouverte* et provenait d'un horizon lointain appelé «Compagnie».

Hari sentit sa bouche s'assécher, et sa langue lui refusa bientôt les plus simples mots. Cependant, bien des gens connaissaient cette partie de l'histoire. Ce jour où le vaisseau noir arborant la main rouge ouverte — construit selon un gabarit qu'on croyait impossible, mais qui flottait pourtant — s'amarra au quai de Franc-Port fut le jour où l'on mit en place les rouages d'un grand esclavage. Au début, rien n'y parut et les relations entre les gens de la Compagnie et la Peuplade furent de bon aloi, amicales même. Les années passèrent et le commerce crut, la Compagnie affrétant toujours plus de navires vers la baie d'Appartenance. Mais un jour, ceux qui avaient été jeunes du temps de l'arrivée du premier vaisseau, le Main Ouverte, découvrirent que, devenus vieux et vieilles, ils n'étaient plus les citoyens d'Appartenance, mais plutôt les serviteurs de la Compagnie.

Hari se sentit prêt à reprendre.

— Ils nous ont manœuvrés à petits pas et nous étions cupides, âpres au gain. Ils venaient à nous les mains pleines de biens et de merveilles. Notre cité prospérait. La Compagnie s'installa, organisant la construction de divers bâtiments, des entrepôts, des greniers et des usines; et nos dirigeants jugèrent cela bon, car la

Compagnie apportait la richesse. Ensuite, la Compagnie prétexta d'autres besoins, comme des baraquements pour ses soldats, des hommes dont elle n'aurait su se passer pour protéger ses avoirs et ses intérêts — et nous l'avons permis. Ces hommes de guerre devinrent notre armée et notre police. Et bientôt, nos navires furent interdits de voyage et la mer fut le terrain des seuls vaisseaux de la Compagnie. Achetées massivement, nos fermes nous furent prises. Et les marchands et les fonctionnaires de la Compagnie dirigèrent tout. Notre cité tout entière fut contrôlée. Notre gouvernement, à leurs pieds. Tout pour eux. Leurs familles colonisèrent nos terres, et les plus prospères bâtirent des manoirs en front de mer, sur les falaises. Un mur fut édifié pour protéger ce qu'ils appelèrent l'Enclave. Et nous, la Peuplade, fûmes engagés comme domestiques, et dans leurs usines, comme ouvriers, ou enrôlés sur leurs navires. Et cela perdura, jusqu'à ce que d'hommes et de travailleurs nous devînmes leurs esclaves. Nous vendîmes alors tout ce qu'il nous restait à vendre, c'est-à-dire nous-mêmes. Et ainsi nous appartînmes à la Compagnie.

— En effet, mon garçon, dit Lo. Tu connais notre histoire. Mais n'essuie pas tes yeux. Il n'y a aucune honte à verser ces larmes.

Des larmes silencieuses coulaient sur les joues de Hari. Le vieil homme savait-il pourquoi Hari pleurait?

Il pleurait de voir les larmes dans les yeux aveugles de Lo. Hari alla s'asseoir à côté du vieil homme et reprit son récit :

— Puis un jour, dans la cité, un fardier de la Compagnie, lourd d'une cargaison chargée au port, roula sur une femme qui vendait des breloques, l'écrasant sous ses roues. Le conducteur du fardier ne daigna pas s'arrêter, criant seulement qu'il était en retard pour la livraison et qu'on le passerait au fouet s'il s'attardait; d'ailleurs, avait-il ajouté, cette femme ne s'était pas tassée à temps, et les gens devaient céder la voie à la Compagnie. Sur ces mots, le soldat qui escortait le conducteur avait déroulé son fouet et frappé les enfants de la malheureuse, les chassant de la voie publique — c'est par cet incident en apparence banal que commença la grande rébellion. L'homme que l'on connaîtrait bientôt comme Cowl le Libérateur tua le garde à la pointe d'un couteau.

— Oui, mon garçon. De ces événements, je fus témoin. Cowl était un honnête marin, un ami de mon père, et ce jour-là, j'étais justement juché sur les épaules de mon paternel. Je revois Cowl sauter dans le chariot et tuer le garde, et le conducteur prendre la fuite. Cowl venait de découvrir qu'il avait une voix et il en appela à la colère de son peuple, l'incitant à se dresser contre la Compagnie, à s'insurger et à reprendre les terres qui étaient nôtres, et notre mer aussi. Un appel à la dignité de Peuplade. Raconte cette histoire…

— Ce fut comme le courant d'une grande marée. Une vague déferlante venant de tous côtés, et la voix de Cowl fut entendue de tous, dans la ville, sur les bateaux et bientôt dans les campagnes. Hommes et femmes prirent les armes, un couteau, une faucille, un bâton. Les enfants aussi. À la nuit tombante, Appartenance était libre à nouveau et tous les gardes de la Compagnie, les fonctionnaires, les auditeurs et les marchands, trouvèrent la mort. Nous prîmes d'assaut les navires et pendîmes leurs capitaines tout en haut des mâts. Et la battue commençait à peine. Nous avons pourchassé les familles de la Compagnie jusque dans leurs retranchements de l'Enclave, dans leurs manoirs, traînant celles que nous capturions vers les falaises et vers la chute mortelle. Nous étions terribles et cruels. Personne ne fut épargné...

Hari bouillait de rage en racontant ces faits, déchirant et perçant l'air avec son couteau — le poignard de son père. Mais, comme cela arrivait toujours lorsque Hari contait l'histoire, ou qu'elle lui venait à l'esprit, cette sauvagerie qui l'envahissait sombrait vite, l'entraînant dans des sanglots, sous les flots, et il se réveillait soudain minuscule dans une mer de tristesse.

De sa voix éraillée et teintée d'une peine sourde, Lo demanda :

— Et la suite ? Que s'est-il produit ?

— Tout devint pillage, destruction, chaos et mort. La cité compta bientôt dix chefs, chacun d'eux avec sa propre armée. Des brigands écumaient les campagnes, s'adonnant à une violence sans nom, tuant et passant tout par les flammes. Des hommes devenaient rois, le temps d'une semaine, pour se voir aussitôt détrônés par un autre, dans une suite sans humanité de nouvelles accessions au pouvoir. C'est dans ce climat que Cowl le marin vint depuis le port pour nettoyer la cité. Par la détermination de ses hommes et son courage, il mit en déroute tous les petits rois et leurs armées. Il instaura ensuite un gouvernement et décida la reconstruction d'Appartenance. Lentement, on vit la cité renaître, retrouver la beauté qu'elle avait avant le règne de la Compagnie. Sur les fermes, on se mit à élever ses propres bestiaux, à planter ses propres cultures. On revint au point où tout commence : le recommencement…

— Oui. Et ensuite ?

Hari ravala sa salive.

— Cowl se proclama roi d'Appartenance.

Lo laissa tomber un grognement de désespoir. Sa tête s'enfonça entre ses épaules comme s'il n'avait plus eu la force de la tenir droite.

— Je ne suis pas obligé de raconter ce qui vient ensuite, proposa Hari.

— Raconte tout de même. Toute vérité mérite d'être dite.

Hari s'humecta les lèvres avant de reprendre.

— Il s'autoproclama roi. Il déclara que la gouvernance revenait à lui seul, que le parlement avait l'effet pervers d'affaiblir la nation. Il fit ériger des statues à son image. Cowl le Libérateur devint le roi Cowl. Il s'entoura d'une cour, installant ses courtisans dans les manoirs. Il leva une armée et ambitionna la conquête de nouveaux territoires. Bientôt, nous comprîmes que la liberté n'était qu'une façade et que nous étions redevenus esclaves. Et tout ce temps, nous savions que, dans leurs demeures au-delà des terres connues, les gens de la Compagnie préparaient un retour. La Compagnie était puissante, beaucoup plus forte que nous ne pouvions l'imaginer.

— J'avais fêté mes dix ans lorsqu'ils débarquèrent une seconde fois, expliqua Lo. Jeune mousse, je revenais de mon premier voyage en mer, sur le navire de mon père. Notre vaisseau mouillait au port par un doux matin lorsque nous aperçûmes des fumées s'élever comme des nuages inquiétants sur la mer. C'était la flotte noire, une centaine de navires, mon garçon, de grands vaisseaux de fer aux moteurs rugissants, une main rouge peinte sur les coques. Ces bateaux avançaient à la vapeur ; nous n'avions jamais imaginé la vapeur ainsi employée. Bientôt, leurs canons lancèrent des éclairs de feu, et nous n'avions pour répondre à l'agression que nos arbalètes et des lances…

— La Compagnie, gémit Hari, qui sanglotait un peu.

— La Compagnie revenait.

— Et ses navires assiégèrent Franc-Port, un siège qui dura dix jours et dix nuits, faisant cracher leurs canons sur la cité jusqu'à ce que, dans la ville entière, il ne reste plus un seul bâtiment debout. L'armée de Cowl fut réduite à néant. La Compagnie fit débarquer ses troupes et le massacre commença. Seuls les gens qui eurent la vivacité de fuir vers la campagne survécurent, comme ceux plus rares qui choisirent de se tapir dans les ruines. Les soldats prirent Cowl et ses généraux et les jetèrent du haut des falaises, à la manière dont nous avions lancé les grandes familles vers la mort. Vint ensuite la marche sur les campagnes et la conquête de tous les villages ; ils marchèrent jusqu'à la jungle et n'arrêtèrent pas avant les sables du désert, rasant tout sur leur passage. Et ici, à Appartenance, ils laissèrent les ruines effondrées dans les poussières, comme un rappel lancé aux survivants de la toute-puissance de la Compagnie. Et derrière ce paysage de dévastation, ils bâtirent Ceebeedee, le quartier des affaires, reconstruisant aussi l'Enclave et un nouveau port — et ils régnèrent, tandis que nous survivions dans la misère et les gravats. Dans les terriers, nous vécûmes tels des rats. Je ferai… je ferai tout…

— Oui, mon garçon ? Que vas-tu faire ?

— Je les chasserai. Je les tuerai.

— Comme ton père l'aurait fait ?

— Oui, comme mon père.

— Ton père que les Faucheurs ont capturé et condamné à l'Abîme de sel. Hari, écoute-moi quand je dis que la Compagnie ne sera jamais vaincue par l'épée et la lance. Pas plus que les canons électriques ne peuvent la soumettre. La Compagnie régnera jusqu'à la fin des temps.

— C'est faux ! s'indigna Hari dans un cri.

— À moins que…

— J'écoute. À moins que quoi ?

— À moins que tu ne trouves un autre moyen.

— Mais de quoi parlez-vous ?

— Je ne sais trop. Mais parfois, je vois l'avenir et, dans les tremblements du rideau, il me semble entrevoir une lumière. De l'autre côté, j'entends la mort prochaine d'un murmure qui aurait dit un nom. Mais comment en être sûr ? Je ne peux même pas me lever, marcher, m'y rendre, voir…

— Quel nom entends-tu ?

— Je ne saurais dire.

— C'est le mien ? Suis-je appelé à combattre la Compagnie ? Retrouverons-nous notre liberté ?

— Je n'entends pas le fracas des armées. J'entends une voix qui murmure : « Cherchez la voie. »

— Mais comment faire ?

— Je pose cette question, mais aucune réponse ne vient.

— Est-ce qu'elle parle de sauver mon père ?

— Si c'est ce que tu as promis, sauve-le, si tu le peux. Mais si la mort te surprend…, commença Lo, secouant la tête en concevant le pire. Hari, nous ne pouvons être sûrs de rien. Et il n'est pas impossible que j'aie entendu ce que je voulais bien entendre. Quoi qu'il en soit, il te faut désormais rester concentré sur les tâches à accomplir. Comment quitter les terriers. Comment traverser les montagnes. Comment survivre à la jungle. Moi, je ne connais rien de ces choses. Tu devras les découvrir par toi-même.

— Où se trouve la mine ? Où trouverai-je l'Abîme de sel ?

— Au nord. Jadis, quand j'étais tout jeune garçon, on creusait les montagnes pour en extraire le sel. Peut-être que ces mines s'y trouvent encore.

— Comment y amène-t-on les prisonniers ? Comment emmènent-ils mon père ?

— Par bateau. Mais toi, tu devras t'y rendre par le continent.

— Mais comment faire ?

— En accomplissant ce à quoi chaque jour oblige. Je ne peux rien te dire de plus.

Ils restèrent assis en silence durant un long moment. « Je quitterai le Terrier du sang et je trouverai mon père », se jura Hari. Ce serait comme avancer dans le noir, sans jamais savoir où le pas suivant vous mène. Il n'avait aucune foi quant à l'aide d'une voix hélant son nom, sachant qu'aucun rideau ne se lèverait devant lui pour lui montrer une brillante lumière. C'était là le don de Lo, lui qui n'avait plus quitté sa sombre cellule depuis des années. « La fin est proche pour le vieil homme », pensa Hari.

— Je vous apporterai de la nourriture et de l'eau avant de partir, promit Hari en se relevant debout.

— Non, Hari. Il me reste la croûte d'un pain et une gourde pleine. Après avoir tout mangé, je n'aurai plus besoin de rien.

— Vous allez mourir ?

— Oui, je mourrai. Mais j'ai une dernière requête avant que tu ne partes : aide-moi à sentir le vent, à entendre la mer. Et fais-moi tes adieux comme je te l'ai enseigné, de sorte que j'entende ta vraie voix.

Hari aida Lo à se lever sur ses frêles fémurs, passa un bras autour de sa carcasse et l'amena jusqu'au trou dans le mur. Le vieil homme inclina la tête. La brise qui se levait sur le port soufflait à travers les ruines pour venir caresser son visage.

— Le vent se lève. J'entends des vagues se briser dans le lointain. Laisse-moi ici, Hari. Je ne bougerai plus.

Hari alla chercher la gourde d'eau et la croûte de pain qu'il déposa ensuite par terre, là où le vieil homme les trouverait lorsque ses forces le quitteraient. Il posa la main sur son épaule avant de s'éloigner. Il parla ensuite, mais pas avec la bouche, en pensée, en silence :

— *Merci de tout cœur, père Lo, pour tout ce que vous m'avez enseigné.*

Hari ne perçut d'abord aucune réponse, puis sentit la brise et entendit des vagues déferler doucement dans son esprit. C'était la voix du jeune Lo, sans halètement et sans cassure. Elle lui parlait depuis une caverne s'ouvrant derrière ses yeux :

— *Hari, tu as été pour moi le fils que je n'ai jamais eu. N'oublie pas ce que je t'ai appris. Et reste ouvert aux nouveaux enseignements, aux vérités que je n'ai pas su connaître.*

— J'essaierai, répondit Hari à voix haute.

— *Bien. Maintenant, va où la route te mène et souviens-toi de moi.*

Hari tendit la main et toucha le bras de Lo. Il tourna ensuite les talons et quitta la cellule du vieil homme, retrouvant les ruines et le chemin qui le ramènerait au Terrier du sang.

Hari ne se rendit pas au dortoir, puisqu'il n'y trouverait aucune âme sensible à sa cause. En effet, son père et lui étaient des étrangers que la tribu tolérait pour leurs habiletés au combat. La nouvelle de la capture de Tarl serait déjà connue de tous, et personne ne penserait à contester celle de la noyade de Hari. « Qu'ils me croient mort », pensa Hari. C'était plus sûr pour lui que personne n'ébruite sa présence, que son nom ne fût plus jamais murmuré, sauf pour pleurer sa mort. Il prit donc le chemin du terrain vague qui portait jadis le nom de Parc de la liberté, un carré boisé où les plus larges meutes de chiens sauvages venaient dormir chaque nuit. Ces animaux n'étaient pas ses amis, mais pas davantage ses ennemis. Chose certaine, s'ils le prenaient au dépourvu, ces chiens n'hésiteraient pas une seconde et en feraient leur repas, se disputant ses chairs déchiquetées. Mais si Hari gagnait une hauteur sûre, s'il s'installait là où les bêtes ne pouvaient l'atteindre, la discussion serait possible. Bien sûr, chaque partie resterait sur ses gardes, mais Hari savait parler aux chiens. Il lui restait donc à grimper sur la saillie d'un mur et à s'assurer d'une ligne de fuite, au cas où les échanges vireraient au vinaigre.

Il trouva un mur orphelin en surplomb d'un amas de briques et de poutres pourrissantes. Il y grimpa sans faire de bruit, s'avançant sur la saillie avant de s'accroupir, deux mètres au-dessus de la meute assoupie. Les chiens reniflèrent son odeur et se levèrent, vociférant bruyamment — soixante chiens et chiennes, dont certaines avaient des chiots entre les pattes. Hari se tint immobile, patientant tandis que les bêtes affamées bondissaient et grognaient après lui. À l'évidence, la chasse aux rats n'avait pas rapporté beaucoup aujourd'hui. Hari attendit et les chiens réalisèrent vite qu'ils ne mettraient jamais la dent sur lui. Il arrêta ensuite son regard dans celui du chef de meute, un chien brun et blond, qui naguère en imposait aux autres par sa stature. Maintenant amaigri, sa peau retombait mollement sur ses flancs et il avait des poils gris au museau. Son temps à la tête de la meute était compté, sa chute imminente.

— À *manger*, promit Hari en silence.

Le chien poussa un glapissement affamé.

— *Mais tu dois être patient*, l'avertit Hari, *et faire ce que je dis.*

Une chienne, surprenant cet échange, se mit à hurler de désespoir.

— *Il y a un vieil homme qui se meurt*, poursuivit Hari. *Les rats le trouveront avant sa mort. Vous devez tuer ces rats. Il y en aura beaucoup. Cela fait, vous pourrez manger à votre faim.*

— *Où aller ?* demanda le chien.

— *Vous devez laisser le vieil homme mourir de sa belle mort.*

— *Ensuite, il devient notre nourriture ?* suggéra le chien.

— *Oui. Dépouillez-le et faites que ses restes soient propres.*

— *On pourra gruger ses os ?*

Hari savait qu'il n'y avait aucun moyen de prévenir cela, surtout que les chiens tireraient bien peu de viande du pauvre Lo.

— *Oui. Vous pouvez gruger les os.*

— *Où est-il ?*

— *Attends.*

Le plus simple était fait ; désormais, la tâche se corsait. Il projeta sa pensée pour sonder la meute, cherchant là l'animal avec qui il pourrait parler secrètement. Plus loin, derrière les chiots en pleine croissance, Hari trouva un chien famélique à la robe noire et blonde.

Boitant sur ses pattes avant, l'animal trépignait à l'idée de croquer quelque viande. Il s'avança prudemment pour prendre part à l'expédition, conscient que le chef pourrait à tout moment se retourner contre lui. Il avait jadis été un chien fort, carré aux épaules et large d'esprit, mais des blessures l'avaient ralenti et l'inanition l'affaiblissait. Un jour pas si lointain viendrait où le reste de la meute l'achèverait et se nourrirait de sa maigre carcasse.

Hari se concentra, projetant sa pensée comme une lance :

— *Reste, chien, lorsque les autres partiront. Je te donnerai à manger.*

De surprise, l'animal poussa un aboiement aigu.

Hari revint au chef de la meute :

— *Tu attendras que le vieux soit mort. Jure-le-moi.*

— *Nous attendrons s'il y a assez de rats à dévorer.*

Hari n'avait d'autre choix que de prendre ce risque pour le salut de Lo. D'ailleurs, pour l'ancien Survivant, il était peut-être déjà trop tard.

— *D'accord, voici le chemin.*

Il évoqua la route en pensée : les tunnels, les pièces effondrées, une rue déserte, la chute de gravats, la terre en ruine qui s'avançait sur le territoire du port et enfin le rideau qui cachait l'entrée de la cellule de Lo.

— *Courez sans faire de bruit, pour ne pas effrayer les rats,* conseilla Hari.

— *Oserais-tu apprendre à un chien comment chasser ?*

Le chef aboya, fit un tour sur lui-même et s'élança en bondissant dans une course avide à travers le parc abandonné. L'instant d'après, la meute avait disparu. Seul le chien noir et blond demeura assis.

— *À manger*, implora-t-il dans une pensée gémissante.

— *Bientôt*, lui assura Hari. *Suis-moi. Et obéis.*

Il bondit en bas de son perchoir et se mit à courir, partant dans la direction opposée de la meute. Le chien suivait tant bien que mal sur ses pattes boiteuses. Hari contourna le dortoir. Il se lança dans l'ascension menant au mur de Ceebeedee. À deux reprises, il dut soulever le chien pour lui faire franchir des barrières de pierre trop hautes. Il emprunta ensuite des sentiers sinueux et rampa dans des tunnels pour atteindre une porte en fer perçant un mur en parfaite condition. Le chien se tenait à ses pieds, geignant à en faire pitié. Hari enfonça un bras dans une profonde craque entre deux pierres et en tira une clé. Il la logea dans la serrure et tourna le poignet, attendant ensuite la fin d'un grondement et la série de cliquetis d'un mécanisme auquel il ne comprenait rien, sachant seulement qu'il fallait attendre, comme son père le lui avait appris, que la porte s'ouvre. La porte s'ouvrit sur ses gonds dans un bruyant grincement.

Le chien, en sentant l'odeur de nourriture, voulut courir devant Hari, mais celui-ci le fit changer d'idée d'un coup de pied dans le flanc.

— Attends, dit Hari à voix haute, ne se souciant pas que le chien comprenne ou non.

La pièce dans laquelle ils pénétrèrent était plongée dans une obscurité totale. Penché, Hari cherchait en tâtonnant le sol et trouva, au pied de la porte, une pierre de silex, un bout de chiffon et un pot d'huile. Il frotta la pierre et fit naître des étincelles grâce auxquelles il mit le feu au morceau de tissu. Ainsi, il alluma la mèche nageant dans l'huile et la pièce exiguë fut révélée. Le chien gémissait d'excitation et de peur à la fois.

— Tais-toi, le chien.

Hari s'avança jusqu'au mur du fond et ouvrit un coffre qui gisait là. À l'intérieur, des viandes séchées étaient enveloppées dans un linge. Il y avait du rat, du chat, du chien et quelques restes de mouton (une bête dont Hari avait entendu parler sans jamais la voir). Ces vivres, il les avait volés dans les chariots des commerçants de la Compagnie ou dans les étals qu'on aménageait parfois aux portes des terriers. Hari balança deux morceaux au chien — du rat et du chat — et se réserva le mouton. Il s'assit pour se faire les dents sur la viande coriace tandis que le chien mâchouillait avidement, affairé à arracher des bouchées assez petites pour les avaler.

— *C'est mon père qui a découvert cette pièce, le chien*, annonça-t-il en pensée. *Mais il n'y reviendra plus.*

Hari but l'eau d'une poche en cuir et en versa un peu sur le sol pour le chien.

— C'est ici qu'il entreposait de la nourriture et des armes pour sa révolution. Tu vois, les couteaux, les arbalètes et les lances ? Il y en a pour armer dix hommes, expliqua Hari, que cette remarque faisait rire. Dix hommes pour défaire la Compagnie. Mais mon père disait qu'il y en aurait bientôt mille. Puis dix mille. Cette pièce, c'est le modeste début de quelque chose de grand — c'est ce qu'il disait. Et voilà maintenant qu'il est parti vers l'Abîme de sel.

Le chien poussa un glapissement inquiet en concevant l'image sombre qui apparaissait dans son esprit. Et Hari aussi eut ce petit cri involontaire de peur. Pour se calmer, il tira au clair le poignard de son père et en examina la lame, vérifiant son tranchant avec le plat de son pouce. Il prit ensuite un morceau de viande et le coupa en petites bouchées avant de les lancer au chien.

— N'aie pas peur, le chien. Nous voyagerons ensemble. J'ai besoin de ton flair pour débusquer les dangers cachés. Reste avec moi et tu n'auras plus jamais à te plaindre de la faim.

Hari évoqua les images de la route qu'il prévoyait pour le voyage, traversant les terriers, partant dans les terres sauvages au-delà du quartier des affaires, puis gravissant les collines au nord — il fabriqua les images de quelques animaux imaginaires qu'il tuerait pour la viande et des bassins d'eau où ils pourraient s'abreuver. Après cela, il était incapable d'évoquer des images claires. Il y avait les déserts dont Lo lui avait parlé, des montagnes et des rivières — mais Hari ignorait de quoi étaient faites ces choses. Et au-delà, il n'y avait que l'horreur de l'Abîme de sel…

Le chien se dressa sur ses pattes, une plainte apeurée à la gueule. Sournoisement, il se dirigea vers la porte.

— *Reste avec moi, le chien*, insista tout doucement Hari. *Tu n'as aucune chance tout seul… sauf celle de faire le repas des rats.*

Comme une réponse, une image lui vint du chien : la meute endormie, repue après une mise à mort. Et Hari s'indigna :

— *Crois-tu vraiment qu'il t'est possible de les rejoindre ? Et d'ailleurs, la prochaine fois que la faim les tiraillera, qui crois-tu qu'ils mangeront ? Combien de fois les as-tu vus faire ?*

Hari envoya cette pensée en une image d'une cruauté sauvage et le chien se mit à hurler, puis à tourner sur lui-même, le geste lamentable du condamné. Il se laissa enfin tomber, se couchant comme si ses jambes n'avaient soudain plus eu de force.

— *Oui, le chien, tu es à moi, et je suis à toi. Il n'existe aucun autre moyen.*

Hari se releva et alla fouiller dans une pile de vêtements jetés dans un coin. Il y avait là des pantalons, des pourpoints en cuir et des capes munies de capuchon que Tarl avait ramassés au fil des années. Il se débarrassa de ses haillons et se choisit quelques bons vêtements qu'il enfila sans se presser. Il mit ensuite dans un sac les restes de viande et remplit sa gourde d'eau. Enfin, il prit une gaine pour le poignard de Tarl et passa une ceinture pour l'y accrocher. Il préféra ne pas s'encombrer d'autres armes — les épées et les lances étaient trop embarrassantes et il ne savait pas manier l'arbalète ; toutefois, au maniement de l'arme blanche, il n'avait rien à envier à son père. Son couteau et son chien, c'est tout ce dont il aurait besoin. Et si d'aventure les proies venaient à manquer, il pourrait toujours cuisiner le chien.

— *Nous profiterons de la nuit pour traverser les terriers et nous dormirons dans un trou que je connuis, passé Ceebeedee. Ensuite, nous avancerons dans les terres sauvages jusqu'aux montagnes.*

Hari souffla la lampe à l'huile, fit sortir le chien avec le pied, referma la porte et cacha la clé.

— *Tu marches à mes pieds*, exigea-t-il du chien, *et n'essaie pas de t'éclipser en douce ou tu trouveras vite la lame de mon couteau.*

Hari prit la direction du nord à travers les ruines. Le chien suivait, la démarche ondoyante, avec dans la gueule un bout de viande de rat.

CHAPITRE 3

Mademoiselle Perle, que les gens importants connaissaient sous le titre de la Resplendissante Perle de l'océan infini, s'était glissée hors du lit et, déjà vêtue, s'avançait sur la pointe des pieds dans la chambre enténébrée. Elle allait réveiller sa servante, Feuille-de-thé, qui somnolait dans sa chaise.

— C'est le temps de partir.

— Pas encore, répondit Feuille-de-thé en ouvrant les yeux. Le garde à la porte ne dort pas, ajouta-t-elle, un sourire aux lèvres. Patience, dans quelques minutes, nous serons en route.

— Tu n'as qu'à l'endormir. Sers-toi du mot.

— Je l'utiliserai, Perle, mais en cas de nécessité absolue. Sois patiente. Nous partons ce soir.

— Et qu'arrivera-t-il demain, quand j'aurai toute la garde à mes trousses ? rétorqua Perle. On nous trouvera et je serai ramenée de force. Et ce sera la fin. Il ne me restera plus qu'à empoisonner mon fiancé, et à me donner la mort.

Feuille-de-thé eut un petit rire en deux notes, comme le chant d'un oiseau-cristal, et dit :

— Tu n'empoisonneras personne, mon enfant. Nous sortirons d'ici aussi facilement que les papillons volent. Repose-toi encore un peu.

— Ne m'appelle pas comme ça, je ne suis plus une enfant, se rembrunit Perle. D'ailleurs, n'ai-je pas déjà l'âge d'être donnée en mariage ? Du moins, c'est ce que croit mon père. Il dit que dans cette union, je serai le ciment de nos deux maisons. Je ne suis pas une pierre dont on fait des murs, et jamais je n'accepterai d'être avec mon fiancé, dit-elle en crachant ce dernier mot. Mais tu as vu l'homme qu'il est, Feuille-de-thé. Il est si vieux. Comment pourrai-je me marier à un homme qui a survécu à deux femmes déjà ? Et d'ailleurs, à voir le gras qu'il porte au corps, ça ne m'étonnerait pas qu'il les ait avalées, ses épouses. Jamais je ne m'unirai à lui. Je ne le marierai pas.

— Non, tu n'auras pas à le faire. La vie te réserve un tout autre destin, dit Feuille-de-thé, qui s'efforçait de rassurer sa maîtresse.

— Il tue des hommes dans les terres sauvages, pour le plaisir ! Une chasse à courre, Feuille-de-thé, pour se divertir ! Il lâche ses chiens sur les pauvres. Et j'ai même entendu dire…

— Suffit ! trancha Feuille-de-thé.

— Et on dit, poursuivit Perle, qui ne pouvait plus s'arrêter, qu'il a fait trancher la main d'un de ses serviteurs parce que le malheureux avait renversé une goutte de soupe sur sa belle manche.

— Ottmar de Sel est un homme cruel, acquiesça la servante. Mais oublie-le. La fuite que tu entreprends ce soir, ce n'est pas un sauve-qui-peut. Ne pense plus à ce que tu fuis, mais plutôt à ce vers quoi tu cours.

— Oui, mais vers quoi je cours ? J'ai horreur des mystères, tu le sais bien.

Feuille-de-thé se leva de la chaise et appliqua la paume de sa main sur le front de Perle.

— Retourne en arrière, mon enfant, vois ton passé. Oublie cette enfant gâtée de la Compagnie. Il te suffit de t'en dévêtir, de perdre cette peau, comme tu te dévêts des habits de bal après les grands dîners. Retrouve la jeune femme simple et pure que tu étais ; vois comme tu as préservé cette pureté, comme cette fille vit encore en toi, indemne. Tu ignores par quelle force tu y arrives, mais elle est là, tu la trouves : tu es Perle.

— Si je connais ma véritable identité, c'est grâce à toi, aux enseignements que tu m'as prodigués.

— Oh, non. Je me suis contentée de te montrer la voie, de temps à autre. C'est par toi-même que tu as grandi en cette jeune femme fière, en cette Perle. À présent, ma chérie, le garde dort et nous pouvons partir. Garde le silence dans les corridors et, s'il te faut absolument parler, utilise notre voix.

— Et si quelqu'un nous voit ?

— En ce cas, je le convaincrai qu'il n'a rien vu, dit Feuille-de-thé.

Perle prit un moment, le regard posé sur sa servante, admirant son calme, son sang-froid et songeant aux pouvoirs qu'elle maîtrisait : des choses qui, malgré les années passées à ses côtés, la traversée de l'enfance vers l'âge adulte, lui semblaient toujours aussi mystérieuses et même effrayantes. Quelles forces étaient à l'œuvre dans ces parts de Feuille-de-thé qui n'appartenaient pas au monde des humains ?

— Feuille-de-thé, quel sort me sera réservé quand nous arriverons là où nous allons ? Est-ce que je deviendrai comme toi ?

— Est-ce bien cela que ton cœur désire ?

— Je ne crois pas, mais, pour sûr, je ne veux plus être la Resplendissante Perle de l'océan infini, ni devenir comme ma sœur, celle qui aime qu'on l'appelle la Tendre Fleur dans l'aurore ingénue, ni, ni... mais pourquoi s'entêtent-ils à nous donner des noms pareils ? Qu'espèrent-ils de nous au juste, que nous restions cloîtrées, sauf quand le temps vient de jouer à la poupée, toujours souriante, le visage bien peint, une vulgaire travestie de ce que nous pourrions être ? On ne dénie pourtant pas le droit à mes frères d'être George, William et Hubert. Plutôt vivre dans les terriers que d'être leur Resplendissante Perle... et la femme d'Ottmar.

— Tu ne seras ni l'une ni l'autre. Viens, Perle. Le garde dort.

— Est-ce que je suis présentable ? demanda-t-elle en faisant un pas devant le miroir, adressant un dernier regard sur sa réflexion.

C'est à peine si elle reconnut la personne dans le verre assombri, cette femme vêtue d'une cape brune et d'une jupe grise, sur sa tête un bonnet avec les cordons noués sous le menton. Perle n'avait jamais porté de tels habits, des vêtements qu'elle avait vus sur le dos des villageoises, celles qui s'écartaient de leur chemin au passage des voitures qui l'emmenaient vers Ceebeedee. Elle ne se serait jamais crue capable de revêtir pareil accoutrement et elle eut un moment de répulsion en se voyant ainsi vêtue, comme si les tissus grossiers de son habit auraient eu l'effet de la souiller. Elle ne se reconnaissait pas non plus dans ce visage, ces lèvres nues, ces joues sans fard, un rang de fausses perles en travers du front.

— Prends ton sac, dit Feuille-de-thé en lui tendant un genre de musette : un cabas gris sans artifice avec pour seules anses deux cordes rugueuses qui écorchaient la main. Ce fourre-tout était si lourd que Perle, surprise, manqua de l'échapper.

Durant sa courte vie, Perle n'avait que rarement eu à soulever des objets plus lourds qu'un miroir à main. Elle était pourtant forte : Feuille-de-thé s'en était assurée, avec des exercices répétés en secret la nuit. Par ces séances nocturnes, elle avait renforcé les muscles de son corps et appris la vitesse, la dextérité. Ainsi, à l'instar de Feuille-de-thé, elle était capable d'attraper des insectes en plein vol et, étudiant ceux-ci avec un regard aiguisé, elle avait compris le langage de leurs bourdonnements. Ces habiletés, aucun autre humain ne les possédait ; d'ailleurs, les humains ignoraient tout de leur existence. Perle espérait que, durant le voyage — un périple dont elle ignorait jusqu'à la destination —, Feuille-de-thé accepterait enfin de lui apprendre le mot, celui qui persuadait les hommes de ne pas voir ce qu'ils voyaient, d'oublier ce qu'ils savaient.

— Cesse tes rêvasseries, Perle. Et arrête de te mirer dans le miroir. Il est temps de partir.

Feuille-de-thé souleva son sac et le prit sur son dos. Il était passé minuit. La maison était silencieuse. Le père de Perle, le président Bowles, et sa mère, Doux Songe sous les bosquets bourgeonnants, s'étaient retirés dans leurs appartements plus tôt qu'à l'habitude. Sa sœur dormait à poings fermés ; ses frères faisaient la fête en ville et ne rentreraient pas avant l'aurore. Les serviteurs avaient achevé leurs tâches et s'étaient affalés de fatigue au sous-sol, dans les lits du dortoir. Devant Perle et Feuille-de-thé, les escaliers descendaient raides comme le flot d'une chute d'eau. Feuille-de-thé s'y engagea avec assurance : elle savait où tous se trouvaient dans le manoir et percevait le sommeil profond qui les occupait. Au bas des marches, le garde ronflait, assis dans la chaise à côté de la porte. Feuille-de-thé alla poser une main sur son front pour s'assurer de son inconscience, l'entraînant de ce toucher dans un sommeil dont il ne s'éveillerait pas de sitôt.

— Mon père le fera sans doute fouetter, chuchota Perle.

— Nous n'y pouvons rien, fit remarquer Feuille-de-thé. Maintenant, silence Perle. Il me faudra toute ma concentration pour tromper le gardien du portail.

Sans faire de bruit, la servante ouvrit la porte qui débouchait sur un portique. De là, il leur fallait encore atteindre la grille d'entrée, ce qu'elles firent en marchant sur la pelouse pour ne pas alerter le garde dans sa guérite, lequel aurait sans doute sonné l'alarme en entendant le bruit de leurs pas dans l'allée en calcaire.

— Il est éveillé, murmura Feuille-de-thé, qui banda un instant sa pensée, les yeux froncés, avant de déclarer dans des mots sans voix :

— *Maintenant, il fixe droit devant lui et ne nous verra pas. Dépêchons-nous, Perle.*

Elles coururent jusqu'à la guérite, où l'homme se tenait, le regard braqué et la bouche ouverte comme si on l'avait surpris à bâiller.

Feuille-de-thé prit la clé qu'il avait pendue à sa ceinture. Une fois la grille ouverte, elle sortit de la propriété et Perle marcha derrière elle.

— Il sera condamné au fouet, lui aussi.

Feuille-de-thé ne répondit pas. Elle verrouilla la grille, puis lança la clé par-dessus le mur, dans la pelouse.

— Allons, mon enfant…

— Non. Appelle-moi Perle.

— Allons, Perle. Et n'oublie pas, nous sommes des servantes revenant à la maison après une longue journée de travail. Garde la tête basse comme je le fais. Avance avec hâte et humilité…

— Humilité?

— Oui, humilité. À moins que tu ne veuilles Ottmar pour mari… Nous rejoindrons la cité par les marches et il y aura plus loin des hommes qui n'auront pas les meilleures intentions à notre égard. Laisse-moi m'occuper d'eux.

— Utiliseras-tu le mot sur eux? Si tu me l'enseignais…

— Le temps viendra bien assez vite. À présent, reste près de moi et marche comme si l'épuisement t'accablait. Tu ne rêves que d'une chose : retrouver ton lit.

Elles franchirent une avenue et trouvèrent l'étroite allée qui descendait par paliers vers la ville. Perle se retourna, jetant un dernier regard sur les manoirs où elle avait vécu sa jeunesse : les hautes toitures où flottaient les armoiries des Bowles, les fenêtres reflétant la blancheur des rayons de lune, le portique, l'allée de calcaire blanc et les grandes pelouses. Des jets d'eau jaillirent d'une fontaine. Seuls deux ou trois manoirs surpassaient en grandeur et en splendeur la maison où vivait la famille du président Bowles. De tout cela, rien ne maquerait à Perle. En comparaison de ce que

Feuille-de-thé lui avait révélé, la vie dans l'Enclave lui avait semblé un réel esclavage ; elle ne regretterait rien de cette existence faite d'incessants habillages, de séances de maquillage interminables, de longues heures de classe où l'on apprenait combien la Compagnie était bonne et comment ses industries étaient prospères. Elle ne s'ennuierait pas non plus des leçons de danse et d'étiquette, de ces règles de conduite qui encadraient tous les aspects de la vie féminine. Sa famille ne lui manquerait pas non plus : son père, cet homme orgueilleux et distant, sa mère fière et cruelle ; Fleur, sa sœur, était idiote et méchante (toujours la main levée sur les domestiques), ses frères, offensants et agressifs, n'avaient d'autres intérêts que leurs chevaux, leurs épées et les plaisirs nocturnes de la ville ; ils dépensaient plus que Fleur sur leurs habits et passaient aussi longtemps qu'elle à se contempler devant les miroirs. Perle ne s'ennuierait pas d'eux. Et elle ne leur manquerait pas non plus, sauf peut-être pour cette question de mariage. En fait, ils seraient certainement frustrés de ne pas pouvoir offrir sa main à Ottmar, et en colère qu'elle ait pu ainsi ternir la réputation de la famille.

Perle tourna le dos, répugnée par ce passé et ces gens. Elle suivit Feuille-de-thé dans les marches, se sentant le cœur léger, malgré le danger qui guettait tout autour. Certaine de laisser son passé derrière elle, un poids immense fut soulevé de sa conscience, de ses épaules.

Elle entendit le murmure de Feuille-de-thé la traverser comme une brise dans ses pensées :

— *Il y a deux hommes après le prochain tournant.*

— *Que fait-on ?* demanda-t-elle de la même façon.

— *Ils sont ivres et lents. Nous aurons disparu avant qu'ils n'aient pu réagir.*

Elles poursuivirent leur chemin d'un pas prudent. Les voyant passer, l'un des hommes voulut se jeter sur elles et réussit à attraper Perle par sa cape, mais il trébucha aussitôt et tomba à genoux, poussant un juron bien senti. Les cris vulgaires de l'autre homme vinrent dans leur dos et s'évanouirent tandis qu'elles pressaient le pas dans les marches.

La cité leur apparut enfin, se dévoilant dans les lumières des tavernes et sous les réverbères à gaz. Les édifices de Cebeedee se dressaient en toile de fond, illuminés par la lune. Plus loin au sud, on voyait s'étirer jusqu'aux lumières du port l'étendue sombre des terriers. Perle n'en croyait pas ses yeux de constater toute l'ampleur des ruines, avec ses toits effondrés, ses rues dévastées et ses mares d'eaux mortes à perte de vue.

— Comme c'est grand !

— À une autre époque, c'était une grande ville, expliqua Feuille-de-thé.

— Et des gens y habitent encore ?

— Il y en a des milliers, terrés dans les trous des terriers, vivant comme des rats.

— Mais la Compagnie les nourrit, non ?

— La Compagnie affrète des charrettes d'eau et de nourriture lorsque la soif et la faim atteignent un seuil dangereux. Les terriers sont un jardin, Perle, un jardin où l'on cultive l'homme, la main-d'œuvre. Lorsque trop d'ouvriers des mines et des usines meurent, les Faucheurs entrent dans les terriers et cueillent les remplaçants.

Perle frissonna. Feuille-de-thé lui avait déjà expliqué ce fait, mais jamais Perle ne s'était forcée à le croire.

— C'est quoi, ce bruit?

— Des chiens qui hurlent. Ils donnent la chasse; quelqu'un va mourir. Plus vite, Perle, nous devons traverser la cité avant l'aurore. Au lever du soleil, lorsque notre fuite sera découverte, c'est pour nous qu'on fera la chasse.

Elles continuèrent à descendre, suivant d'autres méandres et se pressant dans les rues noires. Un peu plus loin, il y avait les lumières diffuses et les clameurs montantes de ces quartiers de la cité qui ne dorment jamais.

— Ne serait-il pas plus sage d'éviter les gens? demanda Perle.

— Le temps nous manque. Il faut absolument atteindre le mur avant l'aurore, puis trouver un endroit où se reposer jusqu'à la nuit. Garde la tête basse. Ne dis rien. Fais comme moi.

Elles débouchèrent soudain d'une petite rue dans une artère éclairée, avec des auberges et des tavernes.

Les clients plus ou moins ivres traînaient sur le pavé, et des femmes se penchaient dans les entrées, montrant leurs poitrines et des cuisses sous des vêtements ingénieusement rares. Il y avait des allées malfamées qui menaient à des maisons de réputation douteuse. Perle ne comprenait pas l'intérêt que ces femmes souvent défraîchies et vieilles pouvaient susciter chez les hommes. Sur le passage des deux servantes, quelques-unes de ces harpies les apostrophèrent par de bruyantes injures. Des hommes les hélèrent aussi sans politesse, leur faisant des avances obscènes et des menaces, mais Perle et Feuille-de-thé gardèrent les yeux rivés au sol et hâtèrent le pas.

— Voilà, fit Feuille-de-thé lorsqu'elles eurent tourné le coin, c'était la pire des rues, celle où les gens des usines et des taudis se rencontrent pour oublier la misère.

— Ce sont les hommes et les femmes des terriers ?

— Non. Tu ne verras jamais traîner en ville les habitants des terriers. On le leur interdit, d'ailleurs. Ils offensent au simple regard, dit-on.

— Oui, on emploie cette expression.

— Les gens que nous venons de croiser sont les pauvres et les criminels de ta race. Les esclaves des terriers ne sont pas libres de leurs mouvements. Ils vivent dans des baraques sur les lieux de leur travail.

— Mais mon père dit que la pauvreté n'existe pas, qu'il y a seulement des paresseux. Et que dans les terriers…

— T'a-t-il aussi dit que la Compagnie veille au bonheur de tous ?

— Oui, il le répète constamment. Nous les nourrissons. Ils mourraient sans nous, sans notre aide et notre compassion. C'est ce qu'il dit.

Feuille-de-thé eut un sourire.

— Ce n'est pas le temps ni l'endroit pour ce genre de discussions, Perle. Tiens-toi dans l'ombre. Personne n'est en sûreté dans ce secteur.

Il leur fallut encore une heure pour traverser le district de Keg et d'autres lieux de perdition. Elles venaient d'entrer dans la partie plus aisée de la cité, là où le vice et la débauche se faisaient plus discrets, ce qui n'empêcha pas les deux femmes d'être la cible d'insultes et de menaces. Un cocher fit même claquer son fouet devant Perle quand elle voulut toucher son cheval, et un portier à la perruque poudrée qui gardait l'entrée d'un club les chassa comme s'il avait affaire à des chiens errants. Sous le porche d'un autre établissement, que Feuille-de-thé disait être un casino, Perle aperçut son frère Hubert qui titubait, aidé par une femme dans une cape en velours rouge et un masque de chat sur les yeux. Un coche dont les portes arboraient l'emblème des Bowles (une main refermée sur un éclair) s'arrêta devant la maison de jeux, et le voiturier fit monter Hubert et la dame.

Perle garda la tête basse, même s'il était improbable qu'Hubert la reconnaisse dans son état avancé, lui qui d'ailleurs n'avait guère adressé plus d'une dizaine de mots à sa sœur depuis la naissance. Pressant un pas distrait, ayant une pensée pour sa famille qui lui confirma que celle-ci ne lui manquerait pas, Perle faillit commettre l'irréparable, évitant au dernier instant de se buter contre un Faucheur.

— Halte, demanda calmement le soldat, prenant le bras de Perle avec son gant électrique qui bourdonnait comme un essaim d'abeilles et, tandis qu'il soulevait son menton de l'autre main, Perle sentit les picotements de la charge sur la peau du visage. Il est très tard pour une balade, jeune fille. Et tu ne m'as pas l'air de ce genre de femme.

Personne n'avait jamais posé une main aussi désinvolte sur Perle, pas plus qu'elle avait l'habitude qu'on lui parle aussi franchement.

— Comment osez-vous ? ne put-elle s'empêcher de crier. Je vous ferai fouetter.

Elle sentit alors une douce pulsation qui n'avait rien à voir avec le toucher électrique du soldat. C'était la voix de Feuille-de-thé qui résonnait dans ses pensées :

— *Du calme, Perle.*

Elle se calma, et entendit Feuille-de-thé tourner son attention silencieuse vers le Faucheur :

— *Abaisse ta main*, lui ordonna-t-elle. *Ignore ce que tu vois. Tu n'as vu aucune femme croiser ton chemin. Tu n'as rien vu ce soir.*

L'homme baissa le gant qu'il levait sous le menton de Perle. Le vide se fit dans ses yeux. Il recula de quelques pas et son dos heurta le fer d'un réverbère à gaz.

— *Ne bouge pas avant que nous ayons disparu, puis reprends ton tour de garde. Tu n'as rien à rapporter.*

Feuille-de-thé prit Perle par le bras.

— Viens, dit-elle. Et que je ne t'entende jamais plus parler de fouet.

— Excuse-moi, dit Perle, toute penaude.

Son menton lui faisait mal et elle songea à la douleur qu'elle aurait ressentie si le garde avait activé ses gants à pleine puissance.

Elles marchèrent dans des rues peu animées en direction de Ceebeedee, le quartier des affaires. Quelques rares lumières brillaient encore aux fenêtres des maisons modestes où vivaient les fonctionnaires et les petits administrateurs. Les édifices de Ceebeedee se détachaient en noir sur le ciel d'une nuit de lune. On aurait dit des grenouilles dans une mare de nénuphars, et Perle s'imagina qu'il leur suffirait de tirer la langue dans les nues pour se nourrir d'étoiles. Ces bâtiments hébergeaient les sièges sociaux des firmes, de ces entités secondaires qui s'intégraient dans le grand tout de la Compagnie, laquelle était administrée depuis l'agence centrale établie de l'autre côté du monde. Il était difficile pour Perle de comprendre que son père, le grand chef d'une famille importante dans sa société, serait traité comme un employé de seconde classe dans ce monde lointain. C'était pour elle tout aussi inimaginable que de penser que les édifices de Ceebeedee, avec leurs imposantes colonnes de marbre et leurs grands escaliers qui descendaient vers les vastes avenues, n'étaient qu'un ramassis de huttes aux yeux des hommes qui dirigeaient la Compagnie depuis cet autre pays. Elle se sentait minuscule devant leur grandeur, écrasée par leurs immenses façades ; tant et si bien, en fait, qu'elle exprima son inquiétude à Feuille-de-thé :

— Sommes-nous obligées de passer par là ?

— Il y a des sentinelles à chaque porte. Nous prendrons les ruelles pour ne pas être repérées.

C'est ainsi qu'elles traversèrent Ceebeedee — par les ruelles et les voies de desserte — et entrèrent dans un secteur qui comptait beaucoup d'entrepôts et quelques petites usines dont Perle ignorait jusqu'à l'existence. Des hommes travaillaient encore dans certains bâtiments, et ce, même si l'aurore commençait à colorer l'horizon. Des chariots venaient, cahotant, en route pour les premières livraisons, et des engins à vapeur tiraient des charges sur les rails et dans les gares de tri.

Feuille-de-thé et Perle passèrent inaperçues et pénétrèrent bientôt dans un quartier pauvre s'étendant à l'ombre du mur de la cité. On y trouvait là aussi des auberges et des tavernes, mais les portes de celles-ci étaient closes. Feuille-de-thé tourna dans une ruelle, regardant à gauche et à droite dans les chaumières où des femmes allumaient les fours et s'affairaient aux premières tâches de la journée. Elle entraîna Perle dans un passage voûté et lui dit de l'y attendre. Perle était exténuée d'avoir tant marché et son bras lui faisait mal, endolori par le poids de son sac. Elle s'assit lourdement le dos au mur et tomba aussitôt de sommeil. En rêve, elle se vit dans son ancien lit, sous la couette molletonnée. Toutefois, son sommeil était gêné, car on avait mis des roches sous son matelas et son dos lui faisait mal. Elle se réveilla en sursaut quand Feuille-de-thé toucha son visage.

— Je nous ai trouvé une chambre. La femme qui l'offre est jeune et enceinte. Son mari est parti travailler. Ne dis rien. Ne montre pas ton visage. Il ne devrait pas être nécessaire que je lui fasse oublier notre passage.

Elles se rendirent dans une petite maison au bout de l'allée couverte, une bicoque cachée en retrait de la rue derrière les piédroits, et rejoignirent la femme qui les attendait à la porte. Comme l'avait dit Feuille-de-thé, cette femme était jeune, constata Perle, à peine plus âgée qu'elle, en fait, mais maigre et pauvrement vêtue. Son état semblait lui causer des douleurs, car elle gardait une main toujours portée sur son gros ventre. Malgré ses indispositions, la cuisine dans laquelle elle les invita était propre et rangée, et elle se déplaçait là avec plus d'aisance, mettant du pain et de la viande sur la table, versant un thé brun dans des tasses. Elle s'excusa que ce repas fût frugal.

— C'est plus qu'il n'en faut, lui assura Feuille-de-thé. Nous sommes nous-mêmes de pauvres femmes.

Leur hôtesse jeta un regard curieux sur les mains blanches et les ongles au vernis d'argent de Perle.

— J'ignore qui vous êtes, mais vous pouvez compter sur ma discrétion. Je ne dirai rien. Le lit est…

— Le lit nous satisfera à coup sûr. Après ce repas, nous dormirons jusqu'à la nuit tombée, et serons parties avant le retour de votre mari.

Malgré la faim, Perle n'avala que quelques bouchées de pain rassis et de viande insipide. Le thé était amer et lui leva le cœur.

— Ma fille est épuisée et souffrante, expliqua Feuille-de-thé. Elle utilisera vos toilettes, puis se reposera.

— Les latrines se trouvent à l'arrière, dans la cour.

— Min, dit Feuille-de-thé qui venait d'inventer ce nom, vas-y la première.

eeeeeeeemba des nues en sortant derrière la maison. Comment pouvait-on se résoudre à utiliser des installations aussi rudimentaires ? En guise de lieux d'aisances, il y avait un appentis, un pot, et c'était tout. Elle frissonna de dégoût et, en fermant les yeux, elle réussit à s'accroupir. Après s'être soulagée, elle revint dans la maison où la femme lui désigna une chambre à l'arrière de la cuisine. Sur une table au chevet du lit, on avait rempli une bassine d'eau. Perle se lava.

Feuille-de-thé vint la voir.

— Il faut que tu dormes, Min, dit-elle avant de se retourner vers leur hôtesse. Nous vous sommes reconnaissantes. Ne cherchez pas à découvrir qui nous sommes. Pour différentes raisons, il arrive que les femmes doivent fuir. Nous sommes de ces femmes qui n'ont rien d'exceptionnel.

— Je vous oublierai après votre départ, leur assura-t-elle, ce qui fit apparaître un sourire satisfait sur les lèvres de Feuille-de-thé.

Elle posa la paume sur le ventre rebondi de la femme et dit :

— Votre enfant sera fort et en santé. Laissez-nous à présent jusqu'au coucher du soleil.

— Feuille-de-thé, fit Perle lorsque la porte fut fermée, je ne pourrai jamais dormir ici. Leur lit est épouvantable et les draps sont sales. Et regarde ces oreillers…

— C'est tout ce qu'ils ont à offrir. Ne me mets pas en colère.

— Mais regarde…

— C'est ainsi qu'ils doivent vivre. Ce n'est pas un choix. Ils travaillent pour la Compagnie. Maintenant, dors. Le lit est étroit, je coucherai par terre.

Perle eut soudain l'air contrit :

— Non…

— Oui, rétorqua Feuille-de-thé dans un sourire. Je dormirai une dernière fois comme le font les servantes. Mais à partir de ce soir, il n'y aura plus de hiérarchie entre nous ; nous vivrons d'égale à égale. Ne te fais pas de soucis pour moi, Perle, je sais dormir partout.

— Bon, d'accord, mais prends un oreiller et une couverture. Hé ! Feuille-de-thé !

— Oui ?

— Ne m'appelle plus Min, supplia-t-elle, ôtant sa cape et s'étendant dans le lit.

Elle dormit bientôt à poings fermés. Feuille-de-thé l'observa un long moment, son regard fatigué, une tristesse évidente sur son visage. Elle arrangea ensuite l'oreiller et la couverture sur le sol et s'endormit, elle aussi.

Perle dormit jusqu'à tard dans l'après-midi et, en s'éveillant, elle s'inquiéta de ne pas reconnaître l'endroit. Le plafond bas et les murs rapprochés lui donnèrent l'impression d'avoir été mise en boîte. Elle s'assit dans le lit et, ouvrant la bouche, elle allait crier, mais vit Feuille-de-thé qui dormait sur le plancher. Elle se rappela où elle se trouvait et qui elle était : Perle, la fille qui avait déshonoré sa famille en fuguant. Son châtiment, si on lui mettait la main dessus, serait le plus sévère que permettait la loi. Elle ne connaîtrait jamais le mariage, aucune union, voulue ou forcée. Ottmar de Sel, grand homme sur cette terre, ne voudrait plus d'elle, mais elle lui serait donnée pour travailler comme boniche ou, pis encore, reléguée aux menus travaux à l'arrière-scène, avec les domestiques de la maison. Des choses pareilles étaient arrivées à d'autres filles. Perle les avait vues : de pauvres créatures battues qui se pliaient en courbettes et s'abaissaient pour une simple attention, pour un seul mot gentil.

Elle baissa les yeux et regarda sa servante endormie. Feuille-de-thé était désormais son seul espoir. Mais comment la sauverait-elle ? Et être sauvée, qu'est-ce que cela signifiait ? Perle commençait même à imaginer que Feuille-de-thé lui avait imposé ce désir de fuite pour son propre intérêt, qu'elle la manœuvrait depuis le début pour arriver à ses fins, que tout était décidé depuis des années et que Perle s'était naïvement pliée à la volonté d'une servante. Un souvenir lui revint à l'esprit : sa mère l'emmenait dans une pièce où cinq femmes se tenaient en un rang, dociles et humbles ; sa mère lui demandait d'en choisir une, et quatre d'entre elles n'étaient pas dif-férentes de toutes les servantes personnelles que Perle avait connues, tandis que la cinquième était de la race des Natifs. C'était les mains de cette femme qui l'avaient d'abord frappée : trois doigts avec un pouce pliant sur trois articulations. Elle avait eu un frisson devant cette vision contre nature. C'était la première Native qu'elle voyait. Perle avait ensuite plongé le regard dans ses yeux pers dont les pupilles se fendaient comme celles du chat. Elle ne savait comment, mais son esprit s'était lié à cette femme et elle avait entendu une voix murmurer dans sa tête : «Choisis-moi, mon enfant.» Perle avait levé la main et pointé le doigt, fait tout simplement ce choix.

C'était il y a huit ans. Et durant ces huit années, la vie de Perle avait imperceptiblement changé jusqu'à devenir une tout autre existence. Elle avait d'abord craint le regard de la servante et frissonné au toucher des trois doigts de sa main, mais le fait de la nommer avait aidé la relation : «Je te nommerai Feuille-de-thé», avait-elle dit en riant de sa trouvaille.

Et ainsi nommée, Feuille-de-thé avait souri et répondu : «C'est comme mademoiselle veut.» (Ce nom avait le charme d'être agréable à l'oreille et respectueux, contrairement à ceux que les filles donnaient d'ordinaire à leurs servantes. Perle avait entendu parler d'une servante appelée Seau-de-toilettes.)

«Huit années», songea Perle. S'il y avait un art que Perle avait appris à maîtriser durant ces huit années, c'était assurément celui de garder des secrets. Jamais elle n'avait parlé à quiconque de ce que Feuille-de-thé lui apprenait, le soir, avant de s'endormir. De la bouche de sa servante, Perle avait appris tout ce qu'il y avait à savoir des fleurs, des arbres, des oiseaux et de toutes ces choses qui vivaient dans la mer. Elle savait aussi combien il existait de mers et de continents et jusqu'où ces terres s'étiraient. Feuille-de-thé lui avait expliqué la Compagnie, lui démontrant jusqu'où son pouvoir

pour se lever. Elle allait se courber dans une révérence, mais Perle l'arrêta :

— Non, s'il vous plaît. Ne faites pas ça, dit-elle. Je suis comme vous.

La femme eut un grand sourire.

— Eh bien, si tel est le cas, j'imagine que vous n'auriez aucune gêne à terminer ce travail de couture pour moi... et à émincer des oignons pour le ragoût.

— Je ne peux pas. Je...

— Vous n'êtes pas comme moi. Puis-je voir vos mains ?

Perle tendit une main que la femme prit aussitôt.

— Si douce ! Regardez l'état dans lequel sont mes mains.

— Oui. Je suis désolée.

— Qui êtes-vous ?

— Je me nomme Perle.

— Ce n'était pas Min ? releva la femme dans un sourire.

— C'était un mensonge. C'est que je fuis un mariage dont je ne veux pas. Un mariage avec un homme cruel, vieux et laid.

— Quel est son nom ?

— Ottmar de Sel.

La femme frissonna en entendant ce nom.

— Mon époux travaille dans l'un de ses entrepôts. Il empile des sacs de sel quatorze heures par jour. Et

Ottmar exige encore plus de travail des hommes. Comment croyez-vous pouvoir lui échapper ? Où courez-vous comme ça ?

— Je l'ignore.

— Vous pourriez rester dans notre humble demeure. Nous vous cacherions.

— Non, ma mère…

— Ce n'est pas votre mère. J'ai vu ses yeux.

— Et moi, les vôtres, dit Feuille-de-thé depuis la porte de la chambre, et je sais que vous êtes honnête et généreuse. Nous vous remercions de votre offre, mais vous vous exposeriez, vous et votre mari, à un grave danger en nous protégeant. Sans parler de votre enfant à naître. Nous avons une destination. Tilly, c'est bien votre nom ?

— Comment avez-vous su ?

Feuille-de-thé n'offrit aucune explication.

— Vous savez qui est Perle et ce qu'ils lui feront si jamais elle est prise. Nous devons partir… ailleurs. Ils doivent déjà s'être mis à notre recherche, mais nous sommes arrivées jusqu'ici sans être vues et nous vous aurons quittée avant la tombée de la nuit. Quand les Faucheurs viendront…

— Les Faucheurs viendront ici ? s'écria Tilly, saisie d'une peur soudaine.

— Mon père organisera une battue et ne refusera aucune dépense pour laver son honneur, expliqua Perle. Ottmar fera de même. Ils ratisseront toute la cité.

— Mais personne ne nous a vues dans cette rue, assura Feuille-de-thé. Ils cogneront aux portes et demanderont. Vous direz non. Vous en croyez-vous capable ?

— Oui, vint la réponse chuchotée de Tilly.

— Vous ne craignez donc rien. Il fera bientôt nuit. Si vous nous laissez manger un peu de votre ragoût…

— J'en ai préparé suffisamment, dit Tilly, qui alla mettre deux assiettes sur la table.

— Non, ma chère, trois assiettes. Mangez avec nous, mais gardez-vous bien de tout servir et de ne plus pouvoir nourrir votre époux.

Tilly servit le ragoût. C'était une viande de misère, pleine de nerfs et de cartilages, que Perle mangea parce qu'elle avait faim. Elle fut heureuse que le temps ait manqué pour ajouter des oignons.

L'obscurité s'invita dans la mansarde et Tilly alluma une bougie. Perle et Feuille-de-thé revinrent de la chambre avec leurs sacs.

— Je ne possède rien qui saurait convenir comme présent d'adieu, dit Tilly.

— Vous nous offrez votre silence. C'est un vrai cadeau. Et Perle veut vous remercier pour votre hospitalité.

— Oui, dit Perle.

Elle plongea la main dans son sac et en tira une poignée de pièces qui gisaient au fond. Elle les déposa dans la main de Tilly.

— C'est un présent, et non un paiement, crut-elle bon de préciser. Je suis désolée de ne pas pouvoir vous offrir davantage.

— Mais c'est plus, balbutia Tilly, que ne gagne mon mari en une demi-année.

— Et pour moi, c'est de l'argent de poche pour acheter des boissons et des confiseries, avoua Perle, honteuse.

— À présent, Tilly, dit Feuille-de-thé, nous quitterons la maison par la cour et longerons le mur. Essayez de tout oublier de notre rencontre.

Tilly voulut à nouveau se courber dans une révérence, mais Perle l'arrêta et posa un baiser sur sa joue. Perle et Feuille-de-thé se glissèrent hors de la maison.

Elles partirent par un modeste portail s'ouvrant à côté des latrines et progressèrent en silence derrière un long entrepôt. Le mur qui coupait la cité des terres sauvages se dressa bientôt à leur gauche, haut comme douze hommes. Elles s'approchèrent. Une voie d'accès étroite et peu fréquentée perçait le mur derrière une alcôve. Là, un gardien en fin de quart somnolait, adossé contre le mur. Une lampe à gaz récemment allumée brûlait au-dessus de sa tête.

Feuille-de-thé se présenta devant lui.

— Monsieur.

Les yeux de l'homme s'ouvrirent d'un coup.

— Hé! commença-t-il par dire, surpris.

Feuille-de-thé le fixa du regard :

— *Ne dis rien*, demanda-t-elle en silence. *Lève-toi.*

L'homme fit comme elle demandait, avec ce même flou dans les yeux que Perle avait vu chez le garde du manoir.

— *Prends ta clé et ouvre la barrière.*

Il obéit à nouveau, maladroit dans ses gestes. La barrière grinça en s'ouvrant. Perle et Feuille-de-thé passèrent de l'autre côté.

— *Tu vas maintenant verrouiller la barrière. Remets la clé à ta ceinture. Personne n'est passé par ici. Tu n'as vu aucune femme. Retourne à tes rêves.*

Il suivit ces ordres à la lettre, après quoi Perle eut l'impression de voir les souvenirs s'échapper de son esprit et s'envoler dans l'obscurité, aussi légers que le vol d'une chauve-souris.

— Feuille-de-thé, quand m'apprendras-tu cette magie ?

— Peut-être jamais, menaça-t-elle. Tais-toi le temps que je trouve la direction à prendre.

— Tu n'as pas fait oublier Tilly. Pourquoi ?

— C'était une amie. Il nous reste deux heures avant que la lune ne se montre. Il faut absolument atteindre le maquis avant qu'elle ne se lève, sinon les patrouilles sur le mur nous repéreront. Viens, dépêche-toi. Je ne sens pas de présence pour l'instant. Les sentinelles sont encore loin.

— Feuille-de-thé.

— Quoi ?

— La battue ne s'est pas encore étendue jusqu'ici, car si c'était le cas, le garde aurait été à l'affût.

— Ah! Tu as remarqué, c'est bien. Je vois que tu te familiarises avec ton nouveau statut de fugitive.

Elles s'éloignèrent de la cité en traversant un terrain rocailleux. Au-delà d'un premier éboulis de roches, elles se changèrent, délaissant leur cape et leur jupe pour enfiler des pantalons et un pourpoint. Elles échangèrent les souliers qu'elles avaient portés en ville contre des bottes en cuir souple. Toutefois, leur sac n'en fut pas allégé, car il était impensable de laisser des vêtements derrière elles; à coup sûr, les cavaliers et leurs chiens pisteurs les trouveraient. Feuille-de-thé plia les vêtements qu'elle répartit dans les sacs pour plus de confort.

— Perle, c'est le moment de tout donner. Nous devons être dans les collines avant le lever du jour.

Perle n'avait jamais marché aussi vite et longtemps. Ses pieds la faisaient souffrir, ses jambes ne la soutenaient plus et chaque respiration devenait laborieuse, mais lorsqu'elle supplia Feuille-de-thé de prendre un temps d'arrêt, elle eut droit à une réplique abrupte :

— Tu dormiras demain, durant le jour. La nuit, c'est tout ce que nous avons.

— Feuille-de-thé…

— Veux-tu vraiment passer ta vie en esclavage dans la maison d'Ottmar?

La perspective lui redonna des forces et elle persévéra. Elles s'arrêtèrent à un moment, s'accroupirent et tendirent l'oreille. Une bête rôdait dans les parages. Accroupie et immobile, Feuille-de-thé lança des pensées violentes comme la pointe des flèches en direction d'un chat-crocs, un félin gros comme un ours. Elle réussit à le mettre en fuite et on l'entendit détaler dans les broussailles.

— Si tu m'apprenais, je pourrais aider, dit Perle.

— Bientôt, Perle. Bientôt.

— Est-ce que c'est douloureux ? demanda Perle en sentant une certaine fatigue dans la voix de Feuille-de-thé.

— Convaincre un animal aussi sauvage, c'est comme pousser une porte qui refuse de céder.

La lune commença sa longue descente dans le ciel, brillant d'une lumière vive qui jetait des ombres étirées aux pieds des voyageuses. La cité n'était plus qu'une ligne de crayon sur l'horizon et les collines mamelonnaient le paysage, s'élevant plus loin en falaises sur le passage d'une rivière aux eaux peu profondes, des eaux jaunes comme le beurre. Elles franchirent son cours à gué. Dans le lointain, elles entendirent le chat-crocs prendre sa première proie du jour.

— On aurait dit un cri humain, s'inquiéta Perle, un frisson lui remontant l'échine.

— Non, c'est une chèvre descendue des hauteurs pour s'abreuver à la rivière. D'autres viennent à présent, ne les vois-tu pas ? Elles savent que le prédateur a pris ce dont il avait besoin. Elles n'ont plus rien à craindre de lui.

Perle vit des animaux qui descendaient prudemment des collines. L'aurore teintait le ciel d'un rose naissant.

— Y a-t-il beaucoup de chats-crocs dans ces collines ?

— Je ne sais pas. Mais des choses bien pires encore cherchent à nous rattraper.

Perle jeta un œil vers la ville, mais ne vit rien. Elle vida l'eau de ses bottes et se remit en route sur les pas de Feuille-de-thé, qui forçait son chemin dans des talles d'herbes épineuses. La pente des collines s'arrêtait soudain au pied d'une falaise aussi raide qu'un mur. Feuille-de-thé trouva une voie pour grimper, contournant des rochers et suivant les traces de chèvres. La montée dura plus d'une heure et leur offrit un dernier regard sur les terres sauvages. Le soleil colorait d'or ces étendues désertes et ses rayons atteindraient bientôt, au loin, le mur de la cité. La lune tournait au gris avant de se cacher derrière la lointaine colline où les Bowles, Ottmar et les grandes familles avaient édifié leurs manoirs. Perle ne les distinguait plus tant elle était loin. «Cette vie n'est rien», décida-t-elle. Mais dans son épuisement, elle eut une pensée envieuse pour le confort de son lit, et aussi, la faim à l'estomac, elle pensa au petit-déjeuner que Feuille-de-thé avait l'habitude de lui servir dans un plateau chaque matin.

Feuille-de-thé ne s'occuperait plus de la servir, désormais, du moins, pas de cette manière.

— Nous dormirons ici, annonça Feuille-de-thé, en posant son sac à l'ombre d'un rocher.

— Et s'ils lancent les chiens pour retrouver notre trace ?

— Il n'y a rien de plus facile que de semer la confusion dans l'esprit d'un chien.

Perle resta où elle était, regardant la cité et les tours de Ceebeedee. La tache sombre des terriers s'étendait au sud, avec en arrière-plan la mer qui brillait, blanche. À l'est et, semblait-il, à perte de vue, les cheminées des usines crachaient des colonnes de fumée, là où les travailleurs arrachés de force aux terriers passaient leur vie aux travaux forcés. Du moins, c'est ce que Feuille-de-thé lui avait enseigné ; l'un des nombreux secrets qu'elle gardait. Elle était incapable de s'imaginer leurs vies. Comment pouvait-on être plus pauvre que Tilly ? Elle espéra que Tilly ne serait pas dérangée.

Perle allait tourner le dos à ce paysage quand elle vit du mouvement dans la plaine baignée de rayons d'or : quelque chose d'informe, de rapide, levant des nuages de poussière. Il lui fallut un certain temps pour comprendre ce qu'elle voyait.

— Feuille-de-thé. Des chevaux !

Feuille-de-thé accourut aux côtés de Perle.

— Oui. Ils viennent de la cité. Ils viennent pour nous. Mais pour l'instant, ils chassent autre chose. Regarde.

Perle discerna une silhouette devant la course des cavaliers, détalant vers la rivière, et une autre forme devant elle — un chien, crut-elle — bondissant.

— Que font-ils?

— C'est un homme des terriers et un chien. Ces chasseurs les prennent pour proies, indiqua-t-elle avant de plisser ses yeux de chat pour mieux voir. C'est un garçon.

— Allons-nous le sauver?

— C'est impossible. Le garçon devancera sans doute ses poursuivants jusqu'à la rivière, et la franchira peut-être, mais ils le rattraperont avant les collines.

— Que lui veulent-ils?

— Le tuer.

— Arrête les chevaux. Repousse-les comme tu as fait fuir le chat-crocs.

— Je ne peux pas. Ils sont trop loin. Même au pied des collines, je n'y arriverai pas. Cachons-nous, Perle.

— Comment sais-tu qu'il vient des terriers?

— Il a la peau brune.

— Les gens des terriers sont bruns de peau?

— Oui. On reconnaît leur race à ce signe. Allez, écarte-toi de là.

Le garçon atteignit la rivière. Il prit le chien dans ses bras et avança dans l'eau. Sur l'autre berge, il laissa tomber l'animal et reprit sa course. Les hommes à cheval arrivèrent devant l'eau et hésitèrent à y lancer leur monture.

— Feuille-de-thé, cria Perle, c'est Hubert, mon frère. Tu vois son cheval pommelé? Il participe à la chasse. Il me poursuit, Feuille-de-thé!

— Oui, mais pour l'instant, il s'adonne à son sport favori. Regarde, on lui tend sa lance. C'est lui qui s'acquittera de la mise à mort.

Hubert éperonna son étalon à la robe tachetée et lui fit traverser les eaux de la rivière. L'emblème des Bowles flottait à la tête de sa lance. Enfonçant à nouveau les éperons dans les flancs de sa monture, il gravit la berge et s'élança derrière le garçon, gagnant vite du terrain. Perle observait la scène avec horreur. Elle essaya de crier pour arrêter le massacre, mais aucun son ne vint à sa bouche.

Le garçon jeta un œil par-dessus son épaule et abandonna la course. Il se tourna pour faire face à l'assaillant, et vit que celui-ci abaissait sa lance pour la mise à mort. Hubert éperonna son cheval, qui bondit en avant. Soudain, sans crier gare, l'animal émit un long hennissement et, prenant peur, il eut un faux pas qui démonta Hubert, le projetant hors de la selle. On vit monter un nuage de poussière à l'endroit où il alla atterrir. Il roula au sol avant de réussir à se lever sur les genoux — et le garçon, plutôt que de courir comme on s'y serait attendu, se tenait debout et immobile, attendant la réaction du cavalier démonté.

Feuille-de-thé eut un petit cri au même moment où le cheval hennissait. Elle observait d'un regard fixe le garçon, surveillant ses moindres mouvements.

— Mon frère, s'écria Perle. Il n'est pas blessé. Il se relève, dit-elle sans savoir si elle était rassurée ou déçue de ce fait. Il dégaine son épée. Il va le tuer.

Hubert avançait en effet, sa lame luisant dans les rayons du soleil. Le garçon ne bronchait pas, patient, son chien noir et blond se recroquevillant à ses pieds.

— Arrête-le, Feuille-de-thé.

— Je ne peux pas. Mais je crois qu'Hubert sous-estime son adversaire. Il ne sait pas contre qui il se bat.

Sur ces paroles, le garçon bougea. Sa main se leva si vite que Perle ne vit pas d'où il avait tiré son arme : un couteau dont la lame brillait comme du charbon. Hubert courait vers lui, tenant à deux mains et haute l'épée qu'il pointait comme une lance. Le garçon n'eut qu'un pas, leva le bras et le couteau partit. La lame brilla deux fois en filant sur la douzaine de pas qui séparaient le lanceur de l'assaillant. La lame se planta dans la gorge, s'enfonçant dans le cou jusqu'au manche. Hubert tomba.

Le choc fut tel que Perle eut la sensation d'être poignardée. Elle vacillait sur ses jambes qui menaçaient de ployer au moindre pas.

— Mon frère, dit-elle d'une voix morte.

Elle porta la main à sa gorge, comme pour contenir un flot de sang. Feuille-de-thé s'approcha et la prit dans ses bras.

Le garçon marcha vers le mort et cracha dessus. Il récupéra ensuite le couteau et en essuya la lame sur la veste d'Hubert. Le chien vint renifler le sang chaud, mais le garçon le chassa d'un coup de pied, puis brandit l'arme blanche dans un défi adressé aux hommes restés sur l'autre rive. Ceux-là eurent un cri en guise de réponse et entreprirent la traversée de la rivière. Le garçon rappela le chien, qui avait profité de l'échange pour lécher la gorge d'Hubert, et tous deux reprirent la course en direction des collines.

— Ils sont sauvés, déclara Feuille-de-thé.

— Il a tué mon frère, dit tout bas Perle.

— Pour ne pas mourir sous son épée.

Les cavaliers surgirent sur l'autre berge. Plusieurs cavaliers s'attardèrent au chevet d'Hubert, et voyant que le mal était fait, ils secouèrent leurs lances en injuriant le garçon. D'autres cavaliers se mirent en chasse sans délai, hurlant leurs cris de bataille qui disaient «Bowles et Compagnie», une devise qui, entendue lors des défilés protocolaires, avait toujours fait sourire Perle. Cependant, dans les circonstances, ce cri était celui d'une soif de sang, d'une vengeance proche de la folie.

Le garçon arriva aux éboulis et se trouva hors d'atteinte des lances, mais beaucoup d'hommes avaient tiré des sacoches leurs fusils électriques. Les tirs éblouirent le garçon, pleuvant comme des étoiles jaunes tombant d'un ciel de feu. Il se jeta derrière un rocher, son chien tapi contre ses chevilles. Les cavaliers retenaient leurs montures. Ils furent un ou deux à sauter de cheval pour s'avancer dans les chemins exigus entre les roches, armes en main et prêtes à faire feu. Pendant ce temps, d'autres hommes lançaient leurs lances au hasard ou tiraient des éclairs électriques qui noircissaient la pierre de trous fumants — mais le garçon avait disparu. Perle et Feuille-de-thé l'avaient aperçu grimpant une paroi, rapidement et avec assurance, tantôt portant le chien sur l'épaule, tantôt le déposant sur une saillie moins abrupte. Bientôt, il avait rejoint la sûreté des hauteurs, hors de portée des lances et des fusils.

Le cheval d'Hubert s'étant enfui au galop, plusieurs hommes partirent à sa recherche. Le reste de la troupe du défunt scrutait les falaises en silence.

— Ils nous ont repérées, déclara Feuille-de-thé.

On entendit des cris s'élever dans ce qu'il restait de crépuscule. Perle ne discernait pas les mots, mais devina que ceux-ci parlaient de déshonneur et de mort.

— C'est sûr, ils vont nous attraper, se plaignit Perle.

— Non. Ces hommes ne sont pas du genre à chasser à pied. Ils ramèneront la dépouille de ton frère au manoir. Après, il y aura une autre expédition, mais nous serons déjà loin. Ramasse ton sac. Nous repartons pour un endroit plus sûr.

Mais Perle restait figée sur place, son esprit déchiré entre l'horreur et la confusion. La mort de son frère l'avait bouleversée et lui faisait craindre sa propre fin.

— Je suis désolée, dit Feuille-de-thé avant de se taire pour parler la langue silencieuse qui lui était plus naturelle.

Perle entendit sa voix chuchoter dans son esprit :

— *Ton frère est mort. Les sentiments de deuil sont forts, mais la tristesse passera, Perle. N'oublie pas l'existence que ton frère a choisie. Il est mort comme meurent de tels hommes. Si tu le peux, souviens-toi de lui pour ce qu'il avait de bon. À présent, viens Perle, viens, mon enfant. Il ne faut pas rester ici. Nous devons nous mettre à l'abri. Ensuite, lorsque nous aurons dormi, il faudra trouver ce garçon.*

La voix rassurante de Feuille-de-thé avait ce don de calmer les pensées les plus troubles de Perle, comme un baume sur une plaie, comme une main qui caresse un front. Or, ces derniers mots eurent l'effet contraire, la frappant comme une gifle au visage.

— Non, cria-t-elle. Pourquoi faudrait-il le retrouver ? C'est le meurtrier de mon frère.

— *Reste calme, Perle. Tais tes inquiétudes. Apaise-toi. Nous avons beaucoup à faire et une longue route devant nous.*

— Mais pourquoi ? Pourquoi devons-nous le trouver ?

— Parce qu'il le faut, répondit Feuille-de-thé d'un ton tranchant et sans équivoque. Perle, crois-tu sincèrement que le cheval de ton frère l'a désarçonné sans raison ?

— Pardon ?

— Le garçon a parlé. Je n'ai pas pu entendre ce qu'il a dit, mais il a parlé au cheval.

— C'est impossible !

— C'est ce que j'aurais cru. Mais j'ai entendu quelque chose. Et désormais, je dois retrouver ce garçon. Il faut que je lui parle.

— Pourquoi est-ce si important ?

— Tu étais la seule, Perle. Toutes ces années, j'ai cru qu'il n'y avait que toi. Mais à présent, semble-t-il, il y en a un autre.

— Un autre quoi ?

Feuille-de-thé répondit en pensée :

— *C'est ce que nous allons découvrir, mon enfant.*

CHAPITRE 4

Hari lança un morceau de viande au chien et en prit un lui-même. Ils mangèrent dans les falaises, sur la saillie d'un surplomb rocheux, accrochés devant le vide et les plaines qui s'étendaient tout en bas. Deux cavaliers avaient ramené l'étalon pommelé à l'endroit où le mort gisait encore, et d'autres hommes s'étaient occupés de coucher le corps en travers de la selle, l'y attachant afin d'éviter qu'il ne glisse et tombe.

— Je suis désolé que tu n'aies pas eu le temps de le manger, le chien, dit Hari.

Les hommes ne l'inquiétaient plus. Il se trouvait hors d'atteinte de leurs canons électriques et savait que personne ne se risquerait à sa poursuite dans les sentiers escarpés. Le plus préoccupant pour l'heure, c'était ces deux femmes aperçues dans les falaises, ces inconnues portant des vêtements d'homme qui l'avaient observé tandis qu'il grimpait dans les hauteurs. Elles ne voyageaient peut-être pas seules et possiblement avec des hommes qui, eux, seraient une menace pour lui.

Il sortit sa gourde, but de l'eau et en versa ensuite quelques lampées pour le chien dans sa main en coupe.

— *Reste vigilant, le chien. Et n'arrête pas de faire aller ta truffe. Il y a des gens dans le coin.*

Le chien, qui continuait de laper bruyamment, se mit à remuer la queue. Hari en fut content, car l'animal se contentait le plus souvent de lui répondre par des regards fatigués ou apeurés. Il devait redonner confiance à cet animal, le rendre plus fort et utile. À l'aurore, le chien ne l'avait pas averti que les cavaliers approchaient, et avec son pas boiteux, il avait ralenti leur course. Hari se demanda s'il ne ferait pas mieux de l'achever, de le tuer pour sa viande. Le chien perçut cette pensée, se leva péniblement et s'éloigna en gémissant.

— Non, le chien, dit Hari. Je ne te tuerai pas. Avec toi, au moins, j'ai quelqu'un à qui parler. Mais il faudra bientôt trouver de quoi manger, et de l'eau aussi. Après-demain, nous n'aurons plus rien.

Il rangea la gourde dans son sac, se leva et ne réprima pas l'envie qu'il avait de crier aux hommes tout en bas :

— Mort à la Compagnie !

Ce disant, il défit le bouton de son pantalon et, sans pudeur aucune, se soulagea dans leur direction. Insultés, deux soldats braquèrent leur canon sur lui, mais aucun tir ne vint. Hari examina les environs : les femmes avaient disparu.

— C'est le temps de déguerpir, le chien, annonça Hari. Secoue-toi.

Ils reprirent l'ascension, puis progressèrent dans le creux de quelques ravines avant d'emprunter le lit asséché d'un cours d'eau. Hari n'entendit aucun bruit de poursuite ni son qui aurait indiqué une quelconque présence humaine ; à l'évidence, personne ne vivait dans ces falaises. Quant aux femmes aperçues plus tôt, Hari ne croyait pas qu'elles oseraient le suivre. Quelque chose dans leur manière d'être, dans leurs gestes, avait amené Hari à penser qu'elles fuyaient, elles aussi.

Après une sieste en après-midi, Hari s'était levé, inquiet de manquer d'eau et de nourriture. Le lit asséché du cours d'eau demeurait toujours aussi sec et les animaux semblaient bouder ces escarpements inhospitaliers.

— *Trouve-moi une chèvre, le chien. Trouve un mouton.*

Ils ne s'arrêtèrent plus avant l'obscurité et, après un repos bien mérité, ils reprirent la route à la belle étoile, aux lueurs de la lune. Lorsque le soleil pointa ses premiers rayons, Hari vit les montagnes au loin. Elles étaient noires à la base, avec des forêts, et blanches au sommet. Ce devait être de la neige. Lo lui avait parlé de la neige et de ses fontes. S'il atteignait la ligne des arbres, il trouverait de l'eau, des animaux à chasser et peut-être quelques fruits sucrés. Mais entre Hari et ces montagnes dans le lointain, il y avait une vaste étendue de vallons jaunis et de collines arides.

Ils avaient avalé les dernières bouchées de viande et bu tout ce qu'il restait d'eau. Hari se concentra pour ne pas penser à tuer le chien. Au fond d'une ravine où de l'eau devait couler durant les mois humides, Hari creusa avec son couteau, mais le sable et les cailloux qu'il découvrait ne portaient la trace d'aucune humidité. Sur les pentes, il y avait bien quelques arbustes aux feuilles pointues qui poussaient, mais leurs branches n'étaient lourdes d'aucun fruit et l'amertume de leur feuillage assoiffait le corps, malgré l'eau que les feuilles pouvaient contenir.

Ils débouchèrent de la ravine dans un paysage plus plat, de terres vastes qui s'élevaient tout doucement vers l'horizon. Çà et là, on voyait poindre des affleurements de roches argentées et des rochers isolés, dont certains se dressaient aussi grands que des maisons. Les montagnes semblaient plus éloignées encore maintenant que le soleil était haut dans le ciel. L'Abîme de sel se trouvait quelque part devant — très loin devant, peut-être. Hari commençait à comprendre combien son voyage était impossible. Ceci dit, rien ne le ferait abandonner. Il leva les yeux, fixa son regard sur le plus haut pic montagneux et reprit la marche.

Le chien alla vagabonder d'un côté, s'écartant de la voie à suivre. Soudain, il s'arrêta et eut un petit aboiement. Il renifla d'un côté, puis de l'autre et s'élança avec ardeur, son museau collé au sol. Hari le suivit.

— Une chèvre, chuchota-t-il. Faites que ce soit une chèvre.

Ils contournèrent une petite colline arrondie derrière laquelle s'ouvrait à nouveau l'étendue stérile de la plaine. Le chien figea. Au loin, il y avait du mouvement — un point brun s'avançant lentement vers une plante isolée. Hari ne discerna d'abord aucun détail, puis le point grossit : d'une forme accroupie, il devina bientôt une silhouette debout. Hari comprit peu après qu'il s'agissait de l'une des femmes aperçues dans les falaises. C'était la plus grande des deux. Elle s'agenouilla et, de ses mains, se mit à creuser le sol, trouva quelque chose et se remit à creuser un peu plus loin.

— Bravo, le chien, murmura Hari, qui avait une idée derrière la tête.

S'il n'y avait pas de chèvre à chasser, il chasserait cette femme. Elle portait un sac où elle déposait le fruit de ses cueillettes. Ce ne pouvait être que de la nourriture. Il la tuerait et aurait à manger. Et si le chien ne pouvait pas manger ce qu'elle récoltait, il n'aurait qu'à se nourrir du cadavre.

Le chien, qui avait suivi et compris ce fil de pensées, émit un gémissement d'impatience. Il partit en avant, et Hari le suivit, marchant à pas de loup. Au-delà des rochers affleurants qui sortaient comme un mur de la terre poussiéreuse, le chien s'arrêta brusquement, levant la truffe, comme surpris par une nouvelle piste. Il fit quelques tours sur lui-même; confus, il pointait le museau en l'air.

— Qu'est-ce qu'il y a? demanda Hari dans un chuchotement. C'est derrière les roches?

C'était peut-être une chèvre, un cerf — ou l'autre femme. Il tira son poignard au clair.

Le chien, le ventre au sol, s'approchait prudemment dans l'ombre de l'affleurement quand il figea sur place. Hari s'avança, accroupi, le couteau devant lui et prêt à frapper. Il vit d'abord un pied, puis découvrit une jambe, et une autre jambe pliée, un pourpoint, puis un visage, une figure blanche, de profil, avec les yeux clos et la bouche entrouverte. Hari n'en croyait pas sa chance : une femme de la cité, une femme de la Compagnie. Elle dormait. Un jeu d'enfant.

Il allait passer à l'attaque. Elle avait la tête reposée sur un sac. Il y aurait à manger dans ce sac.

Plus qu'un pas.

Il vit qu'elle était jeune, presque une enfant. Et cela ne l'arrêta pas.

Feuille-de-thé et Perle avaient vu le garçon insulter les hommes dans la plaine depuis les hauteurs de sa falaise.

— Il est sauvage, ce garçon, dit Feuille-de-thé. Il faudra agir avec prudence.

Elles attendirent que le garçon et son chien aient disparu avant de quitter la saillie où elles s'étaient arrêtées. Sous elles, les cavaliers de Bowles, comme une bande abattue, guidaient leurs montures sur l'autre berge de la rivière. Le corps d'Hubert, enveloppé dans une cape, était attaché en travers de la selle. En silence, Perle fit ses adieux à son frère. Elle imagina la rage de son père et son chagrin. Hubert était le fils aîné, né pour diriger les Bowles dans l'expansion de la famille. Il ne resterait à présent pour toute ambition familiale que l'idiotie des deux benjamins, William et George. Elle se détourna de cette scène pathétique.

— Ce garçon laisse une piste facile à suivre, dit Feuille-de-thé.

— Je ne vois rien.

— C'est une odeur, Perle. Ne sens-tu pas qu'il pue la haine ?

Perle essaya d'ouvrir son esprit, laissant glisser son attention dans les tunnels de ses sens, et sembla enfin saisir une odeur non différente d'un aliment qu'on aurait laissé s'avarier tout au fond d'un étal.

— Oui, dit Feuille-de-thé, c'est la piste qu'il faut suivre.

Elles partirent d'un pas prudent, et Perle perdit bientôt la trace de l'odeur, l'oubliant dans le flot de ses pensées. Elle laissa cette piste à Feuille-de-thé pour se concentrer sur ce qu'elle pouvait voir, essayant de trouver des empreintes au sol.

— Il est rapide, réalisa Feuille-de-thé, et se dirige vers les montagnes.

— Je ne vois pas de montagnes. Est-ce là que nous allons, nous aussi ?

— Oui. Encore deux jours de marche et nous y serons.

Elles suivirent la trace du garçon, malgré que celui-ci eût une bonne avance. Quand son odeur s'attarda dans l'air, elles surent qu'il faisait une pause. Elles se replièrent, trouvant un coin ombragé et tranquille où se reposer. Perle dormit un peu avant que la traque ne reprenne. En suivant la marque que le garçon laissait dans l'air, Perle aperçut des montagnes dans le lointain, du moins c'est ce qu'elle crut voir avant de s'enfoncer dans une profonde ravine. Au petit matin, les montagnes lui apparurent enfin, leurs pics hauts et clairs. Elle ne les imaginait pas aussi loin; la réalisation du long chemin qu'il restait à parcourir fut pour le moins décourageante.

— Sommes-nous obligées de l'attraper?

— Oui, mais pas tout de suite. Nous le devancerons pour l'attendre plus loin. En ce moment, le plus pressé, c'est que je nous trouve à manger. Nos réserves s'épuisent trop vite. Il faut aussi penser à lui. Ce garçon ne sait pas comment se nourrir dans le désert.

Elles obliquèrent à l'est, puis avancèrent droit devant, évitant l'endroit où le garçon se reposait et suivant le vent pour que le chien ne flaire pas leur odeur.

— Reste ici, Perle, dit Feuille-de-thé vers midi, lui indiquant l'ombre étroite au pied de grands rochers. Appelle si tu as besoin de moi. Je ne serai pas loin.

— Qu'est-ce qu'on peut trouver à manger dans un désert pareil?

— Tu verras. Essaie de dormir.

Perle s'étendit, prenant son sac comme oreiller. Elle ressentit une pointe de jalousie en pensant que Feuille-de-thé s'intéressait trop à ce garçon. Et Feuille-de-thé semblait insensible aux tourments que Perle vivait. À l'instant même, elle revoyait son frère mourir et pleurait son ancienne vie où elle avait famille et toit. Elle eut des images de somptueux repas, d'édredons doux et chaud, de beaux habits et de grandes soirées. Puis, elle pensa à Tilly, celle qui les avait hébergées et nourries durant leur fuite. Peu à peu, elle oublia le faste superficiel de sa vie passée et rêva de revenir, non pas dans son lit douillet au manoir, mais bien dans cette petite maison aux lits usés et tenue par la plus gentille des femmes. Elle s'imagina dans ce lieu si chaleureux et si agréable, avec Tilly, cuillère à la main, touillant le ragoût fumant dans sa marmite noircie sur le feu…

Perle tomba bientôt endormie d'un sommeil qui allait être bref. En effet, quelques moments plus tard, elle sentit un remous, comme une feuille qui, tombée de l'arbre, serait venue troubler les eaux immobiles de son sommeil. Ce trouble grandissant eut bientôt une odeur et une forme. Devant cette forme, l'ombre d'une lame pointait son cœur. Elle s'éveilla en sursaut, le souffle coupé. Penché sur elle, le garçon brandissait la lame noire de son couteau. Son visage était tordu de haine ; un feu brûlait dans ses yeux. Il fondit sur elle, pour la soumettre, l'immobiliser et la transpercer de son poignard.

— Non, arrête, dit Perle, qui comprit aussitôt qu'il n'en ferait rien.

Dans sa terreur, elle chercha désespérément un mot, et le trouva — en fait, le mot importait moins que la manière de l'exprimer, de le penser.

— *Stop !* ordonna-t-elle dans une charge muette.

Elle y était presque. Le garçon pencha brusquement la tête de côté, comme pour éviter un projectile. Il recula d'un pas, cherchant à déjouer cette fille dont il aurait mieux fait de se méfier. Il recula encore de quatre pas, puis leva la main pour lancer son couteau.

— *Ne bouge plus*, fit Perle avec plus de fermeté, puisant plus facilement à la source de ses pensées.

Le souffle coupé, le garçon sembla combattre une créature qui s'accrochait à lui ; il essayait de la pousser, de la chasser à coups de couteau.

— Non ! cria-t-il.

— *Arrête*, insista Perle en silence.

Il haleta un instant, puis devint étrangement calme, ses yeux se faisant lentement vitreux, comme Perle l'avait constaté chez le garde et le Faucheur que Feuille-de-thé avait subjugués.

— *Pose ton couteau.*

Il plia l'échine et posa l'arme par terre dans des gestes vaseux comme ceux des ivrognes. Derrière lui, le chien s'était mis à hurler.

— *Tais-toi*, commanda Perle.

Elle se leva et ramassa fébrilement ses affaires. « Et qu'est-ce que je fais maintenant ? » se demanda-t-elle. Perle ne savait pas combien de temps elle pourrait imposer sa volonté et contrôler le garçon. Plus inquiétant encore, elle ne se croyait pas capable de l'arrêter s'il sortait de sa torpeur.

— *Pars*, commanda-t-elle, *cours aussi vite que tu peux. Et ne reviens jamais.*

Il se mit à secouer la tête, à se frapper la tempe du plat de la main.

— *Disparais !* ordonna-t-elle.

Mais cette fois, sa voix sembla affaiblie. Perle perdait l'emprise sur le garçon. Elle s'inquiéta de voir le voile se dissiper devant ses yeux. Il se pencha pour reprendre le couteau.

— *N'y touche pas*, dit-elle. *Laisse-le par terre.*

Sa main ralentit comme s'il rencontrait une résistance, comme s'il la plongeait dans du goudron, mais il s'obstinait — elle l'entendit bander son esprit, lutter contre l'ordre.

— *Ne bouge plus*, dit-elle.

Il lui répondit, des mots comme le bruit d'un insecte pris dans un sac de papier :

— *Tu ne m'arrêteras pas. Je suis plus fort que toi.*

— *Tu ne bougeras pas*, répliqua-t-elle.

— *Je vais te tuer*, lui promit-il dans une dernière pensée.

Il parla à voix haute :

— Combien de temps encore crois-tu pouvoir me contenir, petite fille ? Dans un moment, ta situation sera intenable. Et ensuite…

— *Tais-toi*, dit-elle, s'étonnant de le voir surpris par la force de l'ordre.

Il arracha son regard au sien, et s'employa à tendre la main pour ramasser son poignard.

— *Laisse-le là*, dit-elle plus calmement. *Tourne les talons et ne reviens plus.*

— *Non*, rétorqua-t-il en pensée. *J'attendrai. Tu fléchiras bien assez vite et je te tuerai.*

— La Compagnie doit mourir, lança-t-il tout haut. Toi, comme le cavalier dans la plaine ; vous crèverez tous !

Elle le frappa d'un flot de pensées, visualisant un coup terrible, puisant son énergie d'une source qu'elle n'avait pas le temps de comprendre. Le garçon perdit l'équilibre, reculant en chancelant et trébuchant contre le chien. Il la regarda, un mauvais rictus aux lèvres.

— *C'était ta seule chance. Tu as gaspillé tes forces.*

Sur cette pensée, il changea d'angle d'attaque et elle l'entendit transmettre l'ordre :

— *Mords-la, le chien.*

L'animal se jeta sur elle.

— *Non, le chien. Arrête. Couche-toi.*

Avec un gémissement confus et étonné, le chien obéit.

Le garçon eut un autre sourire.

— *On peut y passer la journée. Mais à la fin, je gagnerai. Je suis le plus fort.*

Perle savait qu'elle était plus forte, mais dut aussi admettre qu'il avait raison sur un point : en définitive, il aurait l'avantage, puisqu'elle s'était trop dépensée en début d'affrontement. À ce moment même, elle tenait à peine debout et luttait pour ne pas perdre connaissance ; telle était sa fatigue.

— *Débarrasse-toi de ton couteau. Prends-le et lance-le loin, de toutes tes forces.*

À nouveau, sa tête se braqua, comme si Perle l'avait frappé, et il obéit : il ramassa le couteau. Mais plutôt que de s'en défaire, il se tourna et fit face à son adversaire.

— *Le poignard de mon père me rend fort.*

Il fit un pas en arrière, et bien qu'elle lui criât d'arrêter, en pensée comme à voix haute, il retourna l'arme dans sa main et leva le bras. L'épaule ramenée vers l'arrière, il allait tirer.

— *C'en est assez, mon garçon,* vint la voix éthérée de Feuille-de-thé.

Il fit volte-face et découvrit Feuille-de-thé, debout à côté du plus grand rocher — et Perle jura qu'elle était aussi grande que le mur de pierre. Le garçon sembla presque se réjouir.

— Une de plus à tuer, dit-il en changeant de position pour le tir.

— *Stop*, dit Feuille-de-thé.

Et Perle entendit ce qui différenciait ce commandement des siens. Cet ordre était sans effort, et le garçon s'était éteint comme le soleil couchant. Feuille-de-thé aurait pu le laisser à jamais dans cet état, si elle l'avait voulu. Chose certaine, Perle n'aurait pas hésité une seconde et l'aurait abandonné à cuire comme l'argile au soleil.

Le chien détala en hurlant.

— *Reviens, le chien*, demanda Feuille-de-thé. *Personne ne te veut de mal.*

Elle passa devant le garçon sans lui porter la moindre attention et alla poser la main sur le front de Perle.

— Tu es froide, constata-t-elle. Tu t'es épuisée.

— Il allait me tuer, chuchota Perle.

— Oui, je l'ai ressenti et suis venue aussitôt.

— Je l'ai arrêté.

— J'ai aussi senti cela. Tu as découvert, Perle.

— Le mot?

— Ce mot n'existe pas, Perle. Il n'y a que la manière, que la voix. Et comme toi, ce garçon connaît cette voix. Mais vous n'êtes encore que des enfants, de vrais seaux percés. Vous gaspillez vos forces sans connaître la retenue.

— Je n'y peux rien, avoua Perle qui, impuissante, sentait des larmes lui couler sur les joues. Si je ne l'avais pas repoussé…

— Oui, tu as bien fait. Et à présent, tu es lasse. Il faut dormir.

— Chasse-le d'abord.

— Non, nous le gardons. N'aie crainte, il dormira, lui aussi.

Sur ce, elle parla dans l'esprit du garçon :

— *Dors. Dors jusqu'à ce que je t'éveille.*

Il se retourna d'un geste brusque et gauche, s'étendit au sol et ferma les yeux.

— *Laisse tomber le couteau,* ajouta Feuille-de-thé.

Ses doigts se détendirent et sa main s'ouvrit, laissant le couteau glisser par terre. Feuille-de-thé ramassa l'arme.

— *Fais-en autant, Perle.*

— *Tu n'as pas besoin de me le dire.*

Elle s'éloigna du garçon, ajoutant le plus de distance possible entre elle et lui sans quitter l'ombre du rocher, et arrangea son sac pour aussitôt s'endormir en posant la tête sur l'oreiller improvisé. Cette fois, elle rêva. C'était un songe paisible, de prime abord, un rêve où tout disait une paix immense. Il y avait des paysages de collines dorées et de montagnes bleues. À la dérive au-dessus de ces hauteurs, Perle flottait, puis volait vers le sol, le long de grands flancs rocheux, intriguée par la beauté d'une ravine qui s'ouvrait sur l'océan. Des rivières se déversaient dans l'eau salée, caressant le bleu marine des flots de leurs eaux vertes, devant les longues vagues basses qui roulaient sur elles-mêmes et couraient, moutonnantes, vers les plages de sable jaune. Tantôt, Perle s'attardait dans les airs, filant sur le littoral; l'instant suivant, elle s'élevait à toute vitesse, fendant le ciel jusqu'aux nuages. Tout en bas vers la terre, des oiseaux blancs plongeaient parmi les bancs de poissons, lesquels s'esquivaient dans une glisse étincelante, leur fuite brillante comme mille éclairs argentés. Le soleil brillait. Une brise câlinait son visage. Perle, disait-elle, mon nom est Perle, et elle voyait la connaissance de son être comme un livre ouvert, comme une fleur épanouie. Son esprit se fit silencieux dans cette aura de savoir, dans l'harmonie des choses : elle était Perle. Jusqu'alors, elle n'avait jamais connu une telle certitude.

Elle dormit encore tandis que son rêve s'évanouissait. Plus rien ne vint déranger son sommeil. Lors d'un bref moment d'éveil, elle crut avoir dormi une vie entière. Elle se tourna — roulant vers l'ombre du rocher qui fuyait vers l'est — et se laissa emporter par le souffle d'un autre rêve, un songe semblable et bien différent à la fois. Et soudain, dans ce rêve, les poissons argentés montraient des entrailles déchirées et des oiseaux féroces avaient du sang au bec, et plus loin, tout aussi soudainement, apparurent des gens courant sur la plage, tombant à genoux sous les lances de grands cavaliers noirs. Sur leurs montures lancées au galop, ils pourchassaient les malheureux, piétinant les pauvres gens sous les sabots. Les femmes et les enfants s'effondrèrent. Le sable s'empourpra. Perle était là, se débattant dans le sable rougi, criant tandis qu'une épée noire tombait sur elle. L'arme sembla lui perforer le corps, mais Perle se retourna et sentit une main posée sur son front. Une voix lui murmurait :

— *Du calme, mon enfant.*

C'était celle de Feuille-de-thé.

— *Dors d'un sommeil sans rêves.*

Elle acquiesça à cet ordre, mais sentit au dernier instant d'éveil, avant que ne l'emporte le noir et doux néant, qu'elle avait dit oui à sa propre invitation.

Les étoiles brillaient quand elle s'éveilla enfin, mais perdaient déjà de leur éclat dans les rayons de la lune montante. Feuille-de-thé s'était assise près d'un petit feu, le chien venu dormir à côté d'elle ronflait un peu. De l'eau fumante frissonnait dans une casserole posée sur les braises. Perle regarda le jeu du feu en se rappelant ses rêves. Elle ne croyait pas que Feuille-de-thé en était l'auteure, ni que son ancienne servante les lui avait suggérés, mais soupçonnait par ailleurs qu'elle en connaissait la nature.

— Où as-tu trouvé du bois dans ce désert ? demanda-t-elle.

— Dans l'arbre à bois d'acier. Ses branches brûlent des heures durant sans trop se consumer.

— Ce n'est pas ton premier voyage dans la région, n'est-ce pas ?

— J'ai vu bien des endroits de mon vivant, Perle. Viens et bois un peu de thé.

— Mais nous n'avions pas emporté de thé!

— Très juste. J'ai fait une infusion des feuilles de l'arbre à bois d'acier. Le thé paraît amer à la première gorgée, mais ensuite, on goûte le sucre.

Perle trempa ses lèvres et eut une grimace, mais s'étonna bientôt de trouver dans cette boisson un subtil arôme de miel.

— Est-ce qu'il a fait des rêves, lui aussi? s'enquit-elle avec un signe de tête vers le garçon.

— Les siens furent pires encore. Il a vu des horreurs, Perle.

— Sommes-nous obligées de le réveiller?

— Bientôt. Il aura faim. Le chien avait faim.

— Il sait parler au chien. Il m'a parlé aussi.

— Oui, je sais.

— Est-ce pour cette raison qu'il faut le prendre avec nous?

Feuille-de-thé poussa un long soupir.

— Laisse le temps faire son œuvre, Perle. Sois patiente, je te dirai tout ce que tu veux savoir. Termine ton thé. Je vais nous cuisiner un repas.

Ce disant, elle ramena son sac vers elle et en sortit une poignée de larves blanches, certaines aussi longues et grosses que son pouce.

— Qu'est-ce que c'est que ça? s'écria Perle.

— Ce sont des lourdauds, des larves de papillons, si l'on veut, mais de la famille des asticots. Ils pullulent dans les racines des arbres à bois d'acier. Et nous avons de la chance, c'est la saison.

— Jamais je ne mettrai ces horreurs dans ma bouche !

— Si tu préfères endurer la faim… Je les ai étêtés et vidés de leur poison. Regarde, le chien les aime, lui.

Perle se pinça pour vérifier qu'elle ne rêvait pas et que les oiseaux vengeurs n'allaient pas s'abattre sur eux pour les éventrer comme les poissons de son rêve. Elle regarda Feuille-de-thé qui disposait soigneusement les larves sur les braises, et bientôt, il s'en dégagea une odeur de viande grillée qui rappela à Perle combien elle avait faim.

— Je ne suis plus ta servante, Perle, sers-toi, dit Feuille-de-thé en lançant une larve crue au chien qui l'attrapa en plein vol et l'avala goulûment.

Perle retira un asticot des braises en le piquant au bout d'une branche et le mit à refroidir sur une pierre plate. Elle y goûta d'abord et trouva sa chair plus sucrée que savoureuse, avec un arrière-goût d'épice.

— Comment sais-tu ces choses, Feuille-de-thé ?

— Mange à ta faim, dit-elle, ignorant la question. Je vais réveiller Hari.

— Qui est Hari ? Oh ! lui ! Attendrais-tu de moi que j'oublie qu'il a tué mon frère ?

— J'espère que tu n'oublieras pas que ton frère allait le tuer. À présent, mange, et laisse-lui-en. Et, Perle…

— Oui ?

— Quand je le réveillerai, sois conciliante. Rappelle-toi ton rêve.

Perle mangea un autre lourdaud.

« De quel rêve parle-t-elle ? songea Perle. Du bon ou du mauvais ? »

Le rêve de Hari l'avait entraîné dans des endroits si sombres, si violents et sanglants qu'il craignit de perdre la raison, lui qui croyait pourtant tout connaître de la violence et du sang. Il voulut s'enfuir, courir, mais le rêve le rattrapait toujours dans son dos, déchirant la terre sous ses pieds ou fondant sur lui depuis les airs — naissant de ses propres idées, des horreurs rampaient et tuaient, des abominations rougissaient le ciel et massacraient tout, chacune dans des formes plus immondes, tout en griffes et en crocs, bossues, tordues. Et malgré leurs difformités, on devinait des hommes dans ces formes monstrueuses. Elles avaient des visages que Hari reconnaissait. Il essaya de ne pas regarder, de fuir les créatures du regard, mais partout, l'horreur s'animait, prenait vie et se refermait sur Hari. Il se mit à pleurer, à hurler, en voyant son propre visage parmi les créatures. Il se recroquevilla, à genoux, le visage caché dans ses mains. Un poids innommable s'écrasait sur lui, mais à son grand étonnement, sous cette pression intolérable, sa terreur se mit à décroître, l'univers tout autour allant rapetissant jusqu'à ce qu'il n'y ait plus qu'un tout petit point, plus qu'un cri de douleur. Et ce son s'évanouit, lui aussi, comme sa douleur, et un mince murmure prit la place laissée vacante : « Hari, demeure-t-il un seul refuge ? Hari, où vas-tu ? » La voix sombra dans l'obscurité, et Hari se retourna dans son sommeil. Soudain, comme l'horreur, le néant engloba la somme de toutes ces connaissances.

Il dormit longtemps ensuite sans qu'aucun rêve ne le trouble.

Après un temps, un murmure commença à se faire entendre à sa conscience : c'était son nom que l'on murmurait, mais cette fois, la voix prenait un timbre amical. Il suivit ce fil de voix qui l'extirpait lentement d'une asphyxie enveloppante et l'attirait comme le doux ressac d'une vague. La voix l'entraînait dans un rêve où il marchait dans l'herbe, parmi les arbres — il n'avait jamais vu un paysage aussi vert, des arbres si grands qu'ils touchaient au ciel. Il découvrit un ruisseau qui coulait non loin. Au fond de l'eau, il y avait un sable qui brillait comme des bijoux d'argent. Et les petits poissons y nageaient. Il s'étonna de reconnaître des choses qu'il voyait pourtant pour la première fois. La voix parla à nouveau : « Hari, il y a tant à apprendre. »

Il se tint là sans bouger, respirant l'air chaud et doux. Il eut cette impression d'existence pendant des heures, parmi les arbres, au bord du ruisseau. Il voyait la vie et n'en demandait rien, libre des choses de la conscience, du savoir et de la pensée. En lui, un espace s'ouvrait…

Une voix nouvelle lui parla à l'oreille :

— *Hari, réveille-toi. C'est l'heure de manger.*

Il ouvrit les yeux, se leva sur son séant et vit la femme et la fille qui se réchauffaient près du feu.

— Mais qui êtes-vous donc ?

— Je m'appelle Feuille-de-thé, répondit la Native.

— Qu'est-ce que vous êtes ?

— Une personne venue d'un autre endroit, et en conséquence quelque peu différente de toi.

— La fille est de la Compagnie. Et je vais la tuer.

— Je ne crois pas, non. Viens près du feu, Hari. Approche et mange avec nous, l'invita-t-elle en lui souriant. C'est peut-être la faim qui rend les rêves si mauvais.

— Comment savez-vous ? balbutia Hari. Et d'ailleurs, les cauchemars, c'est pour les enfants !

— La faim et l'enfance vont souvent de pair, proposa-t-elle en lançant quelque chose au chien, qui l'attrapa dans un claquement de mâchoire. Ce sont des lourdauds grillés et il en reste amplement pour toi.

— Viens, le chien, dit Hari.

L'animal se leva en gémissant.

— Allez, le chien, insista Feuille-de-thé. Après tout, tu lui dois la vie.

Hari entendit la fille lui lancer sur un ton méprisant qu'il ne pourrait pas la tuer sans son couteau.

— Je peux t'achever à mains nues, lui assura Hari.

— Assez! Je ne veux plus entendre parler de meurtre, trancha Feuille-de-thé. Viens et mange avec nous. Nous déciderons ensuite de ce qu'il faut faire.

Hari se mit debout et alla près du feu. Il préféra s'asseoir loin de Feuille-de-thé.

— Il y a des asticots sur le feu. Sers-toi, suggéra celle-ci.

Hari ramassa un bâton et piqua un ver pour le sortir des braises. Trop chaud, l'asticot lui brûla la langue et Hari le recracha dans sa main.

— Surveille tes manières, se fit-il avertir par la fille.

— Elle a un nom, elle? siffla Hari.

— Demande-le-lui, dit Feuille-de-thé.

— Je ne m'adresse pas aux gens de la Compagnie.

— Je n'en suis pas, lui dit la fille. Mais mon frère l'était. Tu l'as tué.

— C'était lui, sur le cheval, réalisa Hari en portant l'asticot grillé à sa bouche, le mastiquant avec enthousiasme.

— Qu'as-tu dit à ce cheval? l'interrogea Feuille-de-thé.

— Je lui ai conseillé de prendre garde au serpent cracheur.

— Et il a pris peur, désarçonnant Hubert. Où as-tu appris à parler aux chevaux?

Hari retira un autre ver des braises et le fit sauter d'une main à l'autre pour le refroidir.

— J'ai besoin d'eau, dit-il.

Feuille-de-thé lui tendit une gourde en cuir.

— C'est tout ce qu'il reste. Mais je te montrerai cette nuit où en trouver.

— Et moi? s'offusqua la fille.

Hari vit qu'elle était jalouse. Il la regarda en souriant et dit :

— Ton frère était un sombre idiot. Les hommes de la Compagnie ne sont pas de taille et je les tuerai…

Mais tandis qu'il parlait, une pointe le piqua, comme une écharde se coinçant sous un ongle. Il aurait pu croire que l'attaque venait de celle qui disait s'appeler Feuille-de-thé, mais la douleur lui était venue avec les images de son rêve. Il décida de boire de l'eau pour cacher sa confusion.

— C'était un combat à la loyale, ajouta-t-il pour justifier l'irréparable.

— Tu parles aux chevaux et aux chiens, dit Feuille-de-thé sans impatience.

— C'est tout simple, se vanta Hari.

— Et tu sais parler aux gens de la même manière, comme tu as parlé à Perle.

— Perle, c'est le genre de nom qu'on donne aux filles de la Compagnie.

— Comment as-tu appris la voix?

Hari la dévisagea et cligna des yeux pour s'assurer qu'il n'avait pas la berlue : mais non, cette femme avait réellement les pupilles fendues à la verticale. En lui remettant la gourde, il avait également remarqué qu'elle avait trois doigts à la main. Lo lui avait un jour parlé d'un peuple...

— Tu es Native! s'exclama-t-il.

Lo n'avait jamais rencontré les gens de cette race; il doutait d'ailleurs de leur existence, peut-être sinon plus que de celle des tigres de sel. On n'avait jamais vu de Natifs dans les terriers. Or, Feuille-de-thé était bel et bien réelle — il voyait ses yeux, ses mains et sa peau rouge qui brillait dans la danse lumineuse des flammes — et Hari sut qu'elle pouvait lui soutirer toutes les réponses qu'elle souhaitait. Il tenta de se rappeler s'il y avait eu des Natifs dans son rêve, mais Feuille-de-thé le coupa dans cette pensée.

— Nous parlerons de moi à un autre moment, déclara-t-elle avant de plonger la main dans son sac. Prends ton couteau.

— Non! protesta Perle dans un cri aigu.

— Silence, Perle, l'enjoignit Feuille-de-thé, qui tendait par la lame le couteau à Hari. Il en a besoin. Sans le couteau, tu ne te sens pas entier, n'est-ce pas, Hari?

— C'est vrai, vint la réponse gênée du jeune homme.

Hari n'en croyait pas ses yeux : jamais il n'aurait pensé revoir son couteau.

— Saurais-tu dire pourquoi, Hari?

— Il appartenait à mon père.

— Savais-tu que ce couteau était celui d'un Natif? Regarde sa poignée. Vois-tu le profil de sa poignée, comment il peut épouser la prise d'une main à trois doigts ? Dis-moi, Hari : où ton père a-t-il trouvé ce couteau ?

— Il l'a trouvé un jour dans le Terrier du sang.

— C'est une très vieille arme, Hari. Savais-tu que les Natifs ont visité la cité à l'époque où elle portait le nom d'Appartenance, avant la venue de la Compagnie..., expliqua-t-elle seulement en haussant les épaules sans plus rien dire.

Hari examinait le couteau, le tenant en équilibre sur un doigt avant d'en vérifier le fil. Il lui suffirait d'un simple geste et le couteau se planterait dans la gorge de la fille. Mais cette idée lui vint sans force, puis s'en alla comme elle était venue.

Feuille-de-thé poussa un long soupir et posa d'autres lourdauds sur la braise.

— Vous devez reprendre des forces. Mangez. Ensuite, nous irons chercher de l'eau.

— J'ai d'abord découvert ce don par moi-même, dit enfin Hari. Puis, un vieil homme nommé Lo m'a enseigné comment l'utiliser. Lo était aveugle. Il a vécu longtemps et savait beaucoup de choses.

— En connais-tu d'autres comme toi ?

— Juste Lo et moi. Je sais parler aux chiens, aux chats et aux rats. Aux chevaux aussi. Et parfois, mon père m'entendait et je savais lire ses réponses. Mais personne d'autre, avant elle. Avant... Perle.

— Je suis meilleure que toi, dit Perle. Je t'ai empêché de me tuer.

— J'aurais fini par t'avoir, si elle ne s'en était pas mêlée, répliqua Hari en levant le menton vers Feuille-de-thé. Mais n'aie pas peur, je ne veux plus te tuer.

— Je n'ai pas peur de toi.

Le chien gémit et Feuille-de-thé s'impatienta :

— Plus de querelles ! Vos enfantillages ne vous aide-ront pas à survivre, et je ne prends pas d'enfant avec moi. Bon, dis-moi, Hari, vers où cours-tu comme ça ?

— Je ne cours pas. La Compagnie a pris Tarl, mon père. Je vais le libérer.

— Où l'ont-ils emmené ?

— Dans l'Abîme de sel.

— Ah ! fit Feuille-de-thé, en souriant à Hari. Et sais-tu où se trouve ce lieu ?

— Lo m'a dit d'aller au nord. Alors, c'est au nord que je vais.

— Tout comme nous.

— Vous allez à l'Abîme de sel ?

— Dans cette direction, oui. Voyage avec nous, Hari.

— Personne ne me demande mon avis ? se plaignit Perle.

— Nous devons nous entraider, Perle, expliqua Feuille-de-thé. Devant nous s'étendent des contrées dangereuses, et d'autres dangers nous guettent de toutes parts. Bon, il reste bien des choses à apprendre. La première étant…

— Comment trouver de l'eau, dit Hari, tout sourire en entendant Perle qui, pour ne pas être en reste, répéta ces mêmes mots.

Ils mangèrent les derniers vers grillés, puis étouffèrent le feu avec de la terre. La lune apparaissait dans le ciel quand ils levèrent le camp. Hari et le chien fermaient la marche, ce qui rendait Perle nerveuse. Sans s'arrêter, Feuille-de-thé donnait quelques leçons de géographie pour s'orienter dans ces terres inhospitalières. Hari écoutait à moitié, n'arrivant pas à chasser le trouble dans lequel ses rêves l'avaient plongé. Hari ne croyait pas au hasard, mais se refusait d'accuser la Native d'avoir mis des images dans sa tête. Était-il possible que, par sa seule présence, des portes se soient ouvertes sur des vérités cachées ? La fille, quant à lui, n'était pas capable d'engendrer un si grand trouble, mais Hari ne pouvait pas exclure la force des sentiments qui les opposaient, elle et lui. En s'introduisant dans sa vie et dans son esprit, elle avait peut-être déréglé quelque chose. Quoi qu'il en soit, sa décision était prise et sa détermination, raffermie : il resterait avec ces deux femmes et tirerait tout cela au clair. Et à force de les côtoyer, il deviendrait plus fort qu'elles deux réunies et sauverait son père. Pour l'instant, la Native n'avait pas d'intentions belliqueuses envers lui ; et si elle croyait l'avoir capturé, elle se trompait royalement. Dans l'idée de Hari, c'était lui le ravisseur.

Il ricana de cette idée et Perle s'en offusqua :

— Qu'est-ce qu'il y a de si amusant ?

— La manière dont tu marches, répondit-il méchamment. On dirait un fonctionnaire de la Compagnie qui croule sous ses dossiers.

— C'est que mes pieds me font souffrir, le corrigea Perle.

— Peut-être aimerais-tu que je te porte sur mon dos ?

Elle se retourna vers lui, la colère rougissant son visage, son profil beau et lumineux dans les rayons de lune. Hari recula tandis que Perle s'apprêtait à le frapper. Il voulut parer le coup, mais s'y prit mal et encaissa le flot d'énergie en plein front. Sa tête s'emplit d'un bourdonnement grave et sa vision se brouilla. Il lui fallut un certain temps pour retrouver ses esprits.

— Je t'ai déjà vue, dit-il plus tard sur un ton respectueux. J'ai vu ton visage brillant à la lumière des chandelles. Tu mangeais avec... Comment dit-on ? Des fourchettes, des cuillères ? Des hommes à la langue coupée mettaient de la viande dans ton assiette.

— Comment as-tu pu me voir ? s'étonna Perle.

— J'étais devant ta fenêtre, dans un arbre. Et l'homme que j'ai tué était assis à côté de toi, je crois.

— Tu nous regardais ? Tu épiais aux fenêtres ?

— Pas juste vous. Toutes les fenêtres. Tu sais, si j'avais voulu, j'aurais pu entrer et vous tuer.

— Tu parles trop de meurtre, dit Feuille-de-thé.

— Je me nourrissais de vos restes, dans les boîtes à ordures. Mais je me soulageais aussi dans vos fontaines.

— Tiens ta langue, mon garçon, insista Feuille-de-thé.

Perle respirait bruyamment.

— Les hommes à la langue coupée, ça n'existe pas, se rembrunit-elle dans un chuchotement sec.

Hari se secoua, se demandant d'où lui venait ce soudain accès de rage. La colère l'avait emporté, puis abandonné d'un seul coup. Il regarda Feuille-de-thé sans comprendre. Avait-elle le pouvoir de briser les fers et la hargne ?

— *Non*, dit la voix de Feuille-de-thé qui résonnait dans sa tête, *tu es maître de toi-même, responsable de tes propres sentiments. Hari, je ne veux pas regarder en toi avant que tu ne te purges de toute cette haine.*

— Aussi bien dire jamais, rétorqua Hari à voix haute.

— Cela me désole pour toi, dit Feuille-de-thé.

— Oui, bon, fit Hari qui voulut aussitôt changer de sujet. Je n'ai jamais souhaité vivre dans leurs maisons ou manger à leur table. J'aime mieux chasser les rats royaux.

— Je ne m'assoirai plus jamais à leur table, expliqua Perle. C'est moi que mon frère pourchassait, moi, la fugitive qu'on veut réduire à l'esclavage.

Hari supposa qu'elle disait vrai et il ne sut pas quoi répondre. Il ne voulait plus se disputer pour des pacotilles ; une question plus prenante le taraudait. Il avait juré de ne jamais se débarrasser de sa haine, et la Native lui avait répondu qu'elle avait pitié de lui. Il voulait réfléchir à cela.

— J'ai soif, dit-il.

— Trouvons de l'eau.

Ils marchèrent encore un temps, puis Hari s'approcha de Perle.

— La terre est meuble ici. Si tu ôtes tes chaussures, tes pieds te feront moins mal.

— C'est hors de question.

— Essaie, Perle, lui proposa Feuille-de-thé. Le pire qui puisse arriver, c'est que nous avancions plus vite.

Assise, Perle se mit à délacer ses bottes. Hari fut bouleversé de découvrir à quel point ses pieds étaient blancs et menus. Et ses orteils, on aurait dit de minuscules lourdauds crus.

Une fois déchaussée, Perle marcha avec plus d'aise et joua même avec ses orteils quand le sol se couvrit de sable.

Ils laissèrent derrière eux les terres où poussaient épars les arbres à bois d'acier, et après un moment, Feuille-de-thé s'adressa à Perle et à Hari :

— Vous voyez cette roche, droit devant ?

— Ça n'a rien d'une roche, fit remarquer Hari.

— Tu as de bons yeux. En effet, c'est une plante.

Feuille-de-thé s'arrêta devant l'étrange végétal. C'était un énorme bulbe noueux, gros comme le ventre d'un cheval et d'une couleur de boue séchée. Son feuillage comme mille petites oreilles de rats recouvrait sa surface. Accroupie, Feuille-de-thé se mit à creuser à la base du bulbe.

— Creuse avec ton couteau, Hari. Perle, sers-toi du tien. Lorsque vous trouvez une racine, déterrez-la soigneusement. À l'extrémité, vous trouverez un petit sac.

Hari creusa et trouva une racine plus mince qu'un doigt, la suivit à travers le sable sec et découvrit une poche à l'enveloppe épaisse et rugueuse de la grosseur de son poing.

— Coupe la racine, Hari, mais prends soin d'y appliquer une pression. Le sac est plein d'eau. À présent, porte la racine à ta bouche et soulève le sac au-dessus de ta tête. Bien, pour boire, il te reste seulement à presser le sac. Toi aussi, Perle.

— C'est aigre, commenta Perle.

— Chez les gens de mon peuple, on l'appelle la plante généreuse.

— La généreuse amère, précisa Perle.

Hari aimait le goût. Cette eau était délicieuse, contrairement à celle qu'on buvait dans les terriers.

— Utilise l'eau comme un baume, Perle, suggéra Feuille-de-thé. Elle te soulagera de tes ampoules.

Ils recueillirent une demi-douzaine de sacs qu'ils attachèrent par la racine et en une seule grappe, selon les instructions de Feuille-de-thé.

— C'est suffisant. Nous tuerions la plante par une récolte plus gourmande.

Ils reprirent leur chemin, et la marche parut plus facile. Les montagnes luisaient d'une pâle lumière. Les doigts de quelques arbustes rabougris se levaient aux pieds des collines enténébrées. Hari réalisait à quel point il était chanceux d'avoir rencontré la femme du peuple natif. Elle connaissait les terres arides et certainement aussi les passages dans les montagnes. Sans elle, il n'aurait peut-être jamais trouvé son chemin, et serait certainement mort de soif. Quant aux autres connaissances qu'elle possédait, il les découvrirait bien assez tôt ; et quand il saurait imposer ses volontés par une simple pensée, il détiendrait une arme bien plus redoutable qu'un vulgaire couteau à lame noire. Peut-être découvrirait-il aussi le sens et la provenance de ses rêves ; ces rêves qui, en une seule nuit, l'avaient fait vieillir de plusieurs années.

Le paysage s'élevait en pente plus prononcée et se couvrait d'une vaste rocaille. Perle s'assit et remit ses bottes. Ils partagèrent un sac d'eau et reprirent leur ascension vers les montagnes.

CHAPITRE 5

« J'ai tant sommeil, pensa Perle. Laissez-moi dormir. »

Le soleil d'après-midi jetait ses rayons brûlants sous le maigre couvert d'un feuillage grêle, et Perle se retournait sans jamais trouver son aise sur le sol traversé de racines et parsemé de roches. Elle couvrit ses yeux d'un fichu, mais la lumière demeurait chaude et éblouissante.

Feuille-de-thé dormait. Hari dormait. Ils semblaient insensibles à l'inconfort. Perle se tourna sur le côté et se trouva face à face avec le garçon. Qu'il était laid, avec sa peau brune, ses cicatrices au visage et ses cheveux emmêlés ! Elle vit une de ses mains meurtrie, sans doute blessée dans des batailles ou mordue par des animaux sauvages. Était-ce cette main qui avait tiré le couteau ? C'était inconcevable pour Perle de se trouver aussi près du meurtrier de son frère. Ce garçon était une bête, perfide et sauvage ; pourtant, il était capable des mêmes pouvoirs qu'elle. Perle ne voulait pas devenir comme lui, ni partager son quotidien avec un garçon pareil. Elle préférerait les gens de peau blanche, et les garçons grands et beaux. Cela dit, Feuille-de-thé n'était pas blanche, son teint cuivré comme le thé infusé ; elle était différente, Feuille-de-thé.

« Mais qui sommes-nous ? » songea Perle.

Elle s'assit sans faire de bruit, le chien releva la tête et la regarda.

— *Qui sommes-nous, le chien ?*

L'animal reposa le menton au sol et se mit à remuer la queue.

— *Viens, le chien*, dit-elle.

Après un regard nerveux en direction de Hari, l'animal la suivit.

Perle se leva et marcha sous le frêle couvert des arbres pour sortir du bois où ils s'étaient arrêtés. Elle se sentait prise, voire encagée, dans cet îlot boisé. À l'orée d'un champ de broussailles, elle vit des rochers dressés comme des cheminées, et se demanda si elle aurait de là-haut une meilleure vue des montagnes. Elle voulait voir la neige des sommets, la majesté des montagnes. Perle espérait retrouver une certaine paix en admirant le paysage.

Elle s'approcha des cheminées de roc, et vit que leurs parois, contrairement à ce qu'il semblait de loin, n'étaient pas lisses. Elle trouva facilement des prises pour l'escalade et grimpa à quelques mètres au-dessus des plus grands arbres de la forêt. Et là, les montagnes s'offraient à elle dans toute leur splendeur. Elle semblait presque pouvoir les toucher, avec leurs champs de neige et leurs murs de glace étincelant au soleil. Devant la beauté de ce paysage, elle se sentit aussitôt en paix. Demain, ils atteindraient les contreforts et feraient leurs premiers pas vers les hauteurs enneigées. Au pied des montagnes, il y avait une grande forêt qui s'avançait dans la plaine, venant jeter tout près quelques arbres de l'autre côté d'un ravin. Cette vallée étroite tranchait la terre, séparant la forêt du boisé où ils campaient. Peut-être y avait-il un cours d'eau au fond de ce ravin? L'idée de pouvoir faire un brin de toilette et de se baigner la réjouissait.

Elle grimpa encore et jeta un coup d'œil en direction du chemin parcouru. La cité avait disparu, comme la mer aussi, et seule une traînée sombre à l'horizon laissait deviner l'endroit où le ciel se noircissait de la fumée des usines. Il y avait là les manufactures des Bowles, d'autres appartenant à Ottmar. Perle n'avait jamais visité les villes ouvrières et les quartiers industriels. L'éducation des femmes et des enfants ne devait pas aborder ce genre de sujet.

Dans la paroi rocheuse, Perle trouva un léger renfoncement, comme une cuvette. Elle s'assit dans ce siège naturel, s'agrippant à quelques roches saillantes pour ne pas glisser. Le chien gémissait tout en bas.

— Je vais bien, le chien, dit-elle. Couche-toi et dors.

— Il n'écoute que moi, dit Hari, qui était apparu dans les broussailles et l'accusait du regard, les sourcils froncés. Si tu tombes et te casses les jambes que tu as comme des poteaux, je ne te porterai pas, avertit-il.

Il choisit de grimper par une autre voie, mais découvrit vite que, pour monter aussi haut, il n'y avait pas d'autres prises que celles que Perle avait trouvées.

— Et pourquoi je tomberais ? dit-elle.

Elle regretta aussitôt son ton abrupt, car elle ne voulait plus se quereller avec Hari. En fait, son sentiment envers Hari passait lentement de l'agressivité à la curiosité. Elle voulait en savoir plus sur lui. Perle savait bien sûr que certaines questions ne se posaient pas, et elle ne lui demanderait pas s'il savait se servir d'un savon. Elle ne poserait pas cette question, et ce, même si ses odeurs corporelles montaient jusqu'à l'endroit où elle était juchée. Comment avait-il eu ses cicatrices ? Voilà une question qui n'échaufferait pas les esprits.

Hari aussi nourrissait une curiosité naissante pour Perle. Il avait toute sorte de questions pour elle, sur le goût de certains aliments qu'il avait vus servis à table dans les manoirs — des nourritures étranges qui fumaient, des aliments de toutes les couleurs — mais le simple fait de se revoir affamé devant ces festins inaccessibles raviva sa haine. Le chien bondit de côté et se cacha le museau sous une patte.

— D'où viennent-elles, ces cicatrices que tu as au visage ?

— C'est la maladie, répondit-il.

— Quelle maladie ?

— Celle qui a tué ma mère, dit-il en se mordant aussitôt les lèvres d'avoir fait cet aveu.

«Mais qu'est-ce qui me prend ? Ce n'est pas de ses affaires, pensa-t-il. Et maintenant, elle va me prendre en pitié. »

— Dans les terriers, la maladie a décimé la moitié de la population. Combien sont morts chez toi ?

— Je n'ai jamais entendu parler de cette maladie, avoua Perle.

— Sans doute trop occupée à manger, la piqua-t-il.

— Non, dit-elle. Mais Feuille-de-thé m'a parlé des terriers.

— Comment peut-elle savoir ce qui s'y passe ?

— Feuille-de-thé sait tout.

— Qui est-elle ? C'est une Native, d'accord, mais qu'est-ce qu'elle cherche ?

«Oui, pensa Perle, qu'est-ce qu'elle veut ? Nous, vint la réponse, elle nous veut, ce garçon et moi. »

— Dans quel but ? demanda-t-il, ce qui frappa Perle, car elle avait oublié qu'il lisait dans ses pensées.

Elle décida de poursuivre sans parler :

— *Parce que nous sommes capables des mêmes dons qu'elle. Nous entendons ce que les gens pensent, et parlons sans la moindre parole.*

— *Je dois dire que je suis meilleur avec les animaux*, fit-il remarquer humblement.

— *Je n'ai pas souvent vu d'animaux, mais je sais comment faire avec les hommes, leur dicter ma volonté et provoquer l'oubli. Du moins, cela fonctionne la plupart du temps. Et toi ?*

— *Si tu peux, je peux.*

— *Feuille-de-thé te l'enseignera. Elle nous l'enseignera.*

— *Pourquoi le ferait-elle ?* fit-il dans une pensée soupçonneuse.

— *Parce que,* pensa Perle pour elle-même, *elle veut que nous accomplissions quelque chose. Tout d'abord, elle me voulait, moi, et elle m'a eue. Et maintenant, elle a Hari. Elle nous a, nous deux.*

— *Elle ne m'a pas eu,* rétorqua Hari. *Depuis quand la connais-tu ?*

— *J'avais huit ans. Je devais choisir une servante — une aide personnelle — et je l'ai choisie, elle. Mais seulement après qu'elle m'eut dit de le faire.*

Elle se sentit soudain coupable en pensant qu'elle trahissait Feuille-de-thé.

— Elle est mon amie, se sentit obligée de rectifier Perle.

— C'est ta bonne. Et je parie qu'elle t'essuie le derrière.

— Tout ce que je sais, c'est elle qui me l'a appris, s'indigna Perle avec colère.

— À te peindre le visage... À te peigner les cheveux...

— Et à me nettoyer, contrairement à certains qui empestent !

Il siffla de rage, mais réussit à ravaler sa colère.

— Lo était mon professeur. Il m'a appris comment la Compagnie est venue pour massacrer mon peuple, pour affamer les survivants et en faire des esclaves. Savais-tu ça aussi ?

— Oui, je sais que la Compagnie est partout et qu'elle veille à ses seuls intérêts. Je sais aussi que j'étais son esclave sans le savoir.

— Une esclave, peut-être, mais une esclave au ventre plein, dit Hari. Avec une servante, crut-il nécessaire d'ajouter avant de lui tourner le dos. Viens, le chien, laissons l'esclave assise sur son trône.

— Attends, s'écria Perle, puis avec urgence et en pensée :

— *Attends. Reviens.*

— Qu'est-ce qu'il y a ?

— *Il y a du mouvement là-bas, dans les collines.*

— *Laisse-moi voir.*

Elle se leva dans son siège de roche, le regard scrutant le lointain, et Hari grimpa jusqu'à sa hauteur. Il tourna la tête dans la direction qu'elle indiquait.

— Des hommes à cheval, précisa-t-elle.

— Ils ont des chiens. Ce sont des hommes de la Compagnie.

— *Feuille-de-thé !* cria Perle sans ouvrir la bouche.

Ils descendirent de leur hauteur et coururent dans les broussailles. Feuille-de-thé accourait à leur rencontre.

— Les hommes de mon père arrivent. Leurs chiens ont flairé notre piste.

— Sont-ils loin ?

— À une demi-heure, peut-être moins, estima Hari.

— J'ai repéré un ravin, s'empressa d'expliquer Perle en indiquant la direction. Et il y a une forêt de l'autre côté où nous pourrons nous cacher.

Ils coururent jusqu'à l'endroit de leur campement et ramassèrent leurs paquetages.

— Cours, Perle, dit Feuille-de-thé. Je ne serai pas loin derrière.

— Que vas-tu faire?

— Pars. Vite.

Perle et Hari partirent en courant.

— Est-ce que tu l'entends? demanda Hari. Elle laisse des pensées de chats-crocs pour les chiens. Ils les percevront et retourneront pleurer dans leurs niches.

Cette scène imaginée fit rire Hari et le chien hurla.

— Tais-toi, le chien. Tu ne crains rien avec nous.

Ils quittèrent les broussailles et s'engagèrent dans le ravin, dévalant à grands pas la pente abrupte. Quelques instants plus tard, Feuille-de-thé les rattrapa.

— Ils approchent. Je les ai entendus près du boisé.

— Ils emploient les grands moyens pour te mettre la main dessus, dit Hari. Comment ont-ils pu faire aussi vite?

— Peut-être que c'est à toi qu'ils en veulent, pour avoir tué mon frère, suggéra Perle.

— Ne parlez pas et courez, les interrompit Feuille-de-thé.

Ils entendirent bientôt l'aboiement des chiens, puis de grands gémissements plaintifs. C'était Feuille-de-thé qui ordonnait aux bêtes d'abandonner la chasse.

— Est-ce que tu peux t'occuper des chevaux, les convaincre de s'emballer ?

— Les cavaliers les contrôleraient. La forêt est notre seule chance. Plus un mot, à présent. Foncez.

Le ravin était beaucoup plus large que Perle se l'était imaginé. Aussitôt arrivés au fond de la vallée, ils s'élancèrent dans l'autre versant. Un faible cri leur parvint.

— Je vois un homme dans les rochers, cria Perle. Il nous a vus.

Ils virent le soldat en question sauter de son perchoir.

— Dépêchez-vous, ordonna Feuille-de-thé. Il n'y a plus de temps à perdre. Courez, aussi vite que vous le pouvez.

L'ascension était pénible. Ils glissaient sur des roches branlantes et dans les gravillons. Des hommes couraient sur l'autre versant. Une douzaine de cavaliers apparurent par le flanc, au fond du ravin, et l'un d'eux s'arrêta pour décharger son canon électrique. La série d'éclairs qu'il envoya rata sa cible, la distance étant trop importante.

— Vivants, entendit-on crier. Je les veux vivants.

Les chevaux lancés au galop suivaient le lit du ravin. Les cavaliers les forcèrent bientôt à monter le versant où grimpaient les fuyards. Hari se retourna, mais leur nombre était trop grand pour qu'il puisse espérer les contrôler — et Feuille-de-thé serait tout aussi démunie devant leur détermination, présuma Hari. Il courut à côté des deux femmes, glissant et s'enfargeant comme elles, mais vit avec espoir qu'ils seraient en mesure d'atteindre le couvert de la forêt avant que leurs ennemis les prennent.

L'homme qui commandait la charge l'avait également compris. Il rappela ses hommes et les rassembla dans le lit du ravin.

Feuille-de-thé, Perle et Hari s'élancèrent parmi les arbres. Une fois à l'abri, ils s'arrêtèrent pour reprendre leur souffle.

— Qu'est-ce qu'ils font? dit Perle.

— Leur chef est brillant, remarqua Feuille-de-thé.

L'homme responsable du détachement était jeune. Perle avait reconnu sa cape rouge et verte et le fanion aux couleurs de la famille Ottmar au bout des lances de ses cavaliers.

— C'est l'un des fils d'Ottmar, leur apprit Perle. C'est donc dire qu'ils viennent pour moi.

— Ottmar possède les mines de sel, ajouta Hari qui, ce disant, avait sorti son poignard au clair.

— Range ton arme, dit Feuille-de-thé. Voyons ce que le fils d'Ottmar prépare.

Les éclaireurs revinrent par le champ de broussailles pour récupérer leurs chevaux. Les cavaliers se séparèrent en deux factions, chacune forte de cinq hommes. Le premier détachement alla prendre une position haute et s'avança par l'est sur la bande de forêt. L'autre faction se lança au grand galop pour assurer un front à l'ouest.

— Ils nous encerclent, dit Hari.

— Ils veulent nous débusquer par le feu, annonça Feuille-de-thé. Ils brûleront la forêt et créeront une barrière de flammes avec leurs canons pour bloquer notre fuite vers les collines. Nous serons pris dans la forêt, entre le ravin et le feu. Une manœuvre efficace, s'il en est une.

— Dites-moi combien il y en a, demanda Hari, et je les tuerai.

— Cinquante hommes, répondit Perle. Un escadron entier.

Ils entendirent ensuite le feu des canons et virent bientôt s'élever une épaisse fumée au-dessus des arbres et dans le ciel.

— L'étau se referme, dit Feuille-de-thé sans perdre son calme. À présent, ils viendront par le bois. Voyez, d'autres hommes viennent en renfort. Mais il fera nuit avant qu'ils ne soient sur nous.

— Ce sera la pleine lune, avertit Perle.

— En effet. Nous ne pourrons profiter que d'une heure d'obscurité. Nous aviserons en temps et lieu. Pour l'immédiat, je dois garder à l'œil ce brillant jeune homme. Il est méthodique et froid ; il sait que la hâte le desservirait.

— Regardez, il vient par le versant !

L'homme éperonna sa monture et grimpa la pente, mais s'arrêta à mi-chemin du massif forestier.

— Resplendissante Perle de l'océan infini ! héla-t-il.

— Ne réponds pas, dit Feuille-de-thé.

— Pouvez-vous m'entendre, Perle ?

— C'est le plus jeune fils d'Ottmar, le benjamin, chuchota Perle. J'ai dansé avec lui au bal.

— Resplendissante Perle. Mon nom est Kyle-Ott de la maison Ottmar. Mon père m'envoie ici pour quérir celle qui devait être sa future mariée. Et sachez qu'il garde toujours pour vous de l'intérêt, et une place dans ses cuisines.

La remarque suscita les railleries et les rires des hommes dans le ravin.

— Vous vous êtes acoquinée avec la vermine, Perle. Vous vous cachez dans les bois alors que vous auriez pu vivre au bras d'un grand homme. Vous avez fait votre choix. Je vous ramènerai couchée et ligotée sur ma selle, comme votre frère Hubert le fut. Je ferai de même pour la femme du peuple natif, mais j'arracherai le cœur de ce rat des terriers qui court avec vous. Considérez cela comme un présent de ma part, Perle, pour venger votre frère.

— Il ne dit pas tout, chuchota Feuille-de-thé, mais je ne peux pas lire en lui, pas à cette distance.

Tapie dans les hautes fougères, Perle observait le visage du jeune homme : sa bouche souriante, son nez d'aigle, ses yeux d'un bleu acier. C'était la figure d'Ottmar sans les cernes, sans le gras. Elle l'avait déjà trouvé beau, le jeune Kyle-Ott.

— À la tombée de la nuit, Perle, je vous aurai fait sortir de votre cachette. Entre-temps, je vous laisse réfléchir à votre sort.

Il fit volter son cheval avant de redescendre dans le lit du ravin.

— Très bien, fit Feuille-de-thé, il faut maintenant distancer ces hommes qui viennent par les bois. On ne voudrait pas qu'ils nous attrapent avant le coucher du soleil.

Ils s'enfoncèrent dans la forêt et, après une bonne marche, Feuille-de-thé ralentit le pas pour s'adresser à Hari qui traînait en arrière.

— Tu dois leur échapper à tout prix. Et j'ai confiance que tes habiletés t'assureront de ne pas être repéré. Lorsque le crépuscule jettera ses ombres, trouve un endroit où te cacher.

— *Je reviendrai*, dit-il sans parler.

— *Je sais*, lui vint la réponse silencieuse de Feuille-de-thé.

Ils ne s'arrêtèrent plus et cheminèrent vers la pointe où la forêt se faisait moins dense. L'après-midi avançait, le soleil continuait sa descente dans le ciel tandis que les cris des hommes fouillant les bois devenaient plus clairs et annonçaient leur approche.

— *C'est l'heure*, dit Feuille-de-thé à Hari, qui lui répondit d'un simple hochement de tête.

— *Reste avec eux, le chien*, ordonna-t-il avant de disparaître dans le vert du sous-bois.

Sa cache était déjà pensée : un massif de fougères basses parmi de gros troncs d'arbre. Il se hâta vers l'endroit, se guidant grâce aux appels répétés des hommes. Ils approchaient, les branches craquant sous leurs bottes. Hari attacha fermement son sac dans son dos, puis s'allongea pour ramper comme un serpent sous les frondes de fougères, ne laissant sur son passage aucune branche brisée ni feuille écrasée. Les fougères épaisses le couvraient comme une cape. Il ralentit sa respiration et tira son poignard, au cas où.

Les hommes s'étaient trop dispersés pour mener une battue efficace. Ils gardaient leurs canons électriques allumés pour s'éclairer dans la pénombre de la forêt et se rapportaient de temps à autre, échangeant des cris, ce qui minait leurs chances de surprendre un fugitif puisqu'ils annonçaient leur présence. Plutôt que de fondre sur leurs proies, ils les faisaient fuir. Le soldat qui passa par là ne daigna pas même jeter un coup d'œil dans les fougères. Il écrasa quelques frondes sur le pourtour du massif, écarta d'un coup de pied une branche pourrie et continua son chemin.

Hari attendit que les hommes s'éloignent. Quand la forêt retrouva le silence, il se leva parmi les fougères et partit en courant dans les bois. La fuite était risquée : il y avait des hommes à cheval en patrouille autour des bois et d'autres cavaliers devant le feu qui avançait encore, dévorant la forêt mètre par mètre. Cela dit, Hari n'avait aucune intention de fuir. Pour sauver son père, il devait suivre la Native et la tromper en temps voulu. Dans le plan qu'il échafaudait, la patience était un grand atout.

Adossé contre un arbre, Hari mangea une poignée de lourdauds grillés et but l'eau d'un sac de plante généreuse. Rassasié, il chercha le plus grand arbre des environs et y grimpa, s'aidant des vignes vierges qui s'accrochaient au tronc. Il monta dans les hautes branches jusqu'à ce qu'il ait une bonne vue de la situation au sol, autour de la forêt. Le soleil était bas dans le ciel et Hari porta une main en visière sur ses yeux. Une troupe de cavaliers était postée là où le ravin rencontrait la plaine. Il ne voyait pas les hommes dans les bois, mais présuma qu'ils s'approchaient de la pointe nord — tout fin prêts à chasser Feuille-de-thé et Perle hors de la forêt.

Hari se contenta d'observer sans autre plan. Il devait connaître le terrain avant d'agir.

Il entendit un ordre crié dans le lointain. C'était Kyle-Ott qui ordonnait à ses cavaliers de se déployer en éventail. La chasse était terminée : Feuille-de-thé et Perle sortaient en marchant de sous le couvert des arbres. Hari les vit se livrer dans le soleil couchant. Les chevaux les encerclèrent et Kyle-Ott mit pied à terre. Feuille-de-thé sembla insouciante, et ce, même quand

Kyle-Ott la força à s'agenouiller. Que faisait-il ? Hari crut le voir passer quelque chose sur les yeux de la Native. Il devait savoir, par on ne sait quel instinct, qu'elle avait le pouvoir de maîtriser l'esprit des hommes, et croyait sans doute que cette magie lui venait de ses yeux de chat. Il ne banda pas les yeux de Perle, mais ses hommes la tenaient en joue, comme Feuille-de-thé, dans la mire de leurs canons électriques.

Hari descendit de l'arbre et profita des quelques derniers instants de clarté pour se frayer un chemin dans le bois. Tandis que la nuit s'imposait, soudaine et complète, il atteignit le ravin, sur le plateau au-dessus du versant nord.

Les hommes de Kyle-Ott avaient coupé du bois pour faire un feu et partageaient un repas, assis à la chaleur des flammes. Kyle-Ott s'était installé devant un plus petit feu avec Feuille-de-thé, les yeux toujours bandés, et Perle assise à ses côtés. Feuille-de-thé avait les poignets liés. Perle n'avait pas d'entrave.

Hari perçut des bruits de sabots en amont du ravin. On devait avoir attaché les chevaux plus loin, sous la garde de quelques soldats. Un homme ? Peut-être deux ? Pour s'en assurer, Hari devrait attendre la lune.

Aux premières lueurs lunaires, Hari se trouvait beaucoup plus près du campement ennemi.

Il appela le chien dans un appel muet.

Les dents de Kyle-Ott luisaient à la lueur du feu. Il souriait.

— Je ne trouve aucun plaisir à vous voir ainsi brisée, Perle. Il fut d'ailleurs un temps où, en pensée, je vous espérais à mon bras. Resplendissante Perle est un nom qui sied bien à votre beauté. Hélas, le choix de mon père prévalait sur mes intentions, sembla-t-il peiné de dire avant de s'incliner en avant avec un sourire aux lèvres. Or, je me console de ce revers amoureux, sans lequel c'est moi que vous auriez déshonoré. Je vous mets en garde, Perle, la colère de mon père est grande. Je crains que l'avenir ne vous réserve de mauvaises surprises, si avenir il y a, crut-il bon de préciser en tisonnant le feu à l'aide d'une longue branche.

— Je n'ai pas peur, répondit Perle, encore qu'elle était évidemment terrorisée et jetait des regards angoissés à son ravisseur, ce jeune d'à peine dix-sept printemps qui paraissait pourtant plus vieux que Hari.

— C'est à moi qu'il a confié la tâche de vous ramener sous son joug, et je verrai à l'achèvement de ma mission. Je suis le plus jeune des fils, Perle, et c'est au benjamin qu'incombe cette chasse à la mariée en fuite ; du moins, c'est ce qu'en pensent mes frères. Mes frères qui…, commença-t-il en fouettant violemment l'air de son tisonnier, éparpillant sa flamme et des étincelles. Mes frères, dis-je, qui croient se consacrer à de plus grandes occupations. Mais ce ne sont que des idiots, Perle. Père les utilise comme on manie des armes, pour frapper et poignarder, et me garde, moi, loin de tout danger et de ses manigances, expliqua-t-il sur un ton presque fier avant que sa voix ne sombre dans un murmure. Je suis son préféré. Quand je reviendrai en ville…

Il laissa un grand sourire terminer sa phrase.

La voix de Feuille-de-thé résonna dans la tête de Perle :

— *Demande-lui ce qui se trame dans la cité.*

— *Pourquoi faire ? Quelle importance ?* répondit Perle dans le même silence.

— *Il garde un secret. Je dois savoir. Sa vanité lui déliera la langue. Montre-lui que tu as peur, si tu le peux davantage encore. Il s'en flattera.*

Perle eut une grimace pour elle-même et se lança :

— N'y aurait-il pas une façon ? bredouilla-t-elle.

— Pardon, vous dites, Perle ? fit-il doucement. S'il existe un moyen pour échapper au sort que vous méritez ? Vous êtes une très belle créature et vous…, hésita-t-il en cherchant ses mots, brilleriez à mes côtés. Mais des belles, il y en aura d'autres, et vous appartenez à mon père. C'est désolant, dit-il dans un haussement d'épaules sans émotion.

— Mais votre père n'est qu'un homme, et si vous pétitionniez, par une requête à la Compagnie…

— Ah, Perle, lui sourit-il, n'auriez-vous rien entendu ? Il se produit de grands changements et la cité est en pleine ébullition. En ce moment même, tandis que nous discutons, le changement est en route, prit-il plaisir à annoncer, son visage soudain tordu d'un mauvais rictus. Et moi qui cours après une petite idiote ! Si mon père ne souhaitait pas tant vous revoir, je lâcherais les chiens après vous comme sur les rats des terriers. Le monde chavire et change de mains, remâcha-t-il, et moi, je suis ici, à perdre du temps autour d'un feu.

— Mais votre père…, chuchota Perle.

— Mon père s'assure que rien ne m'arrive. Je suis son bras droit… ou plutôt le serai-je incessamment, quand je vous aurai ramenée au bercail. Saviez-vous, se lança-t-il pour douter aussitôt de l'opportunité de l'aveu, mais décidant aussi vite dans un sourire qu'il n'y avait aucun mal à l'avouer, saviez-vous, dis-je, que la Compagnie est tombée ? Seul mon père a vu venir sa chute. Il a su entendre la rumeur à laquelle tous les autres imbéciles restaient sourds : tous ces idiots de Bowles, de Kruger et de Sinclair, assis sur leurs lauriers, gras et contents de dilapider leurs avoirs pour la prunelle de leurs jolies filles. Tous des incapables, aveugles à ce qui leur pend au nez. Mais mon père, il a ses espions et des informateurs partout, sur le continent et au-delà des mers. Saviez-vous que l'on n'a plus vu de navires accoster au port depuis des mois, Perle ? Votre père l'a remarqué, mais cela ne l'a pas interpellé ; il n'en a fait aucun cas. Avec la Compagnie, il n'y a plus aucun commerce, aucune communication. Seul Ottmar a compris qu'une violente révolte s'était levée dans le vieux continent. Les agitateurs se sont faits rebelles et la Compagnie a été renversée, puis définitivement vaincue. Désormais, un millier de petits despotes se targuent d'une souveraineté supérieure et s'entretuent. Là-bas, tout est ténèbres, Perle. Une grande noirceur. Mon père l'a vue rampante à l'horizon. On dit qu'elle durera mille ans. Lui seul a vu. Et il était préparé. Il n'y a plus de Compagnie sur nos terres, dorénavant, mais un roi est né. Un grand roi.

— Qui est-ce ? réussit à balbutier Perle.

— Le roi Ottmar. Et lorsque mes frères ne seront plus, sort que le roi veillera à précipiter, je serai son seul et unique héritier. Moi, Kyle-Ott !

— Mon père ? Ma famille, mes frères, que vont-ils devenir ?

— Le souverain leur trouvera peut-être une quelconque utilité, malgré que la maison Bowles soit tombée en disgrâce, et par ta faute, Perle. Mais qui peut prétendre voir l'avenir ? Au pis aller, n'y a-t-il pas cette tradition si chère à nos aïeuls de jeter les traîtres par les falaises ?

— Vous mentez. Vous inventez au fur et à mesure.

— *Non, Perle, dit la voix éthérée de Feuille-de-thé, il dit la vérité. Plus aucun navire n'est venu de la mer, et à présent, nous en savons la raison. Ottmar a su saisir sa chance. Demande à ce jeune prétentieux s'il sait ce que son nouveau roi a dans ses plans.*

Perle avala sa salive. Elle pensa à l'homme fier que son père avait toujours été, et à sa mère, les imaginant au cachot. Elle eut une pensée pour sa sœur, Fleur, et repensa à ses frères, William et George. Ils n'accepteraient jamais de se soumettre; trop stupides, gâtés et cupides, ils lutteraient jusqu'à la fin. Mais elle eut surtout un pincement de cœur en pensant à Tilly, la femme qui les avait hébergées, elle et Feuille-de-thé. Qu'arriverait-il à cette famille, à cette épouse, à ce mari, à l'enfant à naître? Avec Ottmar sur le trône, ils finiraient leur vie en esclaves. Kyle-Ott pavoisa encore un long moment, s'enorgueillissant de ses propres paroles, auxquelles Perle ne portait plus attention.

— Qu'est-ce que le roi Ottmar fera de la cité, de ses terres?

— Ah! Je vois que la Native a retrouvé sa langue. Je vous avertis : ne comptez pas sur moi pour vous redonner la vue. Mon père a appris ce secret de votre race. Vous pouvez plonger les hommes dans le plus profond des sommeils, et les faire agir contre leur gré. D'ailleurs, sachez que mon père m'a demandé de vous ramener en vie pour connaître le fin mot de ce mystère. Mon père sera un grand roi.

— Que compte-t-il faire de ses terres? répéta Feuille-de-thé sur le même ton détaché.

— Ma foi! Il régnera sur ses terres, répondit Kyle-Ott en levant un poing serré. D'une main de fer. Notre monde n'a de place que pour une seule voix. Un seul homme à sa tête. Il purifiera le pays. Il fera le grand ménage des terriers, en chassera la vermine, et construira Ottmar, une cité digne du nom de notre famille, une ville où lui et moi gouvernerons, où aucune protestation ne troublera la paix établie. C'est là le moyen, la voie et la fin. Avec force. Sans pitié. L'idée vous plaît-elle, Native ?

— Je crois que vous vous y consacrerez corps et âme, acquiesça Feuille-de-thé. Qu'en sera-t-il de mon peuple ?

— Ah oui, les Natifs au-delà des montagnes, dans les sylves. Ceux qui vivent comme des rats. Nous avons entendu parler de votre peuple. La Compagnie, elle, n'avait imaginé aucun usage pour les Natifs. Cependant, Ottmar et Kyle-Ott viendront, soyez-en assurée. Nos armées marcheront. Vous vous soumettrez. En attendant, je vous ramènerai en ville, où l'on vous ouvrira pour voir ce que vous cachez en dedans ; vous nous livrerez vos secrets dans un bain de sang, j'en ai bien peur.

Il interpella un de ses hommes qui surveillait le feu.

— Sergent, resserrez le nœud de son bandeau et vérifiez ses liens. Vous attacherez aussi la fille. C'est vous qui assurerez la garde cette nuit. Ne les quittez pas des yeux et ne les laissez pas parler.

— Nous avons perdu la trace du garçon, mon seigneur, rapporta un autre soldat.

— Qu'importe. Il s'est sûrement creusé un trou pour mourir loin des regards. Laissons-le à ce sort.

Deux hommes érigèrent une petite tente sur le jute de laquelle étaient peintes les armoiries d'Ottmar. On resserra les entraves de Feuille-de-thé et Perle se retrouva bientôt pieds et mains liés. On les poussa sans ménagement au sol pour les couvrir ensuite d'une couverture de laine.

— Je ne voudrais pas vous retrouver gelées au petit matin, dit Kyle-Ott avec bonne humeur. Mon père s'attend à ce que je vous livre en bonne condition. En passant, Perle, à votre place, je profiterais de ce lit de pierres, car vous y passerez sans doute la meilleure nuit du reste de votre vie, pérora-t-il avant de se tourner vers son sergent. Gardez-les, ordonna-t-il en se retirant dans sa tente.

Côte à côte, Perle et Feuille-de-thé gisaient au sol. La lune vint s'asseoir sur les collines comme une orange dans une porcelaine noire, puis se leva lentement, paresseuse dans le firmament.

— *Est-ce vrai ce qu'il dit ?* demanda Perle dans une pensée inquiète.

— *Quand il parle des événements qui troublent la cité, oui, il dit vrai. Et la révolte au-delà de la mer a sûrement eu lieu. Mais de ce qu'il dit de l'avenir, rien n'est certain.*

— *Et Ottmar, est-il roi ?*

— *Oui.*

— *Il sera plus mauvais que la Compagnie.*

— *Ce sera différent. Le temps parlera, Perle. Maintenant, dors si tu le peux. Ne cherche pas Hari. Il décidera son moment pour agir.*

— *Qu'est-ce qu'il prévoit ?*

— *Je l'ignore, mais je le sens tout près. Dors à présent.*

Feuille-de-thé avait prononcé ces derniers mots comme un souhait, avec la douceur dont elle avait l'habitude quand Perle était petite. Mais Perle ne voulait pas dormir. Elle voulait être éveillée et prête si Hari venait les secourir. Elle ne se laisserait pas sauver comme une pauvre demoiselle en émoi ; elle ne ferait pas ce cadeau à Hari. Par bonheur, l'homme qui s'était occupé de ses liens avait bâclé son travail — et Perle ne s'en étonnait pas, comprenant qu'un simple soldat puisse être déconcerté de toucher ainsi à une fille de grande famille, une Bowles de surcroît. Il faut aussi comprendre qu'elle avait joué la comédie, haletant et gémissant comme si le soldat la blessait ; et en conséquence, ses liens étaient plus lâches qu'ils ne l'auraient dû.

Perle se retourna dans un soupir et prétendit dormir, le dos tourné au feu. Le sergent de garde bâilla et s'endormit, mais il n'était pas seul à faire le pied de grue près des prisonnières. C'était choquant pour *Perle*, car si le premier dormait, le second semblait toujours éveillé, et vice-versa. Qu'attendait Feuille-de-thé pour les endormir ? Perle aurait pu le faire elle-même, mais préféra l'autre solution. Elle travailla à force d'infimes et lents mouvements répétés, tirant un poignet tout en tordant l'autre.

— *Tu ne réussiras qu'à resserrer les nœuds, Perle*, lui annonça Feuille-de-thé.

— *Ce n'est pas vrai. Avec les dents, c'est gagné…*

Elle roula à nouveau sur le dos et profita du mouvement pour ramener ses poignets près de son visage.

— Tu vas dormir, oui! grogna un garde.

— C'est ce que j'essaie de faire, répondit-elle, offusquée.

Elle se servit de ses dents, étouffant le bruit par de petits sanglots, feignant celle qui essuie ses larmes malgré ses mains liées.

— *Feuille-de-thé, c'est fait. J'ai réussi. J'ai les mains libres.*

— *À ta place, je ne tenterais pas d'en faire autant pour tes pieds. Ce serait trop évident.*

— *Où est Hari?*

— *Près des chevaux.*

— *Est-ce que tu lui parles en ce moment?*

— *Écoute et tu le sauras. Oublie les nœuds.*

— *Hari,* lança-t-elle dans une pensée chuchotée.

Une voix aussi lointaine que silencieuse vint vibrer dans ses pensées:

— *Tiens-toi tranquille, tu veux?*

— *Hari, nous avons laissé le chien dans les bois.*

— *Je l'ai rappelé. Il est avec moi.*

Perle eut un soupir, puis fut ébranlée par une vive douleur, comme une aiguille plantée derrière ses yeux.

— *Feuille-de-thé, que s'est-il passé?*

— *Rien du tout.*

— *Je l'ai ressenti. Feuille-de-thé, est-ce qu'il a…*

— *Il n'a pas eu le choix d'utiliser son couteau, Perle. L'homme qui gardait les chevaux l'avait repéré.*

— *Il aurait pu l'endormir.*

— *Il n'était pas certain de pouvoir y arriver. Et il n'avait plus le temps.*

— *Pas le temps*, vint la voix de Hari comme un écho. *Je ne voulais pas…*

— *Hari*, l'arrêta Feuille-de-thé, *ne bouge plus.*

— *Je ne pouvais pas… il n'y avait rien d'autre que je…*

— *Ne bouge plus.*

Un moment s'égraina comme mille grains de sable dans un sablier trop étroit ; tandis que le temps semblait arrêté, il n'y eut plus de voix, plus de son et quelques cendres s'effondrèrent dans le feu.

— *Est-ce qu'il lui est arrivé malheur ?* s'affola Perle.

— *Son geste va à l'encontre d'un rêve qu'il a eu. Il ne veut plus tuer.*

Elles restèrent immobiles, couchées sur la froide terre battue, puis il y eut à nouveau la voix de Hari :

— *Les chevaux ont peur de moi. J'ai tué leur ami, le garde. J'essaie de les calmer.*

Dans l'obscurité par-delà le large feu où les hommes de l'escadron dormaient sur des pailles, un cheval hennit. Les gardes de faction près du plus modeste feu furent tirés de leur somnolence.

— Un chat-crocs ? chuchota l'un d'eux.

— Non, si c'était une bête sauvage, les chevaux rueraient, dit le sergent. Ce doit être un chien.

Ils se turent et tendirent l'oreille. Dans la nuit, on entendit s'élever encore deux ou trois hennissements, suivis d'un roulement sourd, un martèlement de sabots.

— Les chevaux paniquent. Vous, fit le sergent en désignant deux soldats, allez voir et revenez au rapport.

— Et si c'est un chat ?

— Servez-vous de vos canons.

— *Hari*, appela Perle, *deux hommes viennent vers toi.*

— *C'est peine perdue*, dit Hari. *Je n'arrive pas à gagner la confiance des chevaux. Tant pis, préparez-vous. Il va y avoir de la casse !*

— *Force-les à passer sur le campement*, dit Feuille-de-thé. *Sers-toi du chien.*

— *Je coupe leurs attaches. Réfugiez-vous derrière le feu. Et maintenant, c'est à vous que je m'adresse, les chevaux : voyez mes crocs, voyez comme je bondis et les enfonce sous votre peau !*

On entendit des hennissements terrifiés et le piétinement des chevaux en déroute. Les hommes réunis autour du grand feu, tirés en sursaut de leur repos, furent aussitôt prêts à réagir. On aurait dit le tonnerre tant les sabots cognaient la terre et le roc. Le bruit s'intensifia encore, et cette fois, on ne douta plus, dans l'esprit militaire des hommes de l'escadron, qu'un orage éclatait. Levant la tête au ciel et certains d'y voir se déchaîner la foudre, ils se retrouvèrent bouche bée devant un ciel étoilé ; à perte de vue, il n'y avait aucun nuage digne d'inquiétude. À la lumière du petit feu, on eut droit à un bref coup d'œil sur deux gardes qui couraient vers leurs frères d'armes, empressés de rejoindre le gros des troupes qui campaient à la flamme du plus grand brasier. Dans la confusion, on vit aussi Kyle-Ott sortir de sa tente, se battant avec un justaucorps qui refusait de se laisser enfiler, un juron à la bouche.

— Au rapport! commanda-t-il d'une voix de fausset dont il se surprit lui-même, tandis qu'il découvrait sans trop comprendre le désordre qui faisait courir ses hommes.

Reprenant ses esprits, il se mit aussitôt en traque des hommes qui, selon ce qu'il en comprenait, avaient déserté leur poste. Et c'est à cet instant précis qu'il les vit. À la lumière du feu, on aurait cru qu'une vague noire déferlait en avalant tout sur son passage, jusqu'à la lumière que le ravin aurait pu garder de la lune. Kyle-Ott comprit que les chevaux se ruaient sur le campement.

Perle s'empressa de défaire les liens qu'elle avait aux chevilles tandis que, d'une roulade calculée, Feuille-de-thé se mettait à l'abri derrière le feu. Perle s'était libérée et accourait auprès de Feuille-de-thé, lui arrachant d'abord le bandeau qui l'aveuglait avant de s'attaquer aux entraves qui lui liaient les mains.

S'ébrouant dans un flot de sabots, les chevaux fonçaient comme un seul torrent dans le ravin dont le lit n'encaissait que poussières et sécheresse depuis fort longtemps. Et comme ses flammes savaient fendre la

pluie, le grand feu scinda en deux le déluge de la caval-
cade qui, sans jamais ralentir, ne devint que plus dévas-
tatrice, le double d'une même menace. Pris de panique,
les hommes n'avaient que leurs cris pour sauver leur
peau, la débâcle était totale et l'on voyait des corps pié-
tinés et gesticulant comme des pantins désarticulés.
Kyle-Ott, les mains en l'air, hurlait des ordres, et quelques-uns de ses hommes retrouvèrent l'aplomb d'obéir.
D'autres, plus téméraires, s'étaient mis dans l'idée de
freiner la course des chevaux, s'accrochant aux crinières
et aux brides qui passaient en éclair. Même Kyle-Ott
s'élança dans la mêlée, tentant la chance, mais l'étalon
qu'il croyait mater l'envoya valser en arrière, et justement sur la route d'un autre destrier qui le poussa dans
le feu, où il atterrit dans une explosion de braises. Il s'extirpa du feu en hurlant, ses vêtements léchés de flammes.

Les chevaux en tête filaient maintenant vers le petit
feu et le contournèrent bientôt. La tente de Kyle-Ott
s'écroula à leur passage. Perle et Feuille-de-thé se blot-
tissaient l'une contre l'autre derrière les flammes mou-
rantes quand un cheval, paniqué de ne pas trouver de
chemin de fuite, sauta par-dessus le feu ; dans son bref
vol au-dessus des flammes, l'un de ses sabots frappa
Feuille-de-thé au front. Elle tomba comme une masse.

— Feuille-de-thé ! cria Perle, mais la Native demeura
inerte, sans réponse.

Les chevaux étaient partis, roulant au loin comme
un orage qui s'essouffle.

— Pourchassez-les, hurlait Kyle-Ott. Rattrapez-les !

Il fit quelques pas de course vers ses hommes, puis, se ravisant, revint vers ce qu'il restait du feu ; il avançait sur Perle, avec ses vêtements fumants encore et un visage fou.

— La responsable, la coupable, c'est elle : la Native !

Dans des gestes hystériques, il fouilla dans la tente effondrée, y trouva son épée, l'arracha à son fourreau et vint en courant sur Feuille-de-thé. Perle se leva pour l'affronter. Du coin de l'œil, elle vit Hari et le chien qui couraient dans les tisons épars du grand feu. Hari avait son couteau sorti, prêt à le lancer.

— Non, cria Perle, non !

Hari baissa son arme.

Kyle-Ott arrivait à trois pas de Feuille-de-thé, son épée tirée dans ses deux mains levées. Perle enjamba son amie, barrant la route à l'agresseur. Elle posa son regard sur le visage brûlant de Kyle-Ott et plongea ses yeux dans les siens.

— *Arrête-toi à l'instant*, lui ordonna-t-elle. *Ne bouge plus.*

On eut dit qu'il heurtait un mur invisible, le choc parut violent. Ébranlé, il se tint debout et vacillant, sa bouche grande ouverte et ses yeux dans le vague.

— *Pose ton épée.*

Il lui obéit.

— *Regroupe tes hommes, trouve tes chevaux et retourne en ville. Fais-le maintenant.*

Il partit sur-le-champ d'un pas mécanique.

— *Kyle-Ott*, dit Perle.

Il se retourna.

— *Dis à ton père qu'il ne sera jamais roi.*

Elle ne savait pas d'où ces mots venaient, mais elle les répéta :

— *Jamais. Dis-le-lui. Pars à présent.*

Kyle-Ott s'éloigna en titubant.

Hari approcha du feu.

— Tu aurais dû l'obliger à rentrer à pied.

— Aide-moi avec Feuille-de-thé.

Son ancienne servante ouvrit les yeux. Au début, on s'inquiéta de voir que ses pupilles de chat étaient presque rondes, puis son regard retrouva son aspect habituel. Perle partit en quête de son sac, trouva une outre d'eau et aida Feuille-de-thé à boire. Elle lui raconta l'incident, ce qu'elle avait fait de Kyle-Ott.

— Ils reviendront pour leur équipement et les blessés, indiqua Hari en pointant la demi-douzaine d'hommes gisant au sol. Je propose de lever le camp. Qui est avec moi ?

Ils ne prirent que leur paquetage en quittant le campement de Kyle-Ott. Se relayant pour aider Feuille-de-thé, Hari et Perle marchèrent un temps dans le ravin avant d'en gravir le versant nord en direction des montagnes. La lune alla terminer sa lente descente dans l'horizon. Le soleil se leva et déversa ses rayons sur les flancs rocheux.

Ils regagnèrent les bois et trouvèrent un endroit sûr. Ils mangèrent les derniers asticots grillés, burent ce qu'il restait d'eau et s'endormirent.

CHAPITRE 6

Les montagnes étaient noires et glaciales, avec de hauts cols et des sentiers grimpant abruptement jusqu'à ces passes en altitude. Sur le versant nord, le climat était plus doux et les conifères parsemant les flancs rocheux s'épaississaient rapidement pour former une forêt luxuriante que la jungle, plus loin encore, avait tôt fait d'envahir. Il avait fallu six jours de marche pour franchir le puissant dénivelé menant à l'ultime col, un périple éprouvant ponctué de nuits interminables où le froid mordait et la vie semblait bien fragile. Hari s'était plu dans cette épreuve, tandis que Perle serrait les dents et avançait pesamment. Il était arrivé à Perle de prendre le chien dans ses bras et de le transporter pendant une heure ou plus, le serrant contre elle pour se réchauffer. Le chien souffrait, ses pattes abîmées gelaient rapidement, et Feuille-de-thé avait dû lui confectionner un genre de bottes avec quelques bouts de tissu déchirés à même sa cape. Le froid et la faim occupaient les pensées du chien et Perle, en discutant avec lui, lui offrait les images d'un foyer, d'un feu avec une viande sur la broche. Elle aurait tout aussi gracieusement accepté ce repas cuit à la flamme. La nourriture que Feuille-de-thé avait récoltée dans la forêt du versant sud — des fruits, des vers, des racines, des feuillages comestibles — était certes nutritive, et Perle en ressentait les bénéfices, mais ces aliments exigeaient un effort incroyable de mastication et se présentaient sous mille déclinaisons d'un même thème : l'amertume. Bref, pour Perle, ce régime était vite devenu dur à supporter.

Hari mangeait sans se plaindre. Dans sa conception de la vie, la nourriture était un bien pour lequel il fallait se battre, un trésor qu'on attrapait dans l'action et qu'on mangeait vite. Pour lui, il ne semblait pas exister plus grand luxe que la facilité d'accès à la nourriture. Il suffisait de voir comme la joie éclairait son visage quand il plongeait la main dans son sac pour en sortir un lourdaud. Et c'était presque touchant de le voir joyeux, pressant l'asticot, dont il avait d'abord arraché la tête avec les dents, pour en vider le poison, presque beau de le voir avaler son ver tout cru. Après un jour à avancer dans la neige d'altitude, Hari avait suivi la piste fraîche d'un lièvre qu'on avait pu faire cuire, un peu plus tard, sur le feu que Feuille-de-thé avait allumé ; à sa demande, Hari avait pris la peine d'apporter un fagot de branches d'arbre à bois d'acier. Mais ce fut là leur seul repas de viande, et l'avancée dans la neige avait duré encore deux jours et une nuit.

La première vue qu'ils eurent du versant nord de la chaîne de montagnes présentait des pentes de roches nues plongeant dans une mer d'éboulis. Plus bas encore, il y avait la forêt, puis des collines arides et la jungle s'étirant au loin. Partout où l'on regardait, des lacs brillaient comme des miroirs au soleil. Çà et là, on découvrait le cours sinueux d'une rivière blanche comme les nuages.

— Où se trouve l'Abîme de sel ? demanda Hari.

— Vois-tu où les montagnes s'arrêtent à l'ouest ? dit Feuille-de-thé.

— C'est si loin ?

— Les mines de sel se trouvent à l'extrême ouest, face à la mer, au sud de l'endroit où je vous amène. Et l'Abîme de sel, ajouta-t-elle dans une grimace, se trouve entre les mines et notre destination.

— C'est dire qu'il faut contourner les montagnes et traverser la jungle ? présuma Hari.

— Il existe des sentiers de traverse, dit Feuille-de-thé. Mais d'abord, quittons ce monde de froid.

Deux jours d'une progression plus rapide les menèrent dans les collines, et il en fallut deux autres pour rejoindre la jungle. Pour alléger les esprits que le voyage surmenait, il y avait cet avantage que plus ils avançaient, plus ils découvraient une nourriture abondante et variée. En effet, ils purent bientôt pêcher du poisson dans les cours d'eau, cueillir des fruits et des noix dans les arbres. Ils avaient aussi appris à voler le miel des abeilles que Feuille-de-thé hypnotisait avec un long chant monotone. Ils avaient suivi le cours d'une rivière qui se brisait en gros rapides avant de s'essouffler un peu plus loin, se faisant calme et paresseuse sous les arbres qui mouillaient leurs immenses feuilles rondes comme des nénuphars dans l'eau. Il y avait également eu le désagrément des mouches piqueuses et, pour les chasser, Feuille-de-thé avait concocté une pâte de champignons vénéneux dont il fallait se badigeonner le visage et les bras.

Bientôt, la végétation s'était faite plus dense et ils s'étaient arrêtés pour la nuit.

— On nous observe, dit Feuille-de-thé qui préparait le feu. Sentez-vous leur présence?

— C'est comme si on passait les ongles sur les os de mon crâne, tenta d'expliquer Perle. Ou comme si l'on me brossait les cheveux à rebrousse-poil.

— Sont-ils méchants? demanda Hari.

— Ils ne feront rien si nous prenons seulement l'essentiel. Je leur ai parlé à l'entrée de la jungle, quand vous étiez endormis.

— Qui sont-ils? À quoi ressemblent-ils?

— J'ai dit que je leur avais parlé. Je n'ai pas dit que je les avais vus.

— Nous pourrions envoyer le chien pour les trouver, suggéra Perle.

— Le chien n'en reviendrait pas. Personne ne les voit jamais. Ils n'ont pas de nom, et nous ne leur en donnons aucun. La jungle est leur territoire et le sera toujours.

— On se croirait dans les terriers, s'inquiéta Hari, qui se sentait déchiré entre l'impuissance et l'agressivité. Ils pourraient nous tuer.

— Ils n'en auraient nul besoin. La jungle s'occuperait de nous. Mais les Natifs n'ont jamais tenté le moindre geste d'agression à leur endroit, et ainsi ils nous permettent le passage.

— Seul, je ne serais jamais sorti vivant de cette jungle, dit Hari.

Il s'accroupit plus près du feu et le nourrit de quelques nouvelles branches. Dans les flammes qui consumaient le bois sec, le visage de Feuille-de-thé prit des teintes rouges et brillantes. Elle avait changé depuis leur entrée dans la jungle, était devenue plus étrange qu'elle ne l'était déjà : les trois doigts de ses mains, tandis qu'elle accomplissait des tâches, avaient grandement gagné en dextérité — ils s'activaient avec une telle vitesse que Hari les comparait aux ailes scintillantes des abeilles dont ils volaient le miel — et ses yeux tournaient à présent au vert, une couleur près de la chlorophylle qui habitait toute chose dans la jungle. Elle s'exprimait moins avec des paroles et davantage avec sa « voix », qui pénétrait l'esprit de Hari comme une lame affûtée. Il se demandait si elle lui démontrait ainsi que, d'une certaine façon, il lui appartenait. Mais elle se trompait si c'est ce qu'elle croyait, et il lui en ferait la preuve le temps venu.

— Il y a des créatures qui chassent dans la nuit. Comme de jour aussi. Je te conseille de ne pas penser à t'enfuir, dit Feuille-de-thé.

— Si c'est vrai, pourquoi elles ne viennent pas nous dévorer, ici et maintenant ? Assis, le dos tourné à la jungle, il n'y a pas proie plus facile.

— *Si tu cessais de parler avec la langue et utilisais ta voix, tu saurais la réponse*, lui répondit en pensée Feuille-de-thé. *La jungle n'est pas silencieuse, elle ne l'est jamais, d'ailleurs. Entends-tu les cris de chasse, au loin ?*

Hari ouvrit sa conscience, écouta et entendit le cri d'un animal à l'agonie. Plus près, une bête grogna de rage de ne pas avoir elle-même porté le coup mortel.

— *C'est un endroit sauvage*, dit Feuille-de-thé.

— Pourquoi ne s'en prennent-ils pas à nous ? chuchota Perle.

— *Silence, Perle. Écoute. Écoute, Hari.*

La jungle était pleine du hululement des oiseaux de nuit et du cri de joie des créatures repues, mais derrière ces sons montait une musique plus douce, plus délicate, monotone, presque ignorée. Et cette musique prenait lentement la place qui lui revenait dans cet univers de lianes et de sauvageries.

— *Entends-tu ?* demanda Feuille-de-thé. *Elle a commencé quand nous avons mis le pied dans la jungle et n'aura de cesse avant que nous ne la quittions.*

— Qu'est-ce que c'est ? murmurèrent Hari et Perle d'une seule voix.

— *C'est le peuple sans nom. Ils ont tracé le fil d'un cercle autour de nous, pour éloigner les dangers. Ils connaissent la hauteur de toutes les notes que craint chaque animal. Ils nous protègent.*

— *Pour quelle raison ?*

— *Cela fait partie du pacte entre eux et nous, les Natifs. Je leur ai demandé si nous pouvions passer, et ils ont accepté.*

— Chut ! fit Perle, qui voulait écouter la douce harmonie qui les entourait. C'est de la musique, dit-elle, ravie.

— *Le tigre des bois voit les choses autrement. Tout comme les ours de nuit.*

— *Le chien est du même avis*, remarqua Hari. *J'imagine que c'est pour son propre bien que tu lui as mis un bandeau sur les oreilles.*

— *Oui, le chien n'est pas content. Mais cela ne durera pas.*

— Tu nous gardes trop de secrets, se rembrunit Hari. Je vais dormir. Réveillez-moi si ces gens que nous ne pouvons pas voir s'arrêtent de chanter. J'ai toujours mon poignard à portée de main.

Perle se rapprocha de Feuille-de-thé. Elle regrettait cette époque où Feuille-de-thé lui brossait les cheveux, les nattait et l'aidait à s'habiller — et ces moments où, en privé, elles s'assoyaient pour parler, pour discuter à voix haute, puis en silence, ces instants heureux où elles n'étaient plus servante et maîtresse, mais bien deux personnes sur un même pied d'égalité. Elle s'ennuyait des leçons, de l'excitation qu'elle trouvait à apprendre ce qu'aucun autre citadin ne savait. À présent, Feuille-de-thé semblait fermée et distante. Oui, elle leur avait parlé du peuple sans nom, mais cette ouverture n'avait servi qu'un but, de cela Perle en était certaine : empêcher Hari de faire des bêtises.

La voix de Feuille-de-thé vint en un murmure silencieux dans son esprit :

— *Fais-moi confiance, Perle.*

— *Sommes-nous encore amies ?*

— *Plus que jamais. Plus que tu ne peux le concevoir.*

— *C'est comme Hari dit : tu as trop de secrets.*

— *Patience, Perle, dès que nous sortirons de la jungle et que tu auras rencontré les gens de mon peuple…*

— *Je vais voir d'autres Natifs ?*

— *Oui. Lorsque nous verrons le vert de…*

— *Est-ce là-bas que tu vis ?*

— *Avant de te connaître, je vivais dans un village appelé Calanque. J'ai tant de choses à penser, Perle, et c'est pourquoi je me suis éloignée de toi. Et je dois aussi surveiller Hari, pour l'empêcher de faire des bêtises*, expliqua-t-elle, souriante, en touchant la main de Perle. *Va dormir à présent. Demain, nous aurons beaucoup de travail. Nous nous embarquons sur la rivière.*

— *J'aime travailler fort. C'est plus édifiant que de se rouler sous l'édredon, de se parfumer ou de se sucrer le bec.*

Feuille-de-thé pouffa de rire, un son cristallin dans la jungle qui jurait avec ses bruits cruels. Elle toucha à nouveau la main de Perle.

— Allez, bonne nuit.

Les mots parlés avaient cette qualité d'être plus réconfortants que ceux de la voix silencieuse. Perle s'emmitoufla dans sa cape et s'étendit près du feu, à l'opposé de Hari. Il dégageait une odeur malpropre qui la troublait encore. En y pensant bien, elle ne devait pas sentir la rose, elle non plus. Elle fronça les sourcils à cette pensée, puis se mit à rire et trouva vite le sommeil.

Feuille-de-thé remit du bois dans le feu et dormit, elle aussi, mais sans s'allonger, en position assise. Elle s'éveilla après un temps pour nourrir le feu. Quand vint l'heure la plus noire de la nuit, son visage changea, perdant toute expression. Une voix silencieuse lui parlait. Si Perle s'était levée à ce moment, elle n'aurait pas reconnu Feuille-de-thé — mais Perle ne s'éveilla pas. Elle rêvait. En ce lieu onirique où elle s'était retrouvée, il n'y avait pas de repères. Dans cet endroit qui n'en était pas un, il n'y avait ni passé, ni présent, mais un seul son, celui de son nom. Mais ce n'était pas Perle, c'était autre chose, un mot qui, malgré qu'elle n'eût su le prononcer, voulait dire toute chose en tout lieu. Le rêve lui montra aussi une porte toujours ouverte pour elle.

Elle ne s'éveilla pas à la fin du rêve et dormit d'un sommeil plus profond. Elle ne l'oublia pas, mais n'en garda pas non plus un véritable souvenir. Le rêve resterait en elle, inscrit dans une langue pour l'instant inintelligible. À son réveil, le lendemain matin, Perle était différente sans comprendre pourquoi. Elle s'était réveillée avec cette pensée : je suis Perle.

Feuille-de-thé aussi semblait transformée. Elle était pleine d'énergie et il y avait une légèreté à tous ses gestes. Son visage anguleux semblait avoir retrouvé de la chair, ses joues étaient moins creuses. En voyant Perle qui observait la jungle, elle s'arrêta pour mieux la regarder. Et après un moment, elle inclina la tête et eut un soupir de contentement.

— As-tu bien dormi ? lui demanda-t-elle.

— J'ai rêvé, mais je ne sais plus à quoi.

— Trop d'asticots, c'est mauvais pour le sommeil, dit-elle d'un ton rieur. Bon, remuons-nous un peu, nous avons beaucoup à faire.

Sur ce, Feuille-de-thé se mit à préparer le petit déjeuner en fredonnant un air que Perle n'avait jamais entendu.

Hari était déjà prêt à partir. Son père, l'Abîme de sel, seules ces batailles l'intéressaient. Perle vit qu'il affichait une moue irritée ; c'était le chant des gens sans nom qui le tracassait. Hari avait l'habitude de mener ses propres batailles et voilà qu'il devait sa protection à des tiers, et qui plus est à des gens qu'il ne pouvait pas même voir.

Ils amorcèrent la marche dans une végétation dense où le chemin devait être ouvert à grand effort. En milieu de matinée, ils virent enfin la berge de la rivière. Un canot creusé dans l'écorce, profond et large, les attendait sur les pierres plates. Ils pagayèrent jusqu'à la tombée de la nuit, dormirent sur la berge — se nourrissant de poissons, buvant l'eau de la rivière qu'ils faisaient bouillir au préalable — et reprirent la même cadence au matin suivant jusqu'à ce qu'une grande chute les force à abandonner le canot.

De retour dans la jungle profonde, la nuit était tombée et ils se réchauffaient au bord du feu, en silence, écoutant les bruits des animaux en chasse et les harmonies protectrices qui les entouraient. Hari se rappelait comment, depuis les hauteurs des montagnes, il avait vu la jungle s'étirer vers l'est dans un océan végétal qui disparaissait dans l'horizon brumeux. Et Feuille-de-thé lui avait dit que cette jungle allait bien au-delà de ce que la vue des hommes laissait voir, comme si elle n'avait jamais de fin. L'idée de cette immensité le fit frissonner. Il avait le mal du monde qu'il avait connu, ce pays certes de ruines, d'édifices et de murs, mais un monde où le plus grand des dangers se résumait à tomber sur un rat royal ou une meute de chiens. Ici, dans cette nature étourdissante, tout lui était inconnu, tout semblait mortel. Il entendit une voix qui parlait dans la jungle. S'adressait-elle à lui? Était-ce la voix que Lo lui avait dit de suivre? Le rideau s'était-il levé sur l'avenir? Dans cette jungle, l'idée même que Lo ait pu exister semblait abstraite. Cette jungle semblait le narguer, lui répétant sans cesse combien il ne savait rien du monde. Mais en ce moment, Hari n'en avait que faire de connaître le monde, même qu'il préférait en savoir le moins possible. Il ne voulait pas comprendre ce que Perle avait de changé, ni apprendre les secrets que Feuille-de-thé gardait pour elle. Hari caressait une seule ambition : maîtriser la voix pour contrôler les esprits. Il voulait s'approprier cette arme pour sauver son père. Ses pensées le ramenèrent vers ce rêve de violence et de paix qu'il avait eu. Et Hari se dit alors qu'il voulait autre chose aussi. Il lui fallait la signification de ce rêve. Quel commandement, quel enseignement recelait-il ? Quel rôle Perle venait-elle jouer dans ce mystère ? Comment ce rêve allait-il l'aider à retrouver son père ?

CHAPITRE 7

Perle fut déçue par le village de Feuille-de-thé. Elle espérait trouver à Calanque des bâtiments aux architectures surprenantes, des monuments inusités et fantastiques, mais tout était simple, dépourvu, sans artifice. De petites maisons de bois bordaient les rues. Derrière, la mer faisait miroiter ses flots. Une douzaine d'embarcations en bois, des barques pour deux ou trois personnes, avaient été tirées sur une plage de sable fin, une bande blanche encaissée entre deux hauts promontoires. Leurs rames levées donnaient l'impression de pattes d'insectes.

— C'est petit, se désola-t-elle.

— Ce n'est ni gros ni petit, c'est ce dont nous avons besoin, répondit Feuille-de-thé.

— On pourrait mettre tout le village dans la Place du peuple et il resterait de l'espace, dit Hari, même si la question l'intéressait peu.

Il voulait manger, et ensuite apprendre où se trouvait l'Abîme de sel.

— Est-ce que les villageois savent que nous arrivons? s'enquit-il.

— Nous sommes attendus, oui. Nous irons chez mon frère. Demain, tu pourras t'adresser au conseil et poser tes questions. Et toi aussi, Perle. Toutes vos questions.

— Est-ce qu'il faut s'exprimer à voix haute?

— C'est sans importance. Choisis la manière qui te convient le mieux.

Ils marchèrent dans les rues pavées et, arrivés à un trottoir longeant la plage, Feuille-de-thé les invita à marcher devant quelques maisons en bord de mer. Dans ces demeures, on allumait des chandelles tandis que le soleil terminait sa course dans le ciel. Les gens ouvraient leur porte et les fenêtres pour les saluer. Le visage de Feuille-de-thé s'illuminait de plaisir, et Perle pensa que des messages auxquels elle demeurait sourde devaient s'échanger entre les habitants et leur vieille amie — des mots de bienvenue, des preuves d'amour sans doute. C'est dans cette réflexion qu'une idée la frappa soudain, une idée qui ne lui avait jamais effleuré l'esprit.

— Feuille-de-thé, chuchota-t-elle, es-tu mariée?

— *Non, Perle. J'ai choisi une autre voie, une autre vocation.*

— Celle de me retrouver, dit Perle, qui devint triste et coupable.

Elle ressentit une pointe de regret chez Feuille-de-thé et sut qu'il y avait eu un amoureux dans sa vie;

Feuille-de-thé l'aurait peut-être épousé si elle n'avait fait d'autres choix. Mais peut-être aussi qu'elle n'avait pas choisi, qu'on lui avait interdit cet avenir et qu'elle avait obéi.

— *Non, Perle, ce n'est pas ainsi que cela s'est passé*, dit Feuille-de-thé, qui se voulait rassurante.

— *Y avait-il une personne chère à ton cœur ?*

— *Oui.*

— *Où est-il ? Tu voudrais me le présenter ?*

Il sembla que Feuille-de-thé ne voulut pas répondre, mais après un silence malaisé, Perle l'entendit dans sa tête :

— *Il a une femme aujourd'hui, et des enfants. Il est heureux. Comme je le suis. S'il te plaît, ne te fais pas de chagrin pour moi.*

— *Tu es déjà assez triste*, pensa Perle.

— Voilà la maison de mon frère, annonça Feuille-de-thé. Et le voici justement. Je vous présente Sartok, mon frère.

Feuille-de-thé embrassa le grand Natif qui l'attendait debout sur le pas de la porte, et Perle entendit, tout comme Hari, dans un bourdonnement tel le vol d'une abeille dans leurs pensées — «un son comme des fleurs, songea Perle, un son comme le miel» —, toute la profondeur de leur amour fraternel et le bonheur qu'ils avaient de se revoir enfin. Des enfants vinrent sautiller autour de Sartok, et sa femme, Eentel, se glissa sous son bras, se joignant à l'embrassade générale. Les salutations prirent un certain temps. Perle attendait patiemment, Hari lui, ravalait son impatience, et le chien, à leurs pieds, reniflait l'air chargé des odeurs aguichantes et délicieuses qui venaient par la porte ouverte.

Dans cette chaleureuse réunion, Hari et Perle entendirent enfin leurs noms ; Feuille-de-thé les avait présentés et ils eurent droit au salut poli de Sartok et d'Eentel, ainsi qu'aux éclats de joie des enfants. Ils furent donc introduits et invités dans une grande pièce au centre de laquelle on avait mis une table garnie de victuailles. Dans un tourbillon animé de mots pensés et parlés, les discussions se mirent bientôt à couler de source. Il semblait que la rencontre de ces gens était écrite dans le ciel. Tout était si naturel, si chaleureux. Ils avaient vite déposé leurs sacs, lavé et séché leurs mains avec les linges que les enfants leur tendaient, et se trouvaient attablés, mangeant la soupe et partageant le pain. À présent, ils racontaient leur voyage et la vie dans la cité. Perle était médusée par les histoires de Hari et son ouverture, sa franchise. Il évoqua la sordide salle qu'on nommait le dortoir, les bagarres entre les bandes rivales, les pilleurs d'ordures des différents terriers, la chasse aux rats pour se nourrir. Il expliqua comment la Compagnie distribuait au compte-gouttes des vivres dans des chariots, comme on sème la misère, ne livrant jamais plus que le minimum pour garder en vie les populations affamées. Pour la première fois, Perle entendit parler des rafles qu'organisaient les Faucheurs, des hommes entravés, humiliés et marqués à l'acide; elle comprit ensuite comment Hari, qui avait souvent épié aux fenêtres des manoirs, s'était émerveillé de la richesse des grandes familles, comment son incrédulité s'était vite transformée en une colère bouillante et pourquoi il nourrissait tant de ressentiment pour la luxure et le gaspillage, pour l'existence qu'avait menée Perle avant leur rencontre. Tout cela était nouveau pour Sartok, Eentel et leurs enfants (une progéniture de deux garçons et deux filles) et ces récits les attristaient beaucoup. Autour de la table, les adultes durent à l'occasion, avec des mots, des caresses, des attentions, réconforter les enfants quand Hari abordait des sujets plus inquiétants.

Le repas se poursuivit avec le service d'un plat de viande et de légumes — Hari s'assura que le chien, recroquevillé sous sa chaise, mange à sa faim — que l'on fit suivre d'une assiette de boules de pâtes frites et de fruits sucrés. Ce fut ensuite le temps de prendre le thé.

— Tu es fatiguée, Perle, remarqua Feuille-de-thé.

— Oui, acquiesça-t-elle, et cette constatation vint comme un poids immense.

Perle réalisa d'un seul coup toute la pression qu'elle avait accumulée depuis la première nuit de fuite. Elle ressentit le poids de tous ces jours à craindre la capture, de tous ces jours d'épreuves, à marcher dans les terres sauvages. Perle aurait voulu déposer sa tête sur la table et s'endormir. Mais une légèreté insoupçonnée se glissait en elle et soulevait tout ce poids. Une force tranquille et faite de mille couleurs emplissait son esprit. C'était l'énergie des rêves qu'elle avait faits durant le voyage et la beauté des harmonies qu'elle avait entendues dans la jungle. Il y avait aussi cette voix unique, un souffle à peine, qui disait son nom : Perle. D'où provenait cette voix ? Que voulait-elle ? Et d'ailleurs, l'entendait-elle réellement ou était-ce le seul fruit de son imagination ?

« Je suis à bout de forces, pensa Perle. Feuille-de-thé a raison. »

— Hari, tu dois dormir aussi, proposa Feuille-de-thé.

— Oui, c'est vrai, reconnut Hari, bien qu'à contrecœur.

Des manières de la table, Hari savait très peu de choses et dans un élan machinal auquel la survie l'avait habitué, il s'était d'abord jeté sur la nourriture, s'empressant d'avaler tout ce qu'on lui présentait. Mais il avait vite réalisé, l'instinct d'observateur aidant, que ceux avec qui il partageait la soupe et le pain n'avaient pas cette hâte et mangeaient lentement. Il avait associé cette attitude à l'étiquette, cette chose dont Perle lui avait brièvement parlé et qu'il ne possédait apparemment pas ; de crainte de blesser ses hôtes, Hari s'était efforcé de ralentir, de prendre son temps, d'observer les convives et d'apprendre de leurs manières. Bien sûr, il n'avait pas d'intérêt pour l'art de la table, mais il voulait plaire à ces gens — si, à tout le moins, il était juste de parler de gens pour décrire ces personnes si différentes des humains. Après tout, c'est d'eux qu'il apprendrait le chemin de l'Abîme de sel ; en se promettant de ne pas oublier son but, il concédait à faire les choses à leur manière. Cela dit, Feuille-de-thé n'avait pas tort : il était brisé, faible, exténué. Il fallait dormir. Demain, au petit matin, il devrait être frais et dispos. Par ailleurs, en racontant sa vie dans le Terrier du sang, Hari avait jeté une nouvelle lumière sur sa réalité. Pour la première fois, Hari comprenait que les choses devaient changer dans la cité et, plus important encore, qu'il pouvait jouer un rôle dans ce changement. C'était étrange pour Hari de penser à l'avenir, lui qui vivait dans l'instant présent et seulement, depuis ces derniers temps, pour tenir la promesse faite à son père.

« Je balancerai la Compagnie du haut des falaises. Qu'elle se noie dans l'océan ! »

Feuille-de-thé amena d'abord Perle, puis Hari, dans une petite cabane en bois à l'arrière de la maison, où ils prirent tour à tour un bain dans les eaux chaudes d'un hammam. Durant un moment, Hari était resté perplexe devant le bassin fumant. C'était une première pour lui. Le plus âgé des garçons, Antok, voyant le malaise de Hari, l'aida à entrer dans l'eau et lui montra comment se savonner. Antok dut vider l'eau du bain à quelques reprises avant que Hari n'en sorte propre. C'était une sensation bizarre que d'avoir une peau aussi lisse. Hari tapota la tête du chien qui s'était endormi dans la chaleur du hammam avant de sortir dans la fraîcheur du soir.

Perle et Hari découvrirent des vêtements propres dans leurs chambres. Feuille-de-thé les débarrassa de leurs vieux habits que le voyage avait grandement usés. Elle les brûlerait plus tard.

Cette nuit-là, Perle et Hari dormirent et n'eurent aucun rêve.

Au matin, ils mangèrent un plat de céréales mouillées dans du lait avec des fruits séchés, des œufs et du pain. Hari n'avait jamais goûté à ces aliments et se régalait. C'était aussi une découverte, pour Perle qui aima néanmoins la simplicité des plats — et surtout ce fait qu'il n'y avait pas de lourdauds au menu. Rassasiés et à l'aise dans leurs nouveaux vêtements, ils sortirent en compagnie de Feuille-de-thé et de Sartok pour une balade sur la plage. Ils s'arrêtèrent devant une petite habitation, près d'un ruisseau qui se versait dans la mer.

— C'est ici que le conseil se réunira aujourd'hui. Parfois, il siège aussi dans d'autres maisons ou hors de tout lieu physique.

— Si je comprends bien, les membres du conseil peuvent suivre les débats sans faire acte de présence ?

— Oui, c'est cela. Mais en certaines occasions, mieux vaut se parler face à face.

— Qu'est-ce que c'est le conseil ? demanda Hari.

— C'est un groupe formé de quiconque veut parler ou entendre. J'ai parlé de vous à la communauté la nuit dernière, tandis que vous dormiez. Les villageois savent qui vous êtes et d'où vous venez.

— Et où nous allons ? Ils savent où moi je vais ?

— Oui, Hari. Si nous entrions ?

Il n'y avait que trois personnes dans la maison : un vieil homme, une femme et un garçon. Cérémonieux, ils saluèrent Perle et Hari, ce qui énerva aussitôt Hari. C'était trop de formalités pour lui. Il avait l'habitude de la voie directe et saisissait mal le concept des ronds de jambe. Perle eut une meilleure attitude dans les circonstances, déclarant son bonheur d'être aussi bien accueillie par le conseil et les villageois. Le vieil homme, Gantok, la femme, Teelar, écoutèrent poliment, mais le garçon semblait impatient et observait Hari, le dévisageant presque. Il prit une chaise parmi celles avancées autour de la grande table et dit d'une voix calme :

— Hari, viens t'asseoir avec moi. Je veux en connaître plus sur ton père.

— On l'a condamné à l'Abîme de sel, dit Hari en guise d'introduction. Je vais le sauver.

— Quel genre d'homme est-il ?

— Tarl est le meilleur chasseur de tout le Terrier du sang. Le plus grand combattant. Il a tué plus de rats royaux que n'importe qui.

— Des rats royaux ? releva Danatok. Ce sont de grosses bêtes ? Comme ton chien ?

— Il y en a de plus gros encore. Et mon père les tue.

— Pour manger ?

— La viande des plus gros rats est trop coriace. Les jeunes sont tendres et leur viande est bonne.

— Est-ce que c'est le couteau de ton père que tu portes à la ceinture ?

Hari retira l'arme de sa gaine et la posa sur la table, mais garda la main jalousement posée dessus.

— *Ce couteau est celui d'un Natif*, dit le vieil homme qui s'exprimait en pensée. *Hari, me laisserais-tu l'examiner un instant ?*

À regret, Hari ôta sa main et Gantok, après un bref geste de remerciement, ramassa l'arme.

— *Ah, voyez comme le manche se marie parfaitement à ma main ! Si ton père a appris à manier cet objet d'art, c'est qu'il doit être frère de cœur avec les Natifs.*

— Je sais aussi m'en servir, dit Hari.

— *C'est de l'acier noir forgé dans les villages du nord. Vois-tu la marque sur sa lame, deux pierres rondes qui s'entrechoquent ? C'est la marque de Sunderlok, le grand voyageur. Et cet objet a été fabriqué pour lui il y a plusieurs années. Il est passé dans notre village à l'époque où mon père était encore de ce monde, lors d'un voyage qui devait le mener jusqu'à votre ville. C'était du vivant de l'homme appelé Cowl, du libérateur devenu roi par sa seule ambition. Sunderlok n'est jamais revenu. Et jusqu'aux contrées les plus reculées de notre monde, la douleur de sa mort fut entendue. Ceci est son couteau.*

Il reposa l'arme sur la table et ajouta :

— *C'est ton couteau aujourd'hui, Hari.*

— Mon père l'a trouvé dans le Terrier du sang, oublié dans un coin.

— *Peut-être lui était-il destiné. Je pressens à la manière de ses tremblements qu'il a tué des hommes. Ce n'est pas dans ce but que sa lame a été forgée.*

— Là d'où je viens, on doit tuer ou être tué. Je ne le sens pas trembler, moi.

— *Ce couteau est à toi*, répéta Gantok. *Utilise-le à ta guise ou comme il se doit. Le choix t'incombe.*

Hari remit le couteau dans sa gaine. « Ces gens ne comprennent rien à rien », pensa-t-il. Mais il n'avait pas oublié la leçon que ses rêves lui avaient prodiguée, celle d'une paix confrontée aux massacres, et il devenait de plus en plus confus.

— Est-ce que l'un de vous compte me parler un jour de l'Abîme de sel ? dit-il d'un ton d'impatience.

— Avant tout, s'interposa Perle, je veux savoir pourquoi Feuille-de-thé a tant sacrifié pour nous amener ici. Et pour quelles raisons elle m'a choisie. Feuille-de-thé, n'oublie pas, tu as promis de tout nous dire.

— Pas question ! s'opposa Hari, parlez-nous d'abord de l'Abîme de sel. Ensuite, je lèverai le camp. Je n'ai pas l'éternité, moi !

— Tu ne peux pas partir encore, dit la femme nommée Teelar. Pas aujourd'hui. Pas même demain.

— Et pourquoi pas ?

— Parce que la personne qui te servira de guide n'est pas prête.

— Je n'ai pas besoin de guide. Dites-moi seulement où aller.

— Hari, fit calmement Feuille-de-thé, ne sois pas impatient. Tu ne pourras d'aucune manière atteindre seul l'Abîme de sel.

— Pourquoi ? C'est encore loin ?

— C'est près d'ici. Un voyage de deux jours à peine. Toutefois… ce n'est pas si simple. Et seul le guide connaît le chemin.

— De qui s'agit-il ? Qui est ce guide ?

— Il se trouve justement assis à côté de toi.

— Oui, c'est mon fils, Danatok, révéla Teelar. Mais le temps n'est pas encore venu. Il est trop tôt pour son départ.

— Lui ? fit Hari avec dédain. Il est trop petit. Sait-il au moins se battre ?

— La violence ne résout rien et ne te servira pas là où tu vas.

— *Hari, écoute-moi bien*, dit Feuille-de-thé dans un flot de pensées sans équivoque. *Calme-toi. Et réfléchis un peu avant de parler.*

La voix de Feuille-de-thé le secoua et il s'étonna de retrouver la quiétude, de se voir soudain oublier les élans intempestifs de son esprit, de ces pulsions nées de la peur et le poussant à l'impatience. En retrouvant son calme, il comprit que c'était la peur de perdre son père qui l'incitait à se braquer contre les Natifs.

— D'accord, dit-il tout haut.

— *Il n'y a jamais eu que deux ou trois Natifs capables d'explorer l'Abîme de sel et d'en ressortir en vie. Danatok est l'un d'eux. Il y a bel et bien un autre guide, mais cette personne est trop vieille et malade. Et tu dois savoir, Hari, que les guides ne s'approchent pas de la lumière qui emplit la mine et ne peuvent qu'appeler ceux qui entendent, les inviter à sortir…*

— Ceux qui entendent?

— *Oui, les ouvriers doivent sortir d'eux-mêmes de l'Abîme de sel, et pour cela, ils doivent d'abord entendre l'appel du guide, sa voix. Mais rares sont ceux qui savent entendre la voix.*

— *Saurais-tu parler avec ton père comme nous le faisons ici?* demanda en pensée Danatok.

— *Non*, dut admettre Hari. *Du moins, pas de la façon dont je sais parler aux chevaux, à Feuille-de-thé ou à Perle. Mais il m'est arrivé de croire que Tarl m'entendait, que je recevais en retour une réponse, comme une intention, comme un murmure.*

— *Cela pourrait suffire.*

— Pourquoi ne pas partir tout de suite, alors?

— *Parce que Danatok n'est pas encore remis de sa dernière visite, celle qui lui a permis de ramener un nouveau mort*, dit Teelar. *Il ressent encore la maladie de la lumière et ne survivrait pas à une nouvelle exposition.*

— Mère, dit Danatok, les effets s'estompent. Je sens la maladie me quitter. Je ne crains plus rien. Et cet homme, ce Tarl, il vient d'arriver dans l'Abîme. Après un si court séjour dans la lumière, peut-être pouvons-nous encore le sauver. Peut-être ne mourra-t-il pas.

— Est-ce qu'ils meurent tous, ceux que vous dites sauver ?

— *Oui, tôt ou tard, ils meurent. La lumière dans laquelle ils travaillent les fait rapidement dépérir.*

— Pourquoi les sauvez-vous, dans ce cas ?

— Pour leur offrir une mort paisible, libre de l'esclavage, répondit Gantok. Nous ne pouvons rien contre la mort, mais nous les accompagnons, le temps qu'il leur reste. Mais il y a le problème des guides. Il ne reste que Danatok, désormais.

— Combien en avez-vous sauvé ? demanda Perle.

— Trop peu. Neuf. Non, dix. Tarl sera le onzième, s'il n'est pas trop tard.

— Mais qu'est-ce qui attend ceux qui restent dans l'Abîme de sel ? interrogea Hari. On dit que personne n'en revient.

— Ils s'égarent dans la mine lorsque la maladie devient maligne. Ils finissent par s'effondrer dans les tunnels et meurent.

— Et vous devenez malades, vous aussi ?

— Mon fils récupère, dit Teelar. Mais la lumière peut lui être mortelle, s'il s'en approche trop.

— Mais quand pourrons-nous partir ? s'inquiéta Hari.

— Pas demain. Au matin suivant, dit Feuille-de-thé.

— Par quel moyen?

— En bateau. Mais dans l'immédiat, il nous reste à répondre aux questions de Perle; nous le lui avons promis.

— *Puis-je me joindre à Hari et sauver son père?* fut la première demande de Perle.

C'était sa honte qui parlait, elle dont la famille envoyait des esclaves dans l'Abîme de sel, et donc vers une mort certaine. Perle avait trouvé ce moyen de combattre sa culpabilité : elle s'offrait pour retrouver le père de Hari. Ce faisant, elle affichait aussi sa dissension et son mépris pour les atrocités commises par la Compagnie.

Malgré ses bonnes intentions, elle fut soulagée de la réponse de Feuille-de-thé :

— *Non, Perle. Plus nous serions du voyage, plus le compte des victimes serait grand. D'ailleurs, Hari, Danatok et Tarl seront déjà à l'étroit dans le bateau. Ils seront partis cinq jours et tu resteras avec moi. Il y a des choses que je veux t'enseigner durant leur absence.*

— *Si c'est comme cela, commençons immédiatement. Dis-moi pourquoi tu m'as emmenée ici.*

— *C'est une fort simple histoire, Perle, mais la comprendre ne sera pas tâche aisée. Avant toute chose, tu dois savoir qui sont les Natifs. Gantok le raconte mieux que moi. Écoute...*

Le vieux Natif composa son visage, de manière un peu suffisante au goût de Perle, dont le père affichait cette même composition dès qu'il avait quelque chose à dire. La voix de Gantok s'éleva ensuite en un chant silencieux :

— *La terre est vaste, la mer est vaste, et toutes deux respirent l'air que nous respirons. Sachez, Perle et Hari, qu'il n'existe ni telle ou telle chose, ni ceci, ni cela, mais un seul tout. Toute chose n'en est qu'une en réalité. La terre, l'air, l'eau, le vent et le ciel, les plantes qui germent du sol, les animaux dans la forêt, le poisson dans la mer, l'oiseau sous les nuages, et les humains de toutes leurs formes et couleurs. Voilà la somme de tout ce qui est connu, une chose simple et suffisante, une vérité qui satisfait toute question, celle que comprend chaque enfant dès la naissance. Toi, Hari, tu le savais, comme toi aussi, Perle, mais vous avez oublié. Ce savoir s'ébruite au premier respire et se boit au lait de la mère…*

— Mais de quoi parle-t-il ! coupa Hari d'une voix rageuse. Où aurais-je donc vu des plantes, des poissons et des oiseaux ? Où aurais-je pu respirer l'air qui n'empeste pas l'urine et les excréments ? Dans le Terrier du sang, peut-être ?

— Hari, Hari, dit Feuille-de-thé.

— Il ne sait pas de quoi il parle. Je n'ai jamais bu le lait maternel. Le lait n'est jamais monté, car ma mère était trop faible et affamée. Mon père a dû piéger une chienne qui avait perdu ses chiots. Je serais mort sans le lait de chien, cria-t-il et, se levant, il frappa du pied le chien couché à ses pieds, lequel eut un glapissement aigu. Mais je ne les traite pas autrement pour ça. Je les tue ou ils me tuent.

— Hari, ne cherche pas de blâme où il n'y en a pas. Gantok ne t'accuse de rien.

— Il vaudrait mieux.

Gantok souriait.

— Aucun blâme, dit-il. Pas plus que je n'encense les Natifs. Nous sommes comme nous sommes par bonne fortune. La vieille histoire dit que nous nous sommes trompés souvent, mais que la voix s'est toujours fait entendre et que nous l'avons écoutée. Nous apprenons de nos erreurs et évoluons à travers les époques qui ont commencé quand nous vivions dans les arbres. Et nous apprenons encore. Sache, Hari, que nous demeurons ignorants de bien des choses, cela ne fait aucun doute.

— La Compagnie est venue, dit Hari. C'est tout ce que je sais. C'est ce que Lo m'a enseigné.

— Je ne veux pas entendre parler de la Compagnie, intervint Perle avec fermeté. Je veux savoir pourquoi on nous a amenés ici.

— Gantok te le dira, lui assura Feuille-de-thé.

— *Mais laissez-moi d'abord reprendre là où nous étions,* demanda poliment le vieux Natif. *Autrement, je crains de perdre le fil.*

Sa voix silencieuse retrouva ses notes chantantes, mais le ton sembla plus réservé, comme si Gantok était nerveux de provoquer chez Hari une autre saute d'humeur.

— *La terre est vaste…*

— Vous nous l'avez déjà dit, ronchonna Hari.

— *Quand vous vous teniez sur les montagnes, sur le chemin qui devait vous mener jusqu'à nous, Feuille-de-thé — Xantee, de son vrai nom, mais passons — Feuille-de-thé vous l'a montrée, s'étendant au nord et à l'est. La terre s'étire jusqu'aux rives de la mer intérieure, puis reprend encore vers une autre mer, mais si vous vouliez vous y rendre à la marche, Perle et Hari, à travers les jungles, au-delà des plaines et des chaînes de montagnes, il vous faudrait autant d'années que la vie vous en a déjà offertes.*

— Perle finirait bien avant ça dans la gueule d'un chat-crocs, dit Hari.

— *Au-delà de la mer, qu'aucun bateau à notre connaissance n'a su traverser, la voix nous parle d'une autre grande terre. Et par-delà, elle dit une autre terre puis une autre mer, des lieux peuplés de toutes les créatures, humaines, animales et végétales. Plus au nord, les terres sont de glace, la mer constellée de glaciers à la dérive, des îles flottantes. Des créatures vivent aussi dans ce monde blanc. Des humains y demeurent, mais aucun Natif et aucune de vos deux races n'y vit, Perle et Hari. Si vous alliez au sud, très loin au sud, après plusieurs terres brûlées de soleil et d'autres terres de jungles et de montagnes, vous découvririez un continent de glaces. Voilà le monde.*

— Vous avez oublié l'ouest, fit remarquer Hari. Là d'où vient la Compagnie.

— *Et partout,* poursuivit Gantok, imperturbable et sa voix toujours chantante, *tout existe dans l'harmonie, et toute race connaît ce que nous savons, c'est-à-dire que tout ne fait qu'un, la terre, la mer, l'air...*

— Les rats, les chiens et les auditeurs de la Compagnie, ajouta Hari d'un ton de persiflage.

Gantok se tut et il lui fallut quelques instants d'un silence sourd avant de dire :

— Oui, Hari, tu as raison. Même les auditeurs de la Compagnie sont de ce tout. Comme les hommes aux mains qui brûlent d'autres hommes. Tournons maintenant le regard vers la mer qui part de notre plage et s'étend jusqu'à la terre de l'ouest, d'où ces hommes viennent. Je parlerai de cette terre, Hari, mais je t'invite à ne pas oublier les gestes de ta propre race, celle qui a bâti une cité avant la venue de la Compagnie, celle qui a appris la cupidité et le gaspillage. Et souviens-toi de ce qu'est devenu Cowl, le roi.

— Lo m'a tout dit.

— *Lo, celui qui savait parler ?*

— Oui. C'est lui qui m'a appris.

— *As-tu parlé de Lo à Xantee, à Feuille-de-thé, comme tu l'appelles ?*

— *Oui,* dit Feuille-de-thé, répondant à sa place. *C'était un initié de la voix. Et je soupçonne qu'il y en a eu d'autres comme lui.*

— Il m'a appris comment parler aux rats et aux chevaux. Et aux chiens. *Je suis désolé de t'avoir frappé, le chien,* s'excusa-t-il à l'animal dans une pensée repentante.

Couché dans un coin de la pièce, le chien se mit à battre de la queue contre le mur.

— *Et Lo connaissait l'histoire de la Compagnie et de Cowl, celle aussi du retour de la Compagnie ?*

— *Mais t'a-t-il déjà parlé de l'origine de la Compagnie, du monde qui l'a vue naître ?*

— *Non,* avoua Hari.

— *Une grande terre, une vaste terre,* reprit Gantok, ce qui fit dire à Perle que cet homme affectionnait un peu trop le mot « vaste ». *Et sur ce territoire vivaient des hommes qui n'avaient d'autre soif que celle de s'enrichir et de gouverner par tous les moyens. Ils ne s'arrêteraient pas avant d'avoir soumis toutes les autres races, avant de les voir asservies. Il n'y avait aucun Natif en cette terre, et aucun Natif, pas même Sunderlok, n'avait traversé l'immensité de la mer pour y mettre le pied. De ce lieu, nous savons ce que Xantee a appris durant les années où, en silence, elle a vécu dans votre ville, sous diverses identités, dont Feuille-de-thé est la dernière incarnation.*

— Tout ce temps, tu étais une espionne, Feuille-de-thé ? s'écria Perle.

— *On m'a envoyée en éclaireur, pour apprendre et faire rapport de mes observations,* expliqua Feuille-de-thé. *Il était impératif que nous sachions.*

— *Son action visait la Compagnie,* précisa Gantok de sa voix silencieuse. *Et désormais, nous savons que la cupidité l'a détruite, là-bas, par-delà la mer. Elle s'est effondrée ; les lois et les structures se sont effritées et n'existent plus, au dire de ce garçon, Kyle-Ott, qui vous a pourchassés près des montagnes. Trop d'oppression. Trop de misère. Le peuple s'est soulevé. Des siècles passeront avant qu'un nouvel ordre ne prenne sa place. Mille maîtres, mille chefs, mille croyances verront le jour, toujours instaurés sur de plus grandes conquêtes, par de plus sanglantes victoires, jusqu'à ce que la Compagnie renaisse de ses cendres, et ainsi l'existence perdurera comme semblent le désirer ceux de vos races, Perle et Hari.*

— Vous dites que c'est notre faute ? commença à se choquer Hari.

— *À moins,* continua Gantok, ignorant le commentaire, *que quelqu'un puisse apprendre, que quelqu'un entende la voix.*

— Quelle voix ? Celle de la terre, de la mer, des vents et du ciel ? Mais c'est du délire !

— *Certains l'entendent chuchoter, Hari. Il s'en trouve parmi nous qui le peuvent. Et ceux de la jungle, le peuple sans nom, ils entendent. Mais tandis que la Compagnie gît en ruine outremer, le cycle se poursuit. L'avenir verra naître d'incroyables armées, de grandes conquêtes et des armadas sur les mers avec leurs canons. Il y aura des temps de prospérité et encore la famine. On rouvrira les usines et leurs fumées tueront l'air, empoisonneront les rivières. Les océans et les continents seront des champs de mort.*

— C'est certainement ce qui arrivera si on n'arrête pas Ottmar et son fils, dit Hari. Ces gens-là ne sont pas différents de la Compagnie, et peut-être même pires. Ils pilleront la terre et la mer.

— *Nous savons cela, Hari*, expliqua Feuille-de-thé. *Déjà les forêts aux limites de la ville ont été rasées. La Compagnie s'en est assurée. Et au sud, sur des centaines de lieues, les arbres sont abattus et plus loin, les forêts sont malades. Le monde connaîtra un répit le temps qu'Ottmar assure son règne, mais tout reprendra de plus belle après cette accalmie. Comme tu le penses, il sera roi et Compagnie tout à la fois.*

— *Mais un danger plus grand encore guette*, avertit Gantok.

— *Je ne peux plus en entendre davantage*, avoua Perle, qui perdait espoir.

Elle avait l'impression d'être dans une maison de paille au centre d'un ouragan, recroquevillée dans un coin, impuissante devant le vent qui éventre les fenêtres et soulève les murs. Et dans cette furie, on lui demandait d'agir, de régler la folie du monde, elle qui ne demandait qu'une réponse à sa question…

Elle parla à voix haute et le son de sa voix la réconforta :

— Feuille-de-thé, comment m'as-tu trouvée ? Qu'attends-tu de moi ?

— *Ah, Perle, tu n'as rien à faire pour l'instant. Dans quelque temps…*

— Es-tu venue en ville pour savoir s'il existait des personnes comme moi ?

— *J'ai vécu dans la cité pour mieux comprendre le danger. Mais, oui, je suis venue aussi pour voir s'il n'y avait pas parmi ta race une personne qui avait franchi le pas que nous, les Natifs, avons franchi…*

— Ce pas dont tu parles, c'est celui d'apprendre la voix ? demanda-t-elle avant de le répéter en silence : *C'est la voix ?*

— *Oui, c'est la voix. Mais cette voix s'inscrit dans une évolution autrement plus profonde. La voix, c'est une semence mise en terre, la preuve que l'espoir n'est pas mort. Perle, tu es cet espoir. Avant de te rencontrer, j'ai attendu, j'ai appelé, mais aucune voix ne répondait à mon appel.*

— *Elle a été choisie pour cette tâche,* expliqua Gantok, *parce que, parmi les Natifs, Xantee a l'oreille la plus fine.*

Feuille-de-thé eut un hochement de tête pour lui demander le silence.

— *J'ai vécu dans la cité,* dit-elle, *parmi les ouvriers, partageant le quotidien de gens comme Tilly, puis j'ai travaillé dans les manoirs.*

— Tu n'as pas connu la vie dans le Terrier du sang, dit Hari.

— *Non, Hari, je n'y ai pas vécu.*

— Ni celle des quartiers du port, sinon tu aurais entendu Lo. Il connaissait la parole que vous maîtrisez.

— *J'aurais aimé faire sa connaissance, Hari, mais je travaillais comme balayeuse de rue dans les quartiers plus prisés* de la ville. Un jour, tandis que je balayais les caniveaux devant l'échoppe d'un chapelier, un coche s'est avancé dans la rue. Le voiturier m'a frappée avec son fouet pour que je libère la voie. Puis, un valet a abaissé le marchepied et a aidé à descendre une dame accompagnée d'une enfant. Elles sont entrées dans la boutique. Cette enfant n'était pas commune et je l'ai remarquée — c'était peut-être dans sa manière de marcher, dans la façon dont elle forçait sa mère à s'attarder aux petites joies de la vie. J'ai attendu, soignant la plaie que le voiturier m'avait faite à la joue. Au moment où la femme et la fille sortaient de l'échoppe, une mendiante passait par là. Les indigents, comme tu le sais, Perle, ne sont pas tolérés dans cette partie de la ville. Elle rasait les murs, mais la fille l'a aperçue, et a dit à sa mère d'attendre. Perle, tu as cherché dans ta bourse une pièce à offrir. Ta mère t'a grondée, exigeant que tu la suives à l'instant, mais tu lui as répondu d'attendre et elle est restée figée. Je t'ai entendue parler, mais tu n'as pas réalisé la voix dans tes pensées. Tu as cru parler tout haut, mais ce n'était pas le cas. Tu as tendu une pièce à la mendiante avant de suivre ta mère dans le coche, où celle-ci t'a sérieusement réprimandée tandis que le voiturier donnait des coups de brides aux chevaux. Après votre départ, un Faucheur s'est avancé pour brûler la malheureuse avec ses gants électriques pour ensuite s'en prendre à moi. Mais j'avais vu les armoiries sur la porte du coche : celle de la maison Bowles. Ensuite, Perle…

— Ensuite, tu es venue dans notre maison et je t'ai prise comme servante, à ta demande.

— C'est exact.

— *Tu m'as enseigné ce qu'il fallait savoir du monde. Tu m'as sauvée d'un mariage avec Ottmar.*

— Si tu l'avais marié, tu serais reine au moment où on se parle, dit Hari en lui adressant un grand sourire mesquin. Tu serais la chef.

— *Tais-toi*, ordonna Perle, ce qui arracha une grimace à Hari, lequel par réflexe porta la main à son couteau.

— *Maintenant que je suis ici*, reprit Perle en se retournant vers Feuille-de-thé, *que veux-tu que je fasse?*

— *Je l'ignore. Le conseil ne sait pas non plus. Tu es en sûreté ici. Pour ma part, j'ai accompli ma tâche, et ce faisant, j'ai trouvé Hari…*

— C'est moi qui t'ai trouvée, marmonna Hari.

— *Ainsi, ils sont ici, deux représentants des races que compte la cité. Et il y avait Lo, nous dit Hari. Mes amis, que cette réunion marque le commencement d'une nouvelle ère! Il reste de l'espoir. Mais le mystère reste opaque: que pouvons-nous faire de cet espoir?*

— Moi, je sais ce que j'ai à faire, dit Hari. Je dois sortir mon père de l'Abîme de sel. Danatok, pourrais-tu me montrer le bateau qui nous y amènera?

— Oui, répondit Danatok. C'est le bateau de mon père. Je vogue avec lui depuis que je sais me tenir debout. Suis-moi. Je t'apprendrai.

Ils quittèrent la maison et suivirent le ruisseau jusqu'à la plage.

— Est-ce que tu sais nager ? demanda Danatok en s'arrêtant devant les bateaux.

— Sûrement mieux que toi, se vanta Hari.

Il aida Danatok à tirer le petit bateau jusqu'à la mer. Attentif, Hari écouta et observa le garçon qui, avec grande agilité et assurance, hissait une voile carrée et pilotait l'embarcation dans les vagues. Ils voguèrent d'un promontoire à l'autre dans de courts allers et retours, puis prirent le large jusqu'à ce qu'il ne reste plus du village qu'un petit amas gris de maisons. Danatok apprit à Hari comment tendre la voile et manier le gouvernail.

— Tu apprends vite, lui dit-il.

— Dans les terriers, soit tu apprends, soit tu meurs, répondit Hari. Est-ce que la Compagnie a imposé ses lois jusqu'ici ?

— Non. Il n'y a aucun profit à faire dans ce coin du monde. Leurs navires passaient, mais ne s'arrêtaient jamais. Il est arrivé une fois qu'un navire de guerre tire quelques coups de canon et démolisse des maisons. Mais la Compagnie s'est contentée de planter un drapeau sur la plage pour démontrer que nous lui appartenions. C'était le drapeau d'Ottmar, je crois. Le même emblème qui flotte au-dessus des mines de sel, à deux jours de voile d'ici, au sud. Ce qu'il faut craindre, c'est que la cupidité des hommes n'ait plus de fin. Un jour, quand tout sera empoisonné autour d'eux, que ce soit du vivant d'Ottmar ou sous le règne d'un autre, on viendra piller les terres vierges de nos territoires.

Danatok eut un frisson en évoquant cette éventualité. Hari aussi frissonna, mais il préféra mettre la faute sur le vent du large qui se levait. Ils ramenèrent le bateau vers la plage, où le chien attendait leur retour.

— Est-ce qu'il pourra venir avec nous ? demanda Hari.

— Pourquoi pas ? S'il y a de la place.

Ils tirèrent le bateau sur le sable.

— Nous retournerons sur l'eau demain et nous partirons le lendemain à l'aube, dit Danatok. Je suis fatigué. Je vais me reposer.

Il s'éloigna lentement, petit et frêle comme les enfants des terriers qui ne grandissaient jamais, laissant Hari sur la plage avec son chien. Hari se demanda ce dont était faite cette maladie et si elle avait déjà frappé Tarl. Il s'interrogea aussi sur les intentions de Danatok. Pourquoi voudrait-on tant risquer pour sauver un homme qu'on n'a jamais connu ? Hari se demanda enfin s'il tomberait malade, lui aussi.

CHAPITRE 8

Ils s'embarquèrent à l'aube, au troisième jour du séjour de Hari à Calanque. Depuis la plage, Perle et Feuille-de-thé assistèrent au départ. Le chien tremblotait à l'avant du bateau. Dans un sac étanche, on avait rangé assez de vivres pour tenir cinq jours. Une outre en cuir remplie d'eau était attachée au mât. Ils prévoyaient revenir à terre lorsque l'eau viendrait à manquer. Danatok semblait convaincu que les cours d'eau leur assureraient une provision constante. La mère du jeune Natif n'était pas venue pour les voir partir, mais Hari avait entendu le murmure silencieux de leur au revoir.

La première nuit, ils dormirent sous les arbres à l'embouchure d'une rivière, enveloppés dans de minces couvertures que Danatok avait sorties d'un compartiment à l'avant du bateau. Ils avaient suivi un littoral fait de criques et de falaises se dessinant devant les montagnes, mais n'avaient vu de tout ce voyage aucun village. Sur terre, il n'y avait pas âme qui vive. Le deuxième jour les amena devant des falaises plus hautes et près de grands récifs noirs. Danatok s'assura de rester près des côtes pour ne pas rencontrer les chalands de la mine qui venaient parfois du large, des navires qui se perdaient souvent dans les courants peu favorables de la région en tentant de rejoindre le port minier.

— Où se trouve la mine? demanda Hari.

— Vois-tu la grande montagne qui ressemble à une tête rasée? La mine se trouve tout en haut, à une demi-journée de marche dans les terres. Il y a une voie ferrée qui relie la mine au port en contrebas. Les mineurs extraient le sel qu'on descend dans les wagons, le poids de ceux chargés entraînant la remontée des wagons vides. Les mineurs vivent dans des cabanes près de la gueule de la mine. D'autres ouvriers s'occupent d'embarquer le sel sur les navires au port. Ils y restent souvent jusqu'à ce que la vieillesse les ait trop usés. Je ne sais pas ce qu'Ottmar fait d'eux après.

— Ils meurent, déclara Hari. Personne n'en revient. Et l'Abîme de sel?

— L'Abîme, répéta Danatok, un frisson lui remontant l'échine. L'Abîme de sel ne fait pas partie de la mine. C'est différent.

— C'est plus loin?

— Non, plus près. Vois-tu l'endroit où les montagnes se couchent devant la mer? Il y a trois collines, deux d'entre elles hérissées d'arbres et la dernière au milieu, dénudée de toute vie.

— La colline grise? dit Hari en repérant cette enflure de terre, croûtée et écailleuse, qui faisait mal aux yeux quand le soleil se reflétait sur ses pentes rocheuses et stériles.

— C'est là, l'Abîme de sel. La famille Ottmar l'exploite depuis la première venue de la Compagnie, mais rares sont ceux qui osent s'approcher de cette colline morte. Tout ce qu'ils savent de la colline, c'est qu'elle rend les hommes malades. D'ailleurs, tu ne verras aucun animal s'en approcher. Et aucune plante n'y pousse. On ne sait trop pourquoi elle a piqué la curiosité d'Ottmar, cet homme qui se dit maintenant roi. Quoi qu'il en soit, l'idée lui est venue d'envoyer des esclaves pour déterrer les minéraux qu'elle pourrait receler, et ce, sans égard au prix à payer en vies humaines. Et depuis, les condamnés creusent la terre et trouvent, tunnel après tunnel, ce qu'Ottmar cherche.

— Des tigres de sel, dit Hari.

L'idée fit sourire Danatok.

— Non, les tigres de sel n'existent pas. Pas plus que l'Abîme de sel ne marque l'emplacement d'un grand gouffre ouvert sur le centre du monde. Ce trou dont on prétend qu'il aspire l'âme des hommes n'existe pas non plus. Ils creusent pour extraire ce qui empoisonne la colline. Voilà.

— Qu'est-ce que c'est?

— Je ne saurais dire. Aucun des esclaves que nous avons sauvés n'avait de mots pour nommer cette chose.

— Qu'est-ce qu'elle leur fait?

— Elle blanchit la peau qui devient mince et se déchire comme du parchemin. Après un temps, les hommes saignent, mais leur sang ressemble à de l'eau — cette eau suinte à la moindre coupure et le saignement n'arrête plus. Leurs os pointent et déchirent la peau, puis se brisent comme les branches d'un arbre mort.

— Mon père est là depuis deux ou trois jours. Combien de temps lui reste-t-il ?

— J'ai sorti un homme qui s'y trouvait depuis six mois. Il est mort durant le voyage de retour vers Calanque. J'en ai sauvé un qui y était depuis trois mois. Celui-là a vécu un temps, puis il est mort.

— Tarl n'est donc pas condamné, n'est-ce pas ?

— Il faut l'espérer, Hari. Nous verrons. Bon, maintenant, tire sur cette corde et tends la voile. Il nous reste trois heures de clarté et je veux toucher terre avant la nuit.

— Nous allons vers l'Abîme ?

— Tout près, oui. Allez, remue-toi. Le vent se lève.

Ils profitèrent de cette saute de vent et doublèrent leur avance, se collant aussi près des récifs que Danatok l'osait. Ils entrèrent enfin vers les terres, dans une crique étroite, à l'ombre des rochers abrupts qui la bordaient tandis que le soleil baissait vite à l'horizon. Les montagnes partaient à l'est et au sud, avec les arbres que le vent couchait et qui s'accrochaient aux flancs rocheux. Les montagnes se retiraient lentement du paysage, exposant les terres intérieures et l'une des trois collines. Elle était ronde et verte, une colline tout ce qu'il y a de plus ordinaire, avec une plage de galets à ses pieds où se brisaient les vagues écumantes. Ils s'avancèrent dans des eaux plus calmes, leur bateau soufflé par la brise. La colline du milieu s'élevait devant les flots salés. Hari trouva qu'elle ressemblait à une tête couverte de verrues et d'escarres. Elle brillait d'un éclat argenté malgré qu'aucune lumière ne vienne s'y refléter. Danatok s'assurait à la barre que le bateau poursuive la bonne route. Ils arrivèrent devant une colline luxuriante qui, de ses arbres et de sa végétation, semblait respirer l'air pur, et Hari prit une grande inspiration et eut un soupir soulagé. Le bateau glissa dans une petite baie vers une plage rocailleuse. Le chien sauta le premier, sans attendre la berge. Hari ne se fit pas prier et fut le prochain, prenant soin de guider l'embarcation depuis l'avant tandis que Danatok s'occupait de baisser la voile. Hari arrima le bateau, nouant la corde autour d'un tronc. Quand ils eurent mangé quelques bouchées, Danatok dit :

— Nous devrions grimper sur la colline pour voir ce qui se passe de l'autre côté.

Il alla prendre une torche de branches nouées dans le coffre à l'avant du bateau, y mit l'étincelle d'un briquet à amadou et obtint bientôt les flammes attendues. La torche s'embrasa en un poing de lumière. Ils entrèrent dans un bois derrière la plage, laissant le chien responsable de garder le bateau. Hari, qui, s'il ne commandait pas, avait toujours préféré agir seul, se résolut à suivre le jeune Natif, qui savait mieux que lui où ils allaient et maîtrisait des habiletés que Hari n'égalerait jamais. Se pliant à l'évidence, il se dit néanmoins à lui-même : « Attends de voir ce que je sais faire avec mes poings et mon couteau. À la bagarre, c'est moi qui brillerai. » Il rit sous cape en s'imaginant déjà au combat. Ils grimpèrent pendant une heure dans des fougères emmêlées, entre des troncs d'arbres. Tout faiblement d'abord, un grondement s'intensifia et le ciel s'illumina derrière la colline. Sans s'en rendre compte, les jeunes gens se parlèrent en silence.

— *On s'active dans le port*, remarqua Danatok. *Les ouvriers chargent le sel, mais c'est d'ordinaire plus bruyant à cette heure.*

Il planta le manche de la torche dans la terre meuble.

— *Nous laisserons cette flamme ici, comme repère.*

Ils reprirent leur marche silencieuse et la colline commença à se faire plate, puis redescendit de plus belle. Ils s'accroupirent dans les fougères pour observer l'activité dans le port minier. Un long quai se jetait dans la mer, devant une grappe de cabanes et une poignée de bâtiments : des maisons, quelques magasins et des bureaux. Une voie ferrée double traçait dans la plaine, puis montait la pente prononcée jusqu'à un plateau où les cabanes de mineurs s'alignaient en rangées. Le trou noir de l'entrée de la mine s'ouvrait plus loin, illuminé par quelques lanternes.

On ne voyait aucun train sur les rails, mais les hommes au port poussaient des wagonnets jusqu'au navire où flottait le pavillon d'Ottmar. C'était les roues des wagons qui produisaient le grondement entendu plus tôt. Une grue à vapeur soulevait les wagons et déversait le sel blanc dans les cales du navire.

Danatok eut une moue inquiète.

— *D'habitude, il y a au moins deux ou trois bateaux à quai*, dit-il sans ouvrir la bouche. *Et je ne vois pas de train descendre de la mine.*

— *C'est parce que les hommes sont allés se battre dans la cité*, présuma Hari, pour qui l'idée tombait sur le sens. *Ottmar doit sûrement rencontrer quelques poches de résistance. Et où enverrait-il son sel, maintenant que la Compagnie n'existe plus ? J'ai déjà vu trois navires quitter la ville à la file indienne, leur ventre plein de sel.*

— *Si l'extraction cesse, je me demande si l'Abîme de sel restera en fonction*, se questionna Danatok.

— *Où est-il ?*

En guise de réponse, comme s'il avait peur de l'évoquer en pensée ou en mot, Danatok pointa dans la nuit, à leur gauche, là où les lumières des lanternes le long des rails n'éclairaient plus. Et Hari vit un flou blanc, comme une bouffée de fumée figée dans les airs et le temps, immobile et illuminé de l'arrière. Cette clarté provenait d'une seule source, une lampe accrochée tout en haut d'un poteau. Derrière ce halo, la colline grise qu'il avait vue depuis la mer s'élevait dans les ténèbres. On découvrait aussi un petit abri sous la lumière de ce genre de réverbère et un garde assis devant la porte. L'homme semblait endormi.

— C'est ça ? s'étonna Hari. *Un petit abri et un homme pour garder l'Abîme de sel ?*

— Lève les yeux vers la colline.

Hari plissa les yeux pour observer la colline tronquée en son sommet comme une souche. Il y devina une tache sombre et grosse comme l'abri du garde.

— Une porte ? s'écria-t-il.

— *Une porte de fer. C'est l'entrée de l'Abîme de sel. Elle est assez large pour laisser passer un wagon à la fois, et on ne l'ouvre que rarement, pour y faire entrer les ouvriers. Personne n'en sort. Aucun travailleur, jamais plus. Il y a un système de poulies et de rails à l'intérieur. C'est grâce à ce système qu'ils approvisionnent les ouvriers en vivres et en eau. Ils poussent les wagons, puis ferment la porte. Et c'est tout.*

— *Comment savoir si Tarl s'y trouve ?*

— *Vingt jours se sont écoulés depuis sa capture. Il y sera. Mais si la chance est avec nous, on peut espérer qu'il n'y est pas depuis longtemps.*

— Assez longtemps pour tomber malade, tu crois ? demanda Hari en chuchotant.

— Je ne sais pas.

— *Dans ce cas, ne perdons pas une seconde de plus. Je m'occupe du garde.*

Hari porta la main au couteau qu'il tira au clair.

— *Non. Cette porte ne peut être ouverte que par le commissaire du port, et il faut deux clés pour l'ouvrir. Nous repartons par la colline.*

— *Et après ?*

— *Tu verras bien.*

Ils regagnèrent l'endroit où Danatok avait planté sa torche, laquelle brûlait encore tant les branches étaient bien tressées, et reprirent le chemin menant à la plage. Le chien les accueillit par des gémissements heureux et des bonds de joie.

— *Reste ici, le chien. Surveille le bateau. Suis-moi, Hari.*

Ils montèrent sur des roches au bout de la plage et durent se mouiller dans quelques passages inondés. Grimpés à mi-chemin d'une falaise, ils empruntèrent une passe pour redescendre sur l'autre flanc.

— À partir d'ici, il faut nager, avertit Danatok. J'espère que ton père ne craint pas l'eau.

Il plongea et nagea sur le côté, levant un bras tendu pour garder la torche au sec. Hari le suivit. Ils arrivèrent devant un trou dans la falaise et l'eau s'y engouffrant par vagues tonnait en rencontrant le roc.

— C'est comme qui dirait la porte arrière vers l'Abîme de sel, annonça Danatok. L'endroit regorge de puits et de cavernes. Il nous a fallu une éternité pour s'y retrouver. Seul un passage mène à la mine, aux tunnels où les hommes creusent ce qu'ils doivent creuser.

— Combien de temps faut-il pour s'y rendre ?

— Il faut compter la moitié d'une nuit pour l'aller, l'autre moitié pour revenir. Mais Hari, c'est ici que le voyage s'arrête pour toi. Ce serait inutile et trop dangereux de t'exposer à la lumière.

— Non, je te suis. J'ai fait la promesse de sauver Tarl et je le sauverai. C'est mon père, après tout.

— Tu risquerais de tomber malade.

— Eh bien, je serai malade. Allons-y.

Hari était plus effrayé qu'il n'osait le montrer, mais il n'était pas question de laisser ce garçon prendre tous les risques — et si Tarl mourait, eh bien, Hari voulait mourir aussi.

— *Non, ce n'est pas tout à fait ça, pensa Hari, je ne veux pas mourir, je veux tuer. Je tuerai Ottmar.*

Ce désir fut si fortement exprimé que Danatok recula d'un pas.

— Xantee a dit que tu avais rêvé de ne plus jamais tuer, dit-il. Qu'importe, il n'y a personne à tuer ici. Tu trouveras peut-être à te défouler sur des rats, qui sait ? Réserve ta lame pour eux.

Il leva la torche et guida Hari dans la caverne. L'obscurité était pesante et même les sons naturels de ce trou creusé dans le noir semblaient menaçants. Ils grimpèrent sur des saillies, nagèrent dans l'étroitesse de cavernes exiguës et rampèrent dans un passage difficile.

Danatok gardait un rythme rapide et assuré. Peu à peu, l'avancée devint plus facile, mais ne suivait pas toujours les chemins les plus larges. Quand Hari demanda où ces fourches allaient, Danatok ne sut répondre, sauf pour dire qu'il y avait des eaux dans certaines cavernes qui coulaient sans qu'on en connaisse le fond. Il gardait un œil nerveux sur la torche. À l'occasion, il soufflait vigoureusement pour raviver les flammes qui dévoraient lentement jusqu'au cœur les branches nouées d'arbre à bois d'acier.

— Qu'est-ce qui se passera si elle s'éteint ?

— Nous mourrons.

— Je serais capable de retrouver la sortie. J'ai mémorisé chaque détour.

— Les rats ne te laisseraient pas vivre.

— Oui, je les sens. Je les entends aussi : un bruissement de griffes sur la pierre, les fourrures graisseuses qui frottent sur les parois des tunnels.

Ce disant, il vit s'ouvrir dans un éclair des yeux rouges, au moins une demi-douzaine de paires, au-delà de la lumière de la torche.

— La lumière les garde à distance. Ils détestent cette torche à cause de l'autre lumière, dans la mine, raconta Danatok.

— Pourquoi ne meurent-ils pas comme les mineurs ?

— La lumière les affecte, mais d'une différente manière. Ils grossissent en d'étranges formes. J'ai déjà vu un rat à deux têtes dans ces tunnels. Et un autre avec des oreilles tout le long du dos. Ah! Regarde : les ossements d'un squelette récent. Il s'est rendu loin, celui-là!

Danatok leva la torche au-dessus des os blancs; c'était ceux d'un homme.

— Quand ils meurent de la maladie, expliqua-t-il, d'autres mineurs emportent leurs corps et les laissent aux rats, qui en font des tas d'os. Mais certains malades s'égarent aussi dans les tunnels, où ils errent jusqu'à la mort, comme celui que voici, et les rats dévorent leurs chairs. Attends-toi à voir de plus en plus de squelettes. Avançons, Hari. Nous arrivons au centre de la colline. Ma torche est à demi brûlée. Il ne faut plus traîner.

Ils découvrirent d'autres squelettes, certains jaunis par l'âge. Il y avait des crânes, des cheveux, des vêtements en haillons laissés à décomposer un peu partout sur les pierres. Hari pensa que certains de ces hommes devaient venir du Terrier du sang. Peut-être les avait-il connus? L'obscurité se faisait moins lourde, moins intense. Une lumière vaguement verte permettait une subtile dissolution du noir.

— C'est bon, dit Danatok, nous sommes assez près. C'est d'ici que j'appelle ceux qui peuvent entendre.

— Je veux voir.

— C'est impossible. Moi-même je n'ai jamais vu. Aussi faible que puisse nous sembler la lumière à cette distance, je peux la sentir sur ma peau, comme des fourmis me grimpant sur le corps. La sens-tu?

Oui, Hari avait cette même sensation — un picotement qui démangeait, comme si le vent soufflait des échardes de verre sur sa peau.

— L'endroit où ils creusent se trouve à dix minutes de marche d'où nous sommes. Je dois me concentrer et longtemps tendre l'oreille avant que le nom d'un homme m'apparaisse. Après quoi, je peux l'appeler. Parfois, il n'y a personne. Mais nous connaissons Tarl et s'il peut entendre, nous le trouverons.

— Dis son nom, suggéra Hari.

— Prends la torche.

Il la donna à Hari, ferma les yeux, renversa la tête et se concentra. Hari entendit le nom se former en pensée et se déplacer sans aucun bruit, comme le vent dans les ténèbres :

— *Tarl ! Tarl !*

Ils attendirent.

— Il ne répond pas, dit Danatok.

— N'arrête pas d'essayer.

Danatok s'immobilisa à nouveau et la voix parla. Hari vit comment toutes ses énergies étaient concentrées dans un seul cri : « Tarl ! Dis ton nom, Tarl ! »

— Non, je ne ressens rien. Et s'il n'entend pas, il ne peut pas suivre. Hari, la torche nous lâchera si nous ne repartons pas bientôt.

— Laisse-moi essayer. Je peux l'obliger à m'entendre.

— D'accord, essaie. Mais fais vite.

Hari redonna la torche à Danatok. Il s'avança un peu, à quelques pas du garçon, et se mit à s'imaginer son père dans le Terrier du sang, chassant les rats royaux dans les ruines, avec lui, Hari, à deux ans à peine, s'accrochant dans son dos. Il se revit avec son père, s'asseyant ensemble dans une pièce brisée, sous des poutres rompues, heureux de faire rôtir des pattes de rats sur les braises d'un bon feu. Il pensa à Tarl séparant la viande tendre des os et portant cette viande à la bouche de son fils — ma bouche, pensa Hari, mon père ; et il concentra ces souvenirs sous la forme du poignard à la lame noire et le lança de toutes ses forces vers la lumière verte ; et il fit suivre ce noyau condensé de souvenirs d'un cri plus pur, plus perçant :

— *Tarl, mon père, je suis là ! Suis ma voix !*

Après un moment de néant, il y eut comme un chuchotement, au loin, dans le noir :

— *Hari ? Mon fils ?*

— *Tarl, je suis venu, en doutais-tu ? Suis ma voix. Viens vite, nous n'avons plus beaucoup de temps.*

— N'arrête surtout pas d'appeler, Hari, dit Danatok.

— Silence ! exigea Hari, qui fixait justement son attention sur cette tâche.

— *Tarl*, répéta-t-il, *je suis là. Je dis ton nom. Suis-le. Ferme les yeux. Marche et suis ton nom comme on suit un sentier.*

Il répéta cet appel, le faisant tinter comme le marteau d'une cloche. L'effort à fournir l'épuisait et Danatok, voyant cela, posa une main sur son épaule. Comme par des vases communicants, sa force traversa les barrières de la chair et insuffla un flot d'énergie dont Hari put nourrir sa voix ; et bientôt, ils entendirent le bruit d'une démarche traînante et virent un début de mouvement, comme une ombre parmi les brumes verdâtres.

Hari éleva la voix dans un cri :

— Tarl !

— Hari, Hari, vint la réponse murmurée.

Tarl approchait en boitant dans la lumière de la torche. Il était pieds nus, ses bras tendus en avant et ses yeux fous. Il portait pour seul vêtement un bout de tissu posé sur les hanches à la manière d'un pagne.

Hari accourut à sa rencontre et le prit dans ses bras. Il pensa un instant que la maladie l'avait décharné et amoindri, mais ce n'était qu'une impression, car Tarl glissait dans les bras de son fils et tombait à genoux. Ses larmes mouillèrent le pourpoint de Hari. Des cris étouffés venaient de sa bouche.

— Hari, tu ne peux pas être là. C'est impossible. Je n'avais… plus d'espoir. Quand j'ai vu cet endroit… et senti la lumière infecte en moi… rampant comme des vers…

— Tarl, il y a un moyen de sortir. Danatok me l'a montré. Relève-toi. Il faut partir. Les rats sont partout

autour de nous, et si la torche venait à mourir…, laissa-
t-il entendre en aidant son père, le relevant sur ses pieds.
Viens. Marchons.

— Je ne peux pas…

— Oui, tu peux. Tarl, grand chasseur, rassemble tes
forces! Nous avons un bateau.

— Et la mer salvatrice nous attend, dit Danatok. Son
eau vous purifiera.

Le Natif ouvrit la voie, sa torche haute au-dessus de
la tête. Hari transportait Tarl, l'aidant à marcher, le relevant lorsqu'il perdait pied, l'incitant à courir dans les
tunnels droits. La flamme de la torche s'épuisait. Autour
d'eux, cent petits points rouges perçaient l'obscurité et
Hari entendait dans son esprit le grand crépitement de
la voix réunie d'une centaine de rats. «Ils nous auront
tout arraché sur les os avant notre premier cri», pensa
Hari, qui cria à Tarl et à Danatok d'aller plus vite. Fait
étrange, cependant, le bruit des rats, des sons que Tarl
connaissait bien, sembla redonner des forces au chasseur, et ses gestes étaient à présent mieux assurés et
forts.

— J'ai besoin de mon couteau, dit-il.

— Tiens, fit Hari, qui avait dégainé l'arme pour la
poser vigoureusement dans la main de son père.

Tarl referma la main sur la poignée, et il redressa
l'échine, et Hari sentit qu'il redevenait Tarl le chasseur.

— Ils sont gros, ces rats?

— Comme des chiens, répondit Danatok.

— Des rats royaux, sembla apprécier Tarl. Arrêtez-vous au premier passage étroit.

— Ils vont nous tuer.

— Fais ce qu'il dit, lui demanda Hari.

Ils atteignirent une ouverture qui permettait le passage d'un seul homme. Danatok s'arrêta et laissa Tarl et Hari passer, puis alla derrière eux, les laissant dans une lumière mourante.

— À présent, laisse mon père bloquer l'ouverture, dit Hari.

— Et éloigne cette lumière, juste un peu, cria Tarl. Juste assez pour me laisser voir leurs yeux.

Danatok et Hari se retirèrent d'une demi-douzaine de pas, et les rats venant sur Tarl vinrent comme une vague de fourrure noire et brune, une marée d'yeux pourpres et de dents jaunes. Le couteau frappa si vite que Hari ne put suivre ses mouvements, et une fontaine de sang cracha des gerbes rouges tout autour de son père. Les rats poussaient des cris horribles, mais il y en eut un qui, sans poils et tout rose, se glissa entre les jambes de Tarl et plongea ses dents dans son mollet. Hari bondit en avant et lui brisa le dos d'un violent coup de talon.

— Tarl, ça suffit. Viens-t-en.

Danatok brandit la torche dans l'ouverture et la lumière fut suffisante pour repousser les rats.

— Sept, s'écria Tarl qui comptait les morts, et un pour toi, Hari. Maintenant, ils mangeront les cadavres et ne nous inquièteront plus pour un temps. C'est encore loin, la sortie ?

— C'est assez près. On peut déjà sentir la mer, dit Danatok.

— Je sens seulement le sang et cette horreur dans la mine. Remue-toi, mon garçon. Il ne me reste plus beaucoup de forces.

Hari le prit sous son bras et découvrit que Tarl disait vrai, ses forces le quittaient, et c'était seulement le couteau qui, dans sa poigne ferme, lui permettait de poser un pied devant l'autre — « Le couteau et moi, pensa Hari, moi, son fils. » L'idée qu'ils puissent sortir de l'Abîme de sel le transportait d'espoir, mais d'un espoir terni par la possibilité que la maladie soit irréversible et que son père en meure trop vite. Pris d'angoisse, Hari tenait son père qui s'affaiblissait à chaque pas.

La torche rendit l'âme dans un crachotement ridicule, et on sut aux grattements de griffes, à la cacophonie typique de la vermine, que les rats n'étaient plus loin derrière. Hari s'efforça de les retenir par la pensée, mais ils étaient trop nombreux. Danatok s'épuisait aussi, courant, nageant dans les cavernes inondées, retrouvant son chemin de mémoire. Hari vit enfin un point de lumière dans la noirceur — une étoile brillante dans le ciel, une étoile dans le monde qui existait encore à l'extérieur de l'Abîme de sel.

— Tarl, nous y sommes presque. Les rats ne suivront plus. Nous sortons de l'Abîme de sel.

Hari souleva et lança son père dans la mer, le traînant ensuite jusqu'aux roches plates, avec Danatok qui nageait tout près. Derrière eux, les rats poussèrent leurs derniers cris avant que le doux clapotis de l'eau et le murmure de la brise ne reprennent leurs droits. Hari et Danatok nagèrent côte à côte, tirant Tarl qui flottait sur le dos entre eux. Ils contournèrent une pointe de roche, le pied d'une falaise et revinrent à la plage, où ils rincèrent Tarl à grande eau, frictionnant sa peau d'un mélange de sable et de graviers. Cela fait, ils se nettoyèrent eux aussi dans les eaux peu profondes, obsédés par l'idée de chasser les picotements qui couraient sur leur peau, cette démangeaison qui s'aggravait depuis l'instant où ils avaient approché la lumière verte. Le chien arpentait la plage de long en large, gémissant de bonheur de les voir revenus.

— Tarl, laisse-moi prendre le couteau.

— Non, il se souvient de moi. Je veux le garder dans ma main.

Ils assirent le père de Hari dans la mer, de l'eau jusqu'à la taille, et tirèrent le bateau à côté de lui. D'un commun effort, ils l'embarquèrent, aidant aussi le chien à grimper dans l'embarcation. L'aube montrait ses signes dans le ciel, faisant saigner les nuages. «Du sang partout», se dit Hari. Il avait mal au cœur.

— Quittons cet endroit de malheur, proposa-t-il.

Ils mirent le cap au large, préférant voguer en haute mer plutôt que de border les côtes. Une fois au large, ils prirent la direction du nord. Tarl tremblotait, couché au fond du bateau. Il avait peine à parler :

— Froid, j'ai froid, répétait-il d'une voix indicible.

— Il est atteint, déclara Danatok. Il a la maladie.

— Combien de temps as-tu passé dans l'Abîme de sel ? demanda Hari.

— Le temps n'existe pas là-bas, expliqua Tarl, qui se pencha au-dessus du plat-bord, pris d'un violent haut-le-cœur.

Mais l'estomac vide, il n'eut rien d'autre à vomir qu'un filet de bile.

Hari sortit les couvertures du coffre en bois et couvrit Tarl. Il essaya ensuite de le faire manger et boire, mais Tarl se montrait incapable de garder quoi que ce soit.

— J'ai froid, souffla-t-il.

— Viens, le chien, dit Hari, qui souleva l'animal pour le coucher sur Tarl. Reste. Garde-le au chaud.

— Le chien tombera malade lui aussi, l'avertit Danatok.

Hari n'en avait que faire et le chien semblait plutôt bien, voire heureux de se coller contre Tarl.

Ils voguèrent toute la journée et s'arrêtèrent pour la nuit dans une petite anse encaissée dans un massif rocheux. Ils firent du feu et Tarl, qui dormait depuis midi, ne s'éveilla pas et rêva, un mélange de délires et d'inconscience qui lui arracha quelques cris rauques dans son sommeil, qui l'incita à serrer parfois un peu trop fort le chien qui ne le quittait plus. Hari et Danatok passèrent la nuit au bord du feu, dormant du mieux qu'ils le pouvaient malgré le froid et sans couverture. Le lendemain, au petit matin, ils reprirent la mer. L'état de Tarl ne s'améliora pas, mais le chien ne se faisait pas prier pour se blottir contre le malade. Il restait couché, la tête posée sur la poitrine de Tarl, et Hari pensa : « Tarl peut compter sur lui. C'est le chien de Tarl, désormais. Et le couteau a retrouvé son légitime propriétaire. »

Avec le vent en poupe, ils rejoignirent le village à la tombée de la nuit. Hari comprit que Danatok allait s'écrouler de fatigue en le voyant forcer pour barrer le bateau vers la plage. Hari était malade, lui aussi, mais ce n'était rien en comparaison de Tarl. S'il fallait en croire l'orgueil de Hari, son état tenait davantage du manque de sommeil et des jours passés en mer que de la maladie. Ses démangeaisons avaient disparu, comme si le vent salé de la mer avait eu l'effet d'une grande purge.

Perle, Feuille-de-thé et une demi-douzaine de Natifs attendaient sur la plage. Les hommes couchèrent Tarl sur un brancard. Voyant que le chien s'obstinait et mordillait les mains du malade, il fut décidé que le chien pourrait suivre celui pour lequel il s'était visiblement pris d'affection. Le chien avait choisi son nouveau maître et on l'emmena avec le malade.

— Où l'emmènent-ils ? demanda Hari.

— À la maison de repos, répondit Feuille-de-thé. Il est entre bonnes mains. Non, Hari, n'y va pas. Pour son rétablissement, il vaut mieux restreindre les visites durant les prochains jours. Rassure-toi, nous avons vu des hommes revenir de l'Abîme de sel en bien pire état.

— Danatok? héla Hari, qui s'étonna de ne voir le garçon nulle part.

Il l'aperçut enfin, au bras de sa mère qui l'aidait à rentrer au village.

— Il va bien. Nous l'avons vu dans un pire état, lui aussi.

— *Danatok!* appela Hari en pensée.

Le garçon tourna la tête vers la plage.

— *Merci.*

Danatok sourit, leva une main et sa mère l'emmena.

— Hari, dit Perle. Qu'est-ce que c'est, l'Abîme de sel?

— Je préfère ne pas en parler. C'est malsain. Un endroit pourri. Je…

Il la regarda en face, vit l'inquiétude qu'elle éprouvait et réalisa avec étonnement qu'il en était l'objet et la cause. Le temps d'un respire, il eut le sentiment de se jeter du haut d'une falaise. Il tombait. Tarl s'était inquiété pour lui. Comme Lo l'avait fait. Mais jamais personne d'autre ne se souciait de lui.

— Je te raconterai tout, dit-il. Mais je dois dormir. Je te le dirai demain.

— Oui, demain, acquiesça Perle.

CHAPITRE 9

Perle était entourée d'enfants qui lui apprenaient à nager. Hormis les bains parfumés où on lui savonnait le dos, Perle n'avait jamais mis le pied à l'eau. Une femme de la Compagnie ne barbotait pas, c'était bien entendu trop dégradant. Mais avec ces enfants nus s'amusant autour d'elle dans l'eau de la crique, Perle s'était vite initiée à cette activité et on la vit bientôt plonger depuis les roches, mettre la tête sous l'eau et nager loin de la plage. Elle s'aventura même dans le fond marin pour ramasser des pierres aux couleurs ravissantes. De cette collection, elle fit de petits monticules dans le sable, les admirant comme les plus beaux joyaux, plus jolis croyait-elle que les colliers et les bagues dans son coffret à bijoux. Ainsi, elle profitait de son séjour à Calanque, prenant chaque moment libre pour aller nager ou se promener sur la plage. Quand elle se mettait au lit et cherchait le sommeil, il semblait y avoir dans l'air une douce voix qui lui murmurait à l'oreille : « Perle. »

— Qui parle? demanda-t-elle un soir. Qui êtes-vous? Que me voulez-vous?

Elle avait posé les mêmes questions à Feuille-de-thé qui, avec un sourire et lui touchant le front, lui avait répondu en pensée :

— *Il n'y a rien que tu puisses faire, Perle, sauf attendre.*

— *J'ai entendu cette même voix dire mon nom dans la jungle.*

— *Oui, je sais.*

— *Tu peux l'entendre ?*

— *Elle me parle, oui, mais je ne la perçois pas clairement, du moins, pas comme elle te vient. Mais n'aie pas trop d'attentes Perle, car dire ton nom est peut-être tout ce qu'elle fera.*

Pour Perle, c'était d'une certaine manière suffisant et cette voix devint vite aussi naturelle que le battement de son cœur. Elle se demanda si Hari entendait lui aussi ce souffle qui disait son nom et pensa, non sans une pointe d'orgueil, que même si c'était le cas, il y resterait sourd, trop occupé qu'il se disait toujours.

Elle s'était ennuyée et inquiétée de son sort durant son absence. Ce n'était pas de l'affection, non. Elle ne l'aimait pas et ses manières rudes l'agaçaient. Elle trouvait ses cicatrices laides et ne s'habituait pas à son teint terreux et à ses longs cheveux nattés dans le dos. Cela dit, elle aimait quand ils se parlaient en pensée, même quand Hari se choquait. Le lien qui les unissait s'était formé aussi naturellement que la voix chuchotant dans son oreille. Ainsi, quand elle le vit partir sur les flots, Perle ressentit comme un froid sur la peau.

— *Hari*, appela-t-elle, assise seule près de l'eau, *viens et parle-moi de l'Abîme de sel.*

Il n'y eut aucune réponse, et elle supposa que, malgré la matinée qui s'achevait maintenant, il devait dormir encore, récupérant de la fatigue des derniers jours.

Elle repensa à Tarl et à la grimace qu'elle avait eue en le voyant dans la civière : son visage était plus couturé que celui de Hari et défiguré par la marque de l'acide, son front traversé d'une série de lettres et de chiffres. Il tenait le couteau de Hari comme s'il n'allait jamais le lâcher. Perle avait eu un choc en le voyant, une découverte morbide. Dans cet homme meurtri, elle avait compris l'existence que lui et son fils avaient endurée dans les ruines de la cité, dans le Terrier du sang, une vie passée à se battre, à tuer, à se nourrir de ce qu'il restait à charogner, tandis qu'elle... Perle chassa cette pensée, elle voulait oublier son ancienne vie. Elle se leva, se dévêtit et se jeta dans l'eau de la crique. Plongeant au fond de l'eau, elle se mit à chasser des trésors, ces petites pierres de couleur qu'elle aimait tant. Si sa mère pouvait la voir en ce moment, et sa sœur... Elle pouffa de rire et perdit la moitié de son souffle. Elle remonta vite à la surface, où elle pensa, après une grande inspiration : « Ma mère et ma sœur ont été tuées par Ottmar. Ma famille est morte. »

Elle sortit de l'eau et alla s'étendre sur le sable, les images de sa famille la hantant comme des fantômes du

passé. Dans le nid familial, il n'y avait pas eu d'amour —
on n'avait même jamais prononcé le mot « amour » —, et
elle ne pleurait pas, mais ressentait plutôt une profonde
tristesse pour ses frères et sa sœur, pour son père et sa
mère. Elle se l'expliquait mal, mais c'était comme s'ils
étaient passés à côté de la vie — son père s'érigeant en
juge, ses jugements froids comme ses yeux ; sa mère et
ses propos sévères ; le rire de sa sœur, invariablement
méprisant ou mécontent ; ses frères... Elle pensa à
Hubert, à Hari qui l'avait tué. Le couteau que Tarl ne
voulait plus lâcher s'était enfoncé dans sa gorge. Elle
était contente que Hari ne l'ait plus avec lui.

— *Je t'ai entendue appeler*, résonna la voix de Hari
dans sa tête.

Il se tenait debout derrière elle.

Elle attrapa son linge et l'enfila à la hâte, tandis qu'il
regardait, un sourire aux lèvres.

— Tu es aussi blanche que les lourdauds,
remarqua-t-il.

Elle ne pensa pas qu'il voulait l'insulter. C'était
l'énoncé d'un simple fait.

— Et toi, tu es tout brun, répliqua-t-elle pareille-
ment. La première fois que je t'ai vu, j'ai cru que tu t'étais
roulé dans la boue.

« Et ce n'était pas tout à fait faux », pensa-t-elle, se
disant aussitôt qu'il n'avait pas eu cette chance d'avoir
des servantes pour faire sa toilette. Personne ne
l'habillait le matin au réveil, ni ne lui servait le petit

déjeuner au lit. Pouvait-il seulement savoir si, en se levant le matin, il aurait de quoi manger ce jour-là ?

— Parle-moi de l'Abîme de sel.

Elle s'étonna de le voir frissonner en entendant ces mots et vit même la peur traverser son visage.

— J'essaie d'oublier cet endroit.

— J'ai entendu mes frères en parler, un jour. Ils disaient qu'Ottmar y minait des pierres précieuses qui explosaient au soleil, qu'il était donc impossible de les sortir à la surface, que c'était trop dangereux. Mais ils ne doutaient pas qu'Ottmar trouverait un moyen. As-tu vu ces pierres ?

— Je n'ai rien vu du tout. Il faisait noir. Nous nous sommes arrêtés avant la lumière...

— Raconte-moi.

Elle l'invita à s'asseoir, mais il préféra marcher dans le sable, se penchant près des pierres dont Perle avait fait de petites pyramides pour les lancer une à une et en chandelle dans l'eau de la crique. La précision avec laquelle il lançait était impressionnante et Perle admira son talent, tandis que tous ses tirs frappaient l'eau au même endroit. Elle ne se serait pas surprise de retrouver ces pierres dans une belle petite pyramide au fond de l'eau.

— Pour commencer, tu pourrais me parler du voyage en bateau.

— Sans Danatok, je n'aurais jamais retrouvé mon père.

Il se mit à décrire le voyage, hésitant d'abord dans ses phrases. Il parla des jours de voile en descendant la côte, des trois collines dont celle au centre qui était morte, du port et de la mine de sel, de la porte en fer. Perle apprit ensuite comment ils s'étaient engouffrés dans les cavernes, noires et apparemment sans fin, avec la torche de Danatok pour seule lumière. Il lui raconta les squelettes et les rats.

— Ma peau s'est mise à picoter et j'ai vu la lumière verte. Danatok disait qu'on ne pouvait pas aller plus loin.

Hari continua son récit en expliquant qu'il avait appelé son père, décrivant comment Tarl leur était apparu, racontant ensuite la fuite, leur course précipitée pour échapper aux rats et la volte-face de Tarl qui avait freiné la vague de vermine. Il expliqua comment les rats craignaient le feu de la torche, et précisa que celle-ci s'éteignait, que les rats gagnaient à nouveau du terrain, qu'ils avaient couru pour ne pas se faire mordre les chevilles.

— Des rats géants, dit-il. Il y en avait un à deux têtes et un autre avec plusieurs queues. J'en ai vu aussi qui avaient de longs poils blancs, d'autres qui n'avaient aucun poil du tout.

Perle vit des larmes dans les yeux de Hari.

— Des rats comme ça, c'est abominable, dit-il. Ça ne devrait pas exister.

— Comment est-ce possible ? Qu'est-ce qui les transforme ?

— C'est sûrement les pierres dans l'Abîme de sel. Cette chose qui vous rend malade et vous tue. Les rats ne meurent pas, mais ça les change...

— Et c'est assez puissant pour tuer des hommes ? Mais Hari, tu aurais pu arrêter les rats. Tu l'as fait pour les chevaux et le chien. Avec des gens aussi. N'aurais-tu pas pu les chasser, leur dire de rester à l'écart ?

— Et tu crois que je n'ai pas essayé ! se choqua Hari, son cri faisant bourdonner les oreilles de Perle.

Il reprit après un temps, plus calmement et en silence :

— J'ai essayé. Mais il me fallait toute mon attention pour aider Tarl ; je ne pouvais pas contrôler plus d'un rat à la fois et il en venait toujours plus. J'ai essayé de former un mur avec mes pensées, et je croyais que ça fonctionnerait, mais mon mur avait des trous partout et le tunnel grouillait de rats... Nous n'avions plus d'autre choix que de courir. Ils nous auraient eus si Tarl n'en avait pas tué quelques-uns avec mon couteau. Avec son couteau. Les rats se sont arrêtés pour dévorer les carcasses, puis ils ont réapparu derrière nous, et la torche s'est éteinte. Mais la sortie était proche et nous avons vu les étoiles ; c'est la lumière du ciel étoilé qui les a arrêtés, je crois. Je n'ai jamais vu pareil spectacle, rien d'aussi... commença-t-il sans trouver les mots. Est-ce que Feuille-de-thé sait pour les étoiles ? J'aimerais comprendre. Qu'est-ce qu'elles sont ? Ont-elles des noms ?

— *Feuille-de-thé sait tout. Et elle m'a appris. Je pourrais t'apprendre si tu veux.*

— *Danatok utilise les étoiles pour naviguer. Il dit qu'elles le guident.*

Hari essuya les larmes qu'il avait au visage avant de reprendre son récit.

— *Nous avons lavé mon père. Nous avons essayé de le nettoyer de la maladie. Nous avons utilisé le chien pour le garder au chaud. C'est son chien maintenant. Il s'appelle Chien. Nous sommes revenus au village et tu connais le reste de l'histoire. Tarl est soigné dans la maison de repos. Je ne peux pas lui rendre visite, mais on me dit qu'il se porte bien. Deux jours. Ou trois. Et il pourra sortir.*

— *Et il nous dira ce qu'il y a dans l'Abîme de sel*, ajouta Perle. *Feuille-de-thé dit que tous les rescapés qu'ils ont amenés au village étaient incapables d'en parler. Ils sont restés muets jusqu'à ce que la mort les emporte. Feuille-de-thé croit que Tarl n'y est pas resté plus d'un jour ou deux.*

— *Cet endroit l'a rendu malade, tu l'as vu, décharné comme un crève-la-faim ? J'ai cru qu'il mourait. Il était froid, puis bouillant l'instant d'après, son corps secoué de tremblements. Et il n'arrêtait pas de répéter que sa peau tombait en lambeaux…*

— Mais il en a réchappé, dit Perle. Hari, ton père va vivre.

— Oui, dit-il en reprenant espoir. Il va vivre et j'ai rempli ma promesse. J'ai sauvé Tarl.

Il hésita un moment, puis sauta hors de ses vêtements et se jeta à l'eau. Elle le vit plonger sous l'eau et descendre au fond de la crique, son corps ondulant comme l'animal qu'elle avait vu plonger la veille, un phoque, lui avait-on dit. Elle se demanda si sa voix silencieuse saurait l'atteindre, même sous l'eau.

— *Hari*, dit-elle.

— Oui ? dit-il en refaisant surface.

— *Non, rien, c'était juste pour voir.*

Il redescendit jusqu'au fond :

— *Perle.*

— *Oui. Hari, est-ce que tu m'apprendrais à faire du bateau ?*

— *Quand ?*

— *Maintenant ?*

Il sortit de l'eau, revint s'habiller sur les roches et tourna le dos quand il sentit le regard de Perle sur lui. Elle n'avait jamais vu un homme nu auparavant, pas plus d'ailleurs que le corps d'une femme autre que le sien dans le miroir. La veille, les enfants s'étaient dénudés sans gêne devant elle et c'était là les premiers corps nus qu'elle voyait. Elle trouva que Hari n'était pas si laid sans ses vêtements, et que ces attributs qu'elle découvrait pour la première fois, mais qu'elle avait maintes fois imaginés, étaient curieux, et non sans intérêt.

Ils marchèrent sur la plage et mirent le bateau de Danatok à l'eau. Durant les deux jours suivants, Hari enseigna à Perle les rudiments de la voile, tout en s'améliorant lui-même au gouvernail, perfectionnant sa compréhension des vents. En fin d'après-midi, le second jour, la brise s'essouffla. Ils dérivèrent vers le large, regardant les gens marcher dans le village et travailler dans les jardins en étages à l'arrière des maisons. Les collines bleues s'élevaient plus loin, se dessinant une derrière l'autre devant le grand mur lointain des montagnes enneigées, leurs pics brillant au soleil.

— Des arbres, dit Hari. Je n'ai jamais vu d'arbres dans le Terrier du sang. Le premier que j'ai vu, c'était dans ton jardin...

— *Encore ces histoires d'espionnage !*

— *... j'avais peur. Je ne savais pas ce que c'était ni comment cette chose impressionnante réagirait en me voyant. Allait-elle fondre sur moi, me prendre dans ses branches et m'écarteler ?*

— Tu voyais des meurtres et du sang partout ?

— Oui, partout. Mais quand j'ai vu que l'arbre ne faisait rien, j'y suis grimpé et je l'ai senti réagir à ma présence. L'arbre n'avait qu'un but : être lui-même, calme et beau. Alors je me suis assis avec mes bras autour de son tronc, le sentant croître et respirer.

— *Hari, arrête de parler.*

— *Pourquoi ?*

— *Tais-toi un moment.*

Le bateau se berçait doucement dans les vagues tandis que la brise revenait, gonflant la voile.

— Tu n'entends rien ? demanda-t-elle tout haut.

— *Le mât qui grince.*

— *Non, c'est autre chose.*

— *Mais quoi ?*

— *J'entends mon nom.*

Ils attendirent en silence, et elle l'entendit à nouveau.

— *Qu'est-ce que c'est ? C'est important ?*

Il y eut un silence en elle, puis au plus profond de son être, dans les lointains replis de son esprit, on disait « Perle », mais c'était plus que son nom : c'était un bouleversement. Dans les collines, dans les arbres, dans la mer et dans son propre corps, un changement s'opérait, un espace s'ouvrit — en un seul respire, aussi évident que le lever du soleil.

— *Hari ?*

— *Oui.*

Il le ressentait aussi, ce nom prononcé en lui, cette voix qui l'amenait dans une contrée lointaine, dans les collines enténébrées. Et en ces lieux, il prenait racine et trouvait sa place.

Ils ne dirent rien de plus. Il n'y avait rien à dire. Ils mirent le cap vers la plage, sur le sable de laquelle ils tirèrent le bateau. Ils marchèrent vers la maison de Sartok, où Feuille-de-thé les attendait. Ils n'eurent pas à lui relater ce qui venait de leur arriver. On vit l'air d'un contentement profond sur son visage, une expression qui la rajeunit de plusieurs années. Elle les invita à l'intérieur, où l'on avait servi le repas du soir.

— Tu sais naviguer à présent, Perle ?

— Oui, Hari m'a montré comment faire.

— Pourquoi ce goût soudain pour la voile ?

— S'il nous vient l'idée de revenir vers la ville, nous pourrons emprunter la voie de l'eau, une route rapide à comparer à la traversée des montagnes.

— Tu veux retourner dans la cité ?

— Je ne sais pas encore.

— J'y vais si Tarl le veut, dit Hari.

— Tarl sortira demain de la maison de repos, annonça Feuille-de-thé. Il nous dira alors ce qu'il compte faire.

— Et ce qu'il a vu dans l'Abîme de sel, s'empressa d'ajouter Perle.

— Oui, ce qu'il a vu.

Ils se mirent à table et mangèrent. Perle et Hari échangèrent peu de mots durant ce repas. Les horreurs de l'Abîme de sel pesaient sur les esprits, mais la peur s'était estompée.

CHAPITRE 10

À sa sortie de la maison de repos, Tarl marcha seul dans les rues du village, bien vêtu d'un nouveau pantalon, d'une chemise blanche sur un pourpoint propre, une bandoulière en travers du torse, sur laquelle pendait une gaine, la lame noire de son couteau cachée sous le cuir. Le chien trottait à ses pieds, épousant la démarche de son maître qu'il ne quittait plus.

Hari rejoignit son père à la porte de la maison en front de mer. Ils échangèrent une poignée de main virile, puis s'embrassèrent.

— Tarl.

— Hari, tu es venu à mon secours. J'avais perdu espoir...

— J'ai eu l'aide de bons amis.

Le chien grogna jalousement devant cette intimité qu'il jugeait offensante.

— Ces gens, Hari? Ces Natifs, qu'est-ce qu'ils veulent?

— Rien, Tarl. Ils t'ont sauvé parce que tu pouvais l'être. Ils m'ont sauvé aussi.

— Et maintenant, ils veulent tout savoir sur l'Abîme de sel, dit Tarl, qui eut dans les yeux un éclair de peur, un frisson sur la peau.

— Tu te portes bien, dit Hari, qui en doutait encore.

La peau de Tarl semblait affaissée, flasque sur ses os. Il avait les cheveux clairsemés et zébrés de jaune et de gris, le creux de ses yeux était noir d'avoir guetté le moindre mouvement dans l'obscurité, comme Hari avait craint les créatures qui se terraient dans la jungle, dans les arbres, dans la nuit.

— Le conseil vous attend. Entrez, je vous prie.

C'était la voix de Feuille-de-thé. Elle était assise à la table avec Gantok, et Perle prenait place sur un tabouret bas près de la fenêtre. La Native accueillit le bien portant :

— Bienvenue, Tarl, dit aussi le vieil homme qui se présenta. Je suis Gantok et nous nous réjouissons de te voir remis sur pied.

— C'est ça, votre conseil ? Deux personnes ?

— Nous parlons d'une voix que tous peuvent entendre, et au nom de ceux qui veulent entendre.

— Alors, c'est vrai. Les Natifs sont capables de paroles qui ne se forment pas sur les lèvres. J'avais entendu des rumeurs, mais je n'y croyais pas.

— C'est une faculté dont nous jouissons, résuma Gantok, non sans en tirer une satisfaction évidente. Xantee que voici est de ce conseil. C'est elle qui a amené ton fils jusqu'à Calanque.

Tarl braqua un regard malin sur Feuille-de-thé. Selon l'existence et la conception qu'on en avait dans les terriers, les femmes occupaient un statut de second lieu dans l'ordre des choses.

— Qui c'est? dit-il donc sans manière en tournant son attention vers Perle.

— Elle s'appelle Perle. C'est une enfant de la cité.

D'instinct ou plus sûrement à escient, il mit la main au manche de son arme.

— Elle est de la Compagnie.

Le chien se mit à gronder.

— *Ferme-la, Chien*, ordonna Perle dans une pensée ciblée à laquelle l'animal répondit aussitôt en se vautrant au pied de Tarl, son regard trahissant l'incompréhension la plus totale.

— Hari, dit Tarl, qui ne comprenait plus vraiment cette assemblée, cette fille, elle est de la Compagnie. Mort à la Compagnie! promit-il en dégainant sa lame.

Hari s'interposa, s'avançant devant son père.

— Pas de ça, Tarl. Perle est mon amie.

— Regarde sa peau blanche. Regarde ses yeux. Ceux de la Compagnie ont les mêmes yeux bleus. Elle doit mourir, affirma Tarl, levant la main et le couteau.

— *Tarl*, prononça Feuille-de-thé de cette voix animée, mais insaisissable au demeurant.

À l'évidente surprise qui se lisait sur son visage, on voyait bien que Tarl ne savait pas d'où son nom était venu, ni qui l'avait dit. Ce mystère le paralysait et la voix parla encore :

— *Cette lame est née des forges du peuple natif. Elle tremble dans tes mains. Ne fais pas luire cette lame en ces lieux. Range-la.*

— Par quelle magie ! Toi, femme ? C'est toi qui parles dans ma tête ?

— *Perle a renié la Compagnie et pour ce faire, elle a enduré un immense sacrifice. Pose ton couteau. Parle à ton chien, qu'il ne montre plus les crocs. Par nos soins, tu vis. Danatok, le garçon qui par sa torche a éclairé ta fuite, repose encore entre la maladie et la mort. Défais-toi de ton propre mal. Défais-toi de ta soif de sang.*

Perle vit Tarl qui, effaré, cherchait ses mots, mais sentit aussi sa colère qui menaçait d'éclater à nouveau. Toutefois, elle n'avait pas peur. L'arrêter serait un jeu d'enfant, mais elle n'avait aucune envie d'intimidation, aucun désir d'ordonner. Aujourd'hui, elle se sentait légère comme le linge qu'une brise arrache à la corde où il sèche, fragile, résignée et docile devant la fatalité. Hari avait ce même sentiment, elle le sentait, malgré qu'il lui restât ce rempart contre l'abandon qu'incarnait la figure paternelle. Il était près de l'emportement et de cette dérive qu'empruntait son père.

Elle se permit d'intervenir, mais n'eut le temps de dire que son nom :

— *Tarl.*

— Cette fille parle. Elle ose ! Quand une femme se respecte, elle ne parle pas avant qu'on lui adresse la parole.

— Tarl, dit-elle sans relever l'offense. C'est vrai, je suis née d'une famille de la Compagnie. Mais je n'en suis plus. Je suis venue au monde, fille de la maison Bowles. Mais je n'en suis plus. J'ai renoncé à cette lignée, à ces gens qui m'ont vue naître, et suis venue ici avec Hari. Désormais, je suis Perle, et rien de plus.

— En mer, j'ai entendu des ragots. Les prisonniers et les matelots parlaient d'une fille promise à Ottmar, d'une future mariée dans la maison Bowles.

— Je me suis enfuie.

— Ottmar de Sel, gardien de l'Abîme, déclama-t-il en refermant violemment la main en un poing sur la poignée de son couteau, ses phalanges perdant leur sang, blanches de conviction.

— Et Ottmar est aujourd'hui assis sur son propre trône. Les familles ont été décimées, bien des gens sont morts, les miens aussi. Ottmar a lancé ses hommes après moi, m'a fait pourchasser. Alors, ne me hais pas. Tout ce que nous savions du monde n'est plus. Les anciennes batailles n'ont plus de fiel. Nous devons maintenant nous battre pour d'autres idéaux, contre un nouvel ennemi.

— Tu dis vrai, Perle, concéda Gantok, qui aimait renchérir. Pose ce couteau qui ne te sert en rien.

Avec tout ce qu'on savait de la lenteur, après ce qui sembla la plus longue des luttes intérieures, Tarl se soumit à la volonté d'une femme, ce qui était contre nature, et au conseil d'un aîné, ce qui lui fut plus facile. La marque qu'il avait au front s'assombrit comme sa hargne, passant d'un rouge humide au blanc sec.

— Prends place avec nous autour de cette table, Tarl. Dis-nous ce que l'Abîme de sel t'a appris.

Tarl s'exécuta, son choix se portant sur la chaise la plus près de la porte.

— Je ne vais… et ne suis pas, s'embrouilla-t-il dans une introduction hésitante. Ce que je veux dire, c'est que je ne veux pas…

— C'est le pire des endroits, nous savons cela.

— Avant tout, dit-il avec plus d'aplomb, vous devez me dire ce qui se passe dans la cité. Je sais qu'on se bat là-bas, que c'est presque la guerre et qu'Ottmar se dit roi. Mais si je dois vous dire quoi que ce soit, vous devez d'abord me parler de ce qui se passe dans les terriers.

— Les Natifs sont parmi tes gens, ils surveillent et agissent dans l'ombre ; personne ne les soupçonne. Xantee les écoute, elle sait tout ce qu'ils disent.

— Qu'est-ce qu'ils disent ?

— La rumeur dit vrai, Ottmar se proclame roi, le nouveau souverain, même s'il n'a de souverain que le titre. Ottmar n'est qu'un nouveau nom pour dire « Compagnie ». Son ambition n'a d'égale que sa cruauté. Sa haine est impitoyable, son bras aime tuer et tuera quiconque ose se mettre en travers de son chemin, quiconque s'oppose, tous ceux qui risquent le soulèvement d'une idée, d'un doigt protestataire. Les grandes familles sont mortes. Les restes des Bowles et leurs avoirs fument encore. Mais bien des choses échappent à Ottmar dans cette prise de pouvoir, et rien n'est moins facile que cette lubie souveraine qu'il veut concrétiser. Les villages au sud et à l'est sont en rébellion ouverte, et ses soldats se heurteront là à des hommes qui se disent aussi rois et maîtres. Et dans la cité même, on voit s'unir des fonctionnaires, des auditeurs et des propriétaires ; et de nouvelles armées se lèvent en leur nom, et bientôt, ce seront les travailleurs qui se rebelleront et eux seront légion. L'un dans l'autre, l'armée d'Ottmar ne peut écraser le monde entier. On dit qu'il y en a même parmi les Faucheurs qui ont fait défection. Aussi bien dire qu'Ottmar a de longues luttes sans merci.

— Mais dans les terriers ? s'impatienta Tarl, qui devenait plus anxieux.

— Oui, les terriers. Ce qu'on en sait, c'est qu'on s'y bat. Qu'il y a cet homme qui se fait appeler Keech…

— Un terrier porte son nom. Et de tous les chasseurs de sa tribu, Keech est le plus grand.

— D'autres voix parlent de celui qu'on nomme Keg…

— Et son terrier a ce même nom, répondit Tarl sur le ton de celui qui rappelle l'évidence.

— Donc, deux hommes, entend-on dire, chacun à la tête de sa propre bande. Dans ces terriers, on s'organise et de simples chasseurs se font pilleurs, raflent, font couler le sang et sèment le feu dans la ville. Le désordre est si grand que les Faucheurs n'osent plus patrouiller et évitent certaines zones ; dans les ruines et les terriers, on ne les voit plus. Il y aurait aussi des femmes, qui se liguent contre le nouvel ordre d'Ottmar, et on ne compte plus les morts à l'arme blanche dont on les accuse.

— Ce clan de femmes, c'est celui du Terrier clos, commenta Tarl d'un ton monotone qui trahissait l'exaspération. On peut toujours tourner autour du pot, mais la vraie question, c'est : qui mène le Terrier du sang ?

— De cela, nous n'avons rien entendu, pas même un bruit ou une rumeur confuse. Mais chose certaine, nous verrons s'égrainer bien des années avant qu'Ottmar devienne le roi qu'il se targue d'être. Oui, sa médiocrité est indéniable, mais cela n'enlève rien à sa suprématie et au fait qu'il l'exercera sans pitié. Malgré toute l'insurrection, la victoire d'Ottmar est inévitable. Et depuis la cité, on entend parler d'une progéniture, d'un fils, Kyle-Ott, un esprit vif, mais plus cruel encore que son géniteur. La cité a de sombres jours devant elle.

— À la tête du Terrier de sang, il n'y aurait personne, rumina Tarl. Rien d'étonnant, je dois dire. Et Keech y voit sa chance. Ce ne serait pas une première, d'ailleurs. Je dois y retourner.

— Non, Tarl, s'opposa Hari.

— Hari, je dois le faire. Et il faut que tu saches…, commença-t-il avant de se retourner vers Gantok. Je dois te dire, reprit-il après une pause, que Keech n'est pas le pire de nos problèmes. Et que mon devoir est de sortir les gens du Terrier du sang.

— Ce que tu crains vient de l'Abîme de sel, comprit Feuille-de-thé.

— Oui, de l'Abîme.

— Parle, Tarl. Dis-nous.

Son visage sembla se décomposer. On eut dit que sa peau glissait sur la chair que ses os ne retenaient plus. Chien rampa sous la table et sur ses pieds, se vautrant avec l'air de craindre le pire.

— Je n'ai pas de mots pour ça, reconnut Tarl, qui parla avec une franchise entière.

— L'essentiel ne se dit pas toujours en mots. Dis-le autrement. Souviens-toi de cette autre voix, si tu le peux, et ouvre ton esprit. Laisse-moi voir en toi ce que tu ne sais pas prononcer.

Un frisson de crainte le traversa et il fit ce que Feuille-de-thé demandait. Ses mains tremblantes posées sur la table, il baissa les yeux et son regard s'arrêta dans le creux de ses paumes, espérant peut-être qu'en fixant sa propre chair, il s'assurait de rester sain d'esprit, ses mains comme une ancre dans le réel, sa bouée de sauvetage. À grand-peine et au terme d'un long moment de recueillement, Tarl trouva la volonté de puiser dans ses souvenirs. Il évoqua pour que Feuille-de-thé les voie les douloureux moments passés dans le plus sombre des endroits.

Feuille-de-thé vit ce qu'il lui montrait et elle s'adressa en pensée à tous ceux présents, dans la voix de Tarl, avec cet accent déchirant de la tribu du sang :

— *On m'a pris, moi, Tarl le chasseur, et, sur la Place du peuple, chaînes aux pieds, corde au cou, on m'a traîné comme une bête, on m'a tiré derrière une charrette. Par les ruelles, les hommes de fer m'ont emmené dans une des casernes reculées contre le mur de la cité. Ils ont fait la distribution des vêtements, mais ne m'ont rien donné. Mes camarades ont eu à manger et moi, je n'ai eu droit qu'à une croûte de pain, car un Faucheur était mort et l'auditeur, blessé. À leurs yeux, j'étais un sauvageon qu'il fallait enchaîner, et c'est ce qu'ils m'ont fait, comme à un autre malheureux, un garçon maigre et un peu fou qui hurlait et crachait en l'air. Comme moi, on l'envoyait à l'Abîme de sel. Pendant quatre longs jours, nous avons été détenus dans une cellule, après quoi ils nous ont traînés jusqu'au port et embarqués sur un vaisseau, un navire de la flotte d'Ottmar. D'autres hommes se trouvaient déjà à bord, partant pour les mines de sel, mais seuls moi et Krog — il s'appelait Krog, mais ne venait pas des terriers ; c'était un homme de la ville, un meurtrier selon les autorités — étions condamnés à l'Abîme de sel. Oui, Krog crachait et hurlait, mais il n'exprimait rien d'autre par là que la peur, car dès la première nuit en mer, dans la cellule qui nous isolait des autres prisonniers, je l'ai vu faire une boucle de sa chaîne et se pendre au mur sur un clou de fer. Il préférait la mort à l'Abîme de sel. J'aurais pu l'empêcher, mais je n'ai rien fait. Si c'est le désir d'un homme de mourir, respectons ce choix.*

Hari respirait fort, son regard se fixant sur son père. Assise, Perle voûtait le dos, cachant ses yeux dans ses mains.

— *Le lendemain, quand ils l'ont trouvé,* reprit la voix de Tarl que Feuille-de-thé jugea bon de ne pas adoucir, *les soldats l'ont décroché et le cadavre a été jeté par-dessus bord. J'ai cru qu'ils me réserveraient ce même sort, mais ils m'ont tiré de ma cellule et traîné sur le pont pour m'attacher à la rambarde. J'ai été sévèrement battu. Ils ne se sont pas arrêtés avant d'avoir vidé toute la colère de leur système. Ensuite, ils m'ont laissé à moi-même, à me vider de mon sang. Je suis resté là la journée entière, sans eau, sous le soleil de plomb. Mais je ne suis pas faible, je suis Tarl. Jamais je n'aurais supplié et je refusais de mourir. Pour passer le temps, j'ai écouté les marins parler et appris les événements qui bouleversaient la cité. Ottmar s'était proclamé roi. La Compagnie, la sacro-sainte Compagnie au-delà des mers, était tombée et aucun navire ne viendrait plus ; et Ottmar l'avait compris le premier et avait agi à la faveur de la nuit. Les Faucheurs, sur l'ordre d'Ottmar, s'en étaient allés égorger dans leur sommeil ceux qu'il accusait de trahison, qu'il disait maintenant ses ennemis ; un grand massacre durant lequel s'étaient éteintes toutes les familles, toutes les maisons. Hommes et femmes, les enfants aussi, tous devaient mourir. Ottmar n'accorda ni procès, ni choix, ni voix* au chapitre et les jeta tous du haut des falaises aux premières lumières de l'aube. Tous périrent dans la chute, et Ottmar les avait regardés mourir. Les marins ont dit que les malheureux criaient comme des mouettes en fendant l'air, s'écrasant au sol comme des sacs de blé qu'on jette à la cale. Les morts gisaient là, brisés sur les roches, n'ayant plus rien à attendre de l'existence que la marée haute qui viendrait bientôt les prendre. On avait vu se répéter le même spectacle pour les gens de la maison Chandler, Kruger, Bowles, Sinclair et toutes les autres. Les marins y trouvaient à rire. Apparemment, les grandes familles n'étaient pas des plus populaires aux yeux de ces gens de la mer. Personne ne pleurait leur perte. Mais ils ont aussi parlé d'une personne, d'un survivant, une fille de la maison Bowles. J'ai entendu son nom, Perle, et on disait d'elle qu'elle serait la future reine d'Ottmar.

Tarl tourna le regard vers Perle, puis dit :

— Ils ne savaient pas la nouvelle de ta fuite. Je crois qu'Ottmar cherche à étouffer l'histoire. Ça ne se fait pas, j'imagine, une mariée qui s'enfuit d'un mariage royal.

Perle enfonça davantage son visage dans ses mains. Sa mère était morte en criant comme un oiseau de mer ; sa sœur aussi, elle qui ne pensait qu'aux plaisirs de la vie, à pleurnicher et à frapper sa servante pour un pli dans un ourlet ; et son père, cet homme trop fier pour implorer la clémence, était tombé comme un gros sac de grains, s'éventrant contre les roches. Elle eut une pensée pour Hubert, revoyant le couteau de Hari filer comme un éclair d'acier vers la gorge de son frère. Hubert ne s'en était pas trop mal sorti en fin de compte.

Elle sentit le regard de Hari sur elle et baissa les mains. Il tenta un sourire compatissant. Elle entendit sa voix silencieuse, mais elle était trop bouleversée pour y trouver le moindre réconfort.

— *Ils ont coupé mes liens à la nuit tombée*, poursuivit Feuille-de-thé avec la voix de Tarl. *J'ai eu droit à quelques seaux d'eau salée dans le dos et on m'a ramené à ma cellule, où après avoir retrouvé mes chaînes, j'ai pu boire de l'eau et manger un quignon de pain; tout ce temps, toutes voiles gonflées, le vaisseau continuait son voyage. Je ne sais combien il a fallu de jours pour se rendre au port minier, mais je me souviens de plusieurs escales. En arrivant enfin à quai, on m'a sorti sur le pont et j'ai vu le port, les wagons convoyés, les hommes et les soldats qui criaient. Toute cette frénésie s'expliquait par le grand embarquement. On réquisitionnait les hommes qui iraient gonfler les rangs de l'armée d'Ottmar. Les Faucheurs nous ont fait débarquer pour ensuite entasser les nouveaux mineurs dans des fourgons à bestiaux tirés par un engin à vapeur. Je les ai vus partir vers les montagnes où la gueule béante de la mine les attendait. Quant à moi, j'ai pris le chemin d'une nouvelle cellule où trois autres détenus attendaient le même sort que moi. On ne nous a plus porté attention avant le quatrième jour, ou était-ce le cinquième? Il faisait noir dans ce trou, et je n'avais plus la notion du temps qui passe. Ils nous nourrissaient rarement en passant de la* nourriture et de l'eau par un trou dans la porte, et nous nous battions pour quelques miettes.

Tarl regarda Feuille-de-thé, l'air d'avoir un point à préciser.

— *Mais je suis Tarl*, expliqua Feuille-de-thé, exposant une pensée que Tarl tenait à faire valoir. *Et je me suis battu pour ma part. Je devais rester fort, c'était ma seule préoccupation. Je croyais encore pouvoir m'échapper. Après un temps apparemment sans fin, ils nous ont sortis au grand jour. Ils nous ont mis aux fers et fait marcher le long des rails, et j'ai pensé que l'Abîme de sel se trouvait tout en haut, dans la mine. Mais j'avais tort. Nous avons pris un autre chemin, suivant une voie ferrée moins importante qui menait vers une colline grise entre d'autres collines vertes. Dans la nuit, nous sommes arrivés devant un abri éclairé d'une lampe à l'huile perchée sur un poteau. Une sentinelle se tenait là, gardant une porte en fer à la base de la colline. Je me souviens d'avoir pensé que c'était l'Abîme de sel et que l'endroit n'avait rien d'exceptionnel. Un seul garde, une porte. L'évasion serait un jeu d'enfant. J'ai caché une pierre dans ma main dans l'idée de m'attaquer plus tard à mes chaînes, mais le garde a remarqué le geste. J'ai craint, mais il m'a seulement souri.*

» On nous a laissé moisir là toute la nuit. Au matin, il y a eu changement de garde, mais notre sort restait incertain. C'était midi quand une charrette conduite par deux prisonniers est apparue sur la voie. Deux fantômes prenaient place dans le tombereau qu'elle tirait. Des fantômes — c'est ce que j'ai dit en les voyant.

Tarl frissonna. Ses mains avaient des mouvements convulsés.

— *J'avais perdu l'esprit et je ne pouvais rien contre ce cauchemar,* raconta Tarl qui se dévoilait à travers Feuille-de-thé. *La faim, le soleil, l'épuisement. Quand j'ai osé regarder à nouveau, j'ai vu que les spectres étaient en fait des hommes, qu'ils étaient habillés d'un genre de métal que je ne connaissais pas, comme du fer, mais malléable, et gris comme les plaies purulentes sur le corps des malades de l'Abîme. Ils portaient ce métal comme un vêtement ; leurs mains en étaient recouvertes, comme aussi leur tête, et ils avaient des plaques de verre devant les yeux. À leur démarche, on les aurait dits malades, ou vieux et fatigués, mais c'était le métal qui pesait sur leurs corps. Il y avait un fonctionnaire avec eux, un com-missaire portant les couleurs d'Ottmar. Il a attendu à la porte que les fantômes le rejoignent. Un des deux fantômes gris transportait une petite boîte faite du même métal. L'autre tenait un canon électrique, chargé à bloc.*

» *Le commissaire a pris la clé qu'il avait à sa ceinture et demandé celle de la sentinelle pour ouvrir la porte en fer. Un souffle s'en est échappé comme les gaz d'une tombe remuée, et le commissaire a crié aux Faucheurs de faire vite. Ils se sont activés, se pressant par la porte ouverte, dans l'obscurité, pour en ressortir un wagon roulant sur les rails qui, eux, s'enfon-çaient dans le noir, sous la terre. Les Faucheurs ont mis un tonnelet d'eau et un sac de vivres dans le wagon, s'assurant de laisser une place assise pour les deux fantômes. Ils nous ont* enchaînés derrière, les quatre que nous étions, et ensuite, le wagon a été poussé dans le tunnel. La porte s'est refermée. Le bruit qu'elle a fait ! Hari (Tarl regarda son fils), c'était comme la grande trappe qui tombe sur les esclaves d'un négrier. Et malgré tout, je me rappelle avoir pensé que j'allais me sortir de cet enfer.

» Le wagon s'était immobilisé puis, dans une secousse, on a senti qu'il repartait, tiré par un système de poulies. On pouvait voir une corde qui courait au sol derrière et devant le wagon. Quelque part dans les profondeurs, sous la colline, des hommes nous tiraient vers eux. Tout était noir. Dans le cortège des prisonniers, j'étais premier en ligne et, sans que les fantômes ne le remarquent, j'ai réussi à m'accrocher derrière le wagon pour surprendre leur discussion. Leurs voix résonnaient dans le pot de métal qu'ils avaient sur la tête et s'élevaient en écho dans la mine. C'est en les écoutant que j'ai appris les plans d'Ottmar.

» Le fantôme avec la boîte a dit ceci : « Nous devons faire vite. Je n'ai pas confiance en ces combinaisons, je crains que nos gants soient inefficaces et, bien franchement, je doute que le verre soit étanche. J'en recueillerai une poignée. Une seule, tu m'entends ? Et je la mettrai dans la boîte. Après, on dégage. »

» L'autre, celui avec le canon électrique, lui a demandé : « Qu'est-ce que le roi Ottmar veut en faire ? » Ce à quoi son acolyte a répondu : « Il veut l'étudier, l'examiner. Et lorsqu'il en aura appris suffisamment, nous pourrons amener cette chose dans les terriers et ouvrir la boîte. La lumière en sortira *et brûlera la vermine, où qu'elle se cache. Tous ces rats de voleurs tomberont malades, puis mourront, et notre ville sera enfin propre. Ottmar s'occupera ensuite des rebelles dans les plaines, comme des sauvages dans les jungles. Et un jour, lorsqu'il en maîtrisera tous les secrets et saura en faire des armes d'assaut, nous traverserons les mers et conquerrons les terres anciennes d'où notre pouvoir s'étendra à tous les mondes. Un glorieux avenir nous attend, mais... »*

» L'autre fantôme a attendu avant de dire enfin : « Nous devons entrer et sortir dans un même respire. J'agirai vite et toi, tu surveilleras mes arrières. N'hésite pas et abats tout homme assez fou pour s'approcher. »

» Je savais à présent, reprit Feuille-de-thé avec la voix de Tarl, *ce qu'Ottmar avait en tête, mais j'ignorais encore ce qu'était cette chose que les fantômes voulaient cacher dans la boîte. J'ai donc attendu, accroché derrière le wagon. Il y aurait bientôt une lumière dans le noir et j'avais bien l'intention de lui arracher le fusil des mains. J'allais tuer les fantômes. J'allais mener les esclaves hors de l'Abîme de sel, dans la lumière du jour. J'allais tuer la sentinelle, tuer le commissaire, voler un navire et voguer jusqu'à la cité. J'allais armer les terriers et retourner cette arme mystérieuse contre Ottmar, quelle qu'elle soit. C'était mon plan. À cet instant, tout était décidé.*

Feuille-de-thé ne parlait plus et Tarl s'était gonflé de colère. Mais après un moment, il redevint pitoyable, voire abattu, voûtant le dos. Sa tête baissée au-dessus de la table, sa voix, c'est-à-dire celle de Feuille-de-thé reprenant ses intonations et son accent, se brisa en un fin murmure :

— *Et dans un instant aussi, rien de tout cela n'existait plus.*

Il regarda devant lui, ses yeux vidés de toute vie.

— *L'obscurité s'est éclaircie*, reprit Feuille-de-thé. *La lumière grandissait devant nous, dans le tunnel. Une lumière verte, une couleur de pourriture, de gangrène, s'introduisait sous ma peau comme un parasite pour y pondre ses œufs. J'ai senti le fourmillement de la ponte, j'ai senti les œufs éclore et la lumière se propager en moi ; et j'ai su alors que l'Abîme de sel dépassait en horreur tout ce dont l'imagination est capable. Je me suis dit à moi-même : tu es mort.*

Il se tourna vers Hari.

— *Hari, mon fils, j'ai vraiment dit ces mots. J'étais mort.*

Feuille-de-thé s'arrêta. Gantok ne disait rien. Perle ne bougeait plus sur son tabouret, son visage plus blanc que la neige en montagne. Tarl posa sa tête sur la table et pleura. Personne ne savait comment réagir, et Hari tendit les bras comme un père le ferait pour son enfant malade. Il s'avança et se serra contre son père, attendant que ses sanglots s'épuisent.

— Nous sommes venus pour toi, Tarl, dit-il. Tu es vivant.

— Oui, vous êtes venus, répéta Tarl, sa voix étouffée. Mais je ne suis plus le Tarl que j'étais. Désormais, je suis le Tarl qu'on a marqué à l'acide. Je suis le Tarl qui est mort.

— Tu es Tarl qui a vu le mal, dit Feuille-de-thé. Et qui l'a ressenti, sous sa peau. Mais tu n'es pas mort, contrairement à bien d'autres moins chanceux dans l'Abîme de sel. Tu as vu l'horreur se tortiller comme des vers qui se nourriraient du cerveau des hommes. Mais tu es revenu et tu nous parles d'agir, d'aller dans les terriers pour y mener tes gens loin de ce que ces fantômes transportent dans leur boîte. Mais Tarl, tu ne nous as rien dit de ce qui gît dans la lumière de l'Abîme de sel. Qu'as-tu vu en arrivant à la source ? Dis-nous cela. Termine le récit de tes épreuves de sorte que nous puissions réagir et décider de ce qu'il s'impose de faire.

Tarl releva la tête et regarda Feuille-de-thé. Il essuya son visage mouillé dans sa manche.

— Un peu d'eau, demanda-t-il d'une voix rauque.

Hari alla prendre la carafe sur la table et lui versa un verre. Tarl but, puis versa le dernier trait dans sa paume pour s'en asperger le front et les joues.

— Je sens encore le mal sur ma peau, dit-il. Je ne serai plus jamais libre.

— Tu es libre, dit Feuille-de-thé. Plus libre que tu ne l'étais avant.

— Femme, tu ne sais pas de quoi tu parles. Bon, je veux bien tout dire, mais ce sera de ma bouche que vous l'entendrez. Encore de l'eau, Hari, demanda-t-il.

— Je m'accrochais au wagon et la lumière se précisait, lança Tarl. Nous sommes arrivés dans une caverne où le soleil aurait pu briller tant elle était éclairée, mais un soleil vert, et cet astre brillait non pas d'une source, mais de partout à la fois. J'étais ébloui, les yeux me brûlaient. Dans l'intense lumière, j'ai deviné des contours d'hommes, une bande, dix ou quinze, leur peau chauffée à blanc, attendant là où les rails se terminaient. Parmi eux, il y en avait quelques-uns qui tiraient la corde qui revenait en boucle entre les rails de la voie. Ils ont stoppé le wagon et les fantômes en sont sortis. Celui avec le canon tenait en joue les hommes, de pauvres diables flétris, ratatinés, des morts, Hari. Et ces moribonds — car c'est ce qu'ils étaient et ne pouvaient pas l'ignorer — s'attroupaient autour du wagon et déchargeaient le sac et le tonnelet. C'est à ce moment qu'un d'entre eux a crié : « Ce n'est pas assez ! » Et le fantôme avec le canon a répondu en hurlant qu'un autre wagon viendrait lorsqu'ils remonteraient dans le tunnel. Après l'annonce, il a fait le compte des hommes et remarqué qu'il en manquait trois — trois malheureux errant dans les tunnels qui s'ouvraient sur les côtés de la caverne, trois pauvres morts partis voir si des rats vivaient là. « Nous amenons quatre nouveaux ouvriers, a dit le fantôme. Voyez à ce qu'ils aient leur part. » Ça l'a fait rire de dire ça, un rire qui allait résonner longtemps dans la caverne, sur les murs et dans la voûte. Il nous a détachés.

— Et l'autre fantôme, que faisait-il ? l'interrogea Gantok.

— J'y arrive. Au fond de la caverne, il y avait un monticule de terre comme la vase qui s'écoule des drains après l'orage et qui sèche au soleil, et c'était sûrement là que les hommes creusaient, puisqu'on voyait des pelles et des râteaux laissés en tas. Une veine s'ouvrait derrière la montagne de vase séchée. Elle était jaune, cette terre, et pourtant, elle cachait en elle du vert.

— De quoi s'agissait-il? demanda Gantok.

— Du sel, vieil homme. Du sel d'abîme.

— Et qu'est-ce que c'est, le sel d'abîme?

— Je ne sais pas, mais ce qui ne fait pas de doute, c'est que les hommes en meurent.

— Et l'autre fantôme, que faisait-il?

— Il a soulevé une trappe s'ouvrant dans le sol de la caverne et une intense lumière verte s'en est échappée, puissante comme les éclairs. J'ai vu le squelette de son corps comme un arbre en hiver. Il a plongé une main dans le trou. Quand il l'a ressortie, sa main était en feu, un feu liquide qui coulait, un feu vert. Il a laissé tomber ce qu'il tenait dans la boîte et a vite refermé le tout, la boîte et la trappe. La lumière, du moins pour ce qu'elle avait de pire, s'est éteinte.

— Qu'y avait-il sous cette trappe?

— Je n'ai jamais vu ce que c'était. Combien de temps suis-je resté là-bas?

— Environ deux jours, peut-être moins, mais pas davantage, car autrement, tu n'aurais jamais eu la force de te battre contre la maladie, expliqua Feuille-de-thé.

— Deux jours. En deux jours, je n'ai jamais vu un seul homme trouver le moindre grain de sel vert. C'est rare à ce point, et assez puissant pour traverser la terre et le roc de sa lumière. Les mineurs disent tout simplement «la mort» pour parler du sel d'abîme. Si on trouve un grain — et c'est rare d'en trouver un plus gros qu'une rognure d'ongle, à ce qu'on dit —, il faut courir jusqu'au trou dans le sol, l'y jeter et refermer la trappe. Après, on essaie d'oublier. Et c'est tout. Si les hommes peuvent montrer aux fantômes de métal qu'il y a une nouvelle marque de brûlure au bout d'une pelle, ils reçoivent une prime, plus de nourriture. C'est comme ça, l'Abîme de sel.

Tarl leva ses mains en coupe.

— Le fantôme en a pris comme ça, démontra-t-il. Ensuite, lui et son acolyte ont grimpé dans le wagon et dit aux ouvriers de tirer fort sur la corde, sinon il n'y aurait plus de nourriture ce jour-là. Ils ont tiré et le wagon s'est remis à rouler sur les rails pour disparaître peu après. Et j'étais condamné dans l'Abîme de sel. Et j'étais mort. Je n'avais plus d'espoir, Hari.

— Jusqu'à ce que tu entendes ma voix, dit Hari.

— Oui, ta voix. Elle est venue comme une pensée. Elle est venue comme un murmure. Comme le vent, Hari, me soufflant au visage. Elle disait : «Suis-moi.» Je l'ai suivie et vous connaissez le reste : un homme mort est venu à vous, marchant dans les tunnels de la caverne.

— Tu n'es pas mort. Tu as combattu les rats. Sans toi, nous étions perdus.

— Et maintenant…, commença Tarl sans pouvoir cacher le désespoir qui l'écrasait.

Feuille-de-thé tendit la main et toucha Tarl du bout des doigts. Il s'écarta.

— Je n'ai plus besoin d'aide, dit-il. Il me faut seulement mon fils.

— Pourquoi, Tarl ?

— Pour retourner dans la cité. Pour réveiller les terriers. Pour guider les gens, les avertir du danger, leur parler du sel. Je dois trouver ce sel et le détruire. À cette condition seulement pourrai-je vaincre Ottmar.

— Le sel ne peut être détruit, dit Feuille-de-thé.

— Tu n'en sais rien.

— Il doit être volé. Volé et ramené sous terre, dans la colline d'où il n'aurait jamais dû sortir. Ensuite, il faudra condamner la colline à tout jamais.

Personne n'osa ajouter au débat, trop inquiet par la tâche à accomplir.

Après un long silence, Tarl s'écria :

— Et qui serait assez fou pour faire ça ?

À nouveau, personne n'ouvrit la bouche. Personne ne parla à voix haute. Mais Perle, qui ne bougeait pas sur son tabouret, qui ne remuait pas même un cil, dit à Hari d'une voix qui échappa à Feuille-de-thé :

— *J'irai, Hari. Je volerai le sel et je le ramènerai là où il ne menacera plus personne. Viendras-tu avec moi ?*

Hari eut cette réponse tout aussi silencieuse :

— *Oui, je viendrai.*

CHAPITRE 11

Le petit bateau était lourdement chargé. Tarl prenait place à l'avant, fixant la route devant, avec Chien appuyé contre sa cuisse. Il broyait du noir, observant les flots et ne s'adressant à personne. Perle et Hari occupaient la poupe, la barre du gouvernail entre eux. Perle se tenait prête à tirer les cordages et à tendre la voile, à assurer l'équilibre en déplaçant les sacs de nourriture et les outres d'eau si le vent venait à tourner. Elle gardait un regard inquiet sur l'horizon, cherchant les premiers signes d'un orage. Vu sa modeste taille, le bateau pouvait verser par grands vents.

Feuille-de-thé connaissait leur plan et rien n'aurait servi de le lui cacher.

— Je viens avec vous, avait-elle dit.

— Non, Feuille-de-thé, lui avait répondu Perle. Trois, c'est déjà trop. Hari connaît les terriers et moi, la ville. Nous passerons en secret, sans alarmer quiconque. Personne ne nous trouvera. Et nous savons tes enseignements — nous savons maintenant comment rendre les hommes aveugles à notre présence, comment jeter leurs souvenirs dans l'oubli.

— Tarl sait-il ce que vous prévoyez ?

— Hari le lui a dit. Tarl ne croit pas en nos chances de trouver la boîte. Il dit que nous… en fait que Hari va mourir. Mais il sait que nous devons tenter le tout pour le tout, que sinon ce sera la fin pour les gens des terriers. Tarl veut se rendre au Terrier du sang et tout dire aux gens de sa tribu.

— Les sauver de ce sombre personnage, ce Keech, avait ajouté Feuille-de-thé. Et les préparer à se battre.

— Oui, se battre contre Ottmar, c'est ce qu'il veut. Mais c'est un mystère pour moi ; je ne comprends pas ce qui se passe sous son crâne. Il croit perdre son fils.

À midi, ils revinrent à terre pour manger et se reposer avant de reprendre la mer. Le jour suivant ne fut pas différent du premier, et Tarl resta assis et muet à la proue du bateau. Ils s'avancèrent plus au large, passant les trois collines et le port minier. Tarl détourna les yeux pour ne pas voir, sa main crispée dans le poil de Chien, serrant si fort en fait que l'animal gémit pour qu'il le lâche.

— Tarl, dit Hari, nous sommes passés. C'est derrière nous, maintenant.

Le voyage en mer dura encore quatre jours et quatre nuits à dormir dans des criques enchâssées ; et c'est au cinquième matin qu'ils aperçurent les toits de la ville et les manoirs perchés sur les collines, les rayons du soleil levant dans les fenêtres. Ils n'osèrent pas s'approcher et restèrent au large jusqu'à la nuit tombée. Les collines et les maisons blanches s'étaient perdues dans la pénombre. Au-dessus du port, la tache sombre des terriers semblait s'étirer pour ne plus jamais s'arrêter, grimpante dans un paysage ruiné. Des volutes de fumée s'élevèrent, se courbant dans le vent.

— Les terriers brûlent, dit Hari.

— La cité est en flammes, dit Perle.

Elle repensa à cette femme, Tilly, et espéra qu'elle et son bébé, qui était peut-être né, se trouvaient en sûreté dans leur maison adossée au mur de la ville.

— Nous aurions dû peindre notre voile en noir.

Dans l'heure obscure, avant que la lune n'apparaisse, ils naviguèrent vers le port, passant devant les navires amarrés et vides, ne faisant d'autres bruits que celui de fendre l'eau, s'avançant entre deux quais déserts. Perle amena la voile, puis Hari et elle soulevèrent le mât pour le coucher à plat. Ils tirèrent le bateau sous un quai, entre les pilotis, où ils attachèrent l'amarre.

— Tarl, dit Hari, et enfin son père broncha.

— Hari, quand tu auras la boîte, je veux que tu me l'amènes. Je ne l'ouvrirai pas, c'est promis. Mais je m'en servirai comme monnaie d'échange avec Ottmar. Ce sera ça, mon arme. Ne la ramène pas à la colline maudite. Ramène-la-moi.

Il dit cela, mais à l'évidence, il n'y croyait pas, et Hari sut que son père était convaincu de l'échec de cette aventure, persuadé que Perle et lui n'allaient pas réussir. Ils marchaient vers une mort programmée.

Hari eut cette pensée : « Mort ou pas, j'ai perdu mon père. Je ne lui livrerai pas la boîte. Personne ne l'aura. Nous ramènerons ce poison où il se doit, sous la colline. »

Il sentit son cœur s'emplir d'une profonde tristesse pour son père, et pour lui-même. Il hocha la tête et mentit à Tarl :

— Oui. Je ferai comme tu dis.

Ils prirent quelques vivres et de l'eau et grimpèrent dans les pilotis, avec Chien qui nageait sous eux. Cachés dans les ombres des bâtiments au pied du quai, ils prirent un moment pour écouter la ville. Il n'y avait aucun mouvement, aucun son sauf celui d'une seule explosion au loin, un seul tir de canon électrique.

— Où vas-tu, Tarl ?

— Au Terrier du sang, répondit-il en posant la main sur l'épaule de Hari. Retrouve-moi là-bas.

— Je t'y retrouverai, dit Hari, qui disait vrai cette fois, car lorsque la boîte serait en sûreté dans les cavernes, il reviendrait chercher son père. Sois prudent, Tarl. Keech est fourbe et rusé. Il est rapide aussi.

— Je lui offrirai de conclure un pacte, lui proposerai que nous nous battions ensemble jusqu'à la mort d'Ottmar.

— *Oui, mais ensuite ?* pensa Hari.

Tarl n'eut aucune parole pour Perle.

— Viens avec moi, Chien, dit-il seulement en s'éloignant le long du bâtiment.

L'animal courut vers lui sans jamais regarder derrière.

— Tarl ne connaît qu'une voie et c'est celle de l'affrontement, celle de la violence, dit Hari.

— Il me hait parce que ma famille était avec la Compagnie, se peina Perle.

— Nous ne sommes plus rien désormais. Tu n'es plus avec la Compagnie et je ne suis plus du Terrier du sang.

Avec leurs sacs sur le dos, ils s'avancèrent sans bruit dans les rues désertes du port. On voyait partout des signes de pillages et de luttes. Il y avait eu des meurtres, aussi. Ils croisèrent des corps que les meutes de chiens et les rats n'avaient pas encore trouvés ; la preuve que la nourriture se faisait abondante. En ces temps de colère, des cadavres jonchaient à chaque coin de rue. Hari ouvrait la voie avec prudence. Il ne connaissait pas le port, mis à part le monde aquatique sous les quais. D'ordinaire, les gens des terriers n'osaient pas s'aventurer dans ces rues — il y avait toujours trop de Faucheurs en patrouille. À présent, il ne restait plus que le silence et l'abandon, les devantures sans lumière, les fenêtres vides, les marches encombrées de débris et les ordures. Étrangement, Hari trouvait le quartier plus inquiétant que dans ses souvenirs.

— Où allons-nous ? dit Perle.

— Une rue où je saurai m'orienter. Quand j'aurai trouvé mes repères, je te dirai par où nous allons.

Ils débouchèrent d'une rue sombre sur une place qui délimitait le port du Terrier clos. On trouvait là un mur d'enceinte le long duquel les femmes venaient vendre leurs corps à des marins pour ensuite conclure le marché plus loin dans les terrains vagues entre les deux quartiers. Hari trouva une ruelle qu'il connaissait et, dans le temps de le dire, Perle et lui se retrouvèrent devant la porte de la cellule de Lo.

— Lo vivait ici. C'est lui qui m'a enseigné comment parler aux rats et aux chiens.

— Et aux chevaux, ajouta Perle, qui venait de revoir en pensée son frère Hubert être désarçonné par son cheval.

— Pour les chevaux, j'ai appris par moi-même. Lo m'a aussi montré l'histoire, celle de la Compagnie, celle des guerres.

Il écarta le rideau. Un rayon de la nouvelle lune entrait dans la cellule. Le squelette du vieil homme luisait faiblement par terre — un crâne fracassé, des os gisant pêle-mêle, et c'était tout. Les chiens n'avaient pas fait les choses à moitié.

«Ils mouraient de faim», pensa Hari. Lo aurait compris. Et, enfin, il valait mieux les chiens que les rats.

Il laissa le rideau retomber. Lo lui semblait très loin. Lo n'était plus.

— Reste près de moi, Perle. Et sois alerte. Assure-toi que personne ne nous suit. Je m'occupe des rencontres éventuelles.

Elle le laissa passer en avant, car après tout, c'était son territoire. Ce serait à elle de prendre la tête quand ils entreraient dans la cité.

Ils traversèrent le Terrier de Keg. Il n'y avait pas de vie dans les rues et aucune activité dans les ruines, mais les signes de lutte étaient partout.

Keech et Keg s'étaient battus ici. Les femmes du Terrier clos aussi.

— Vois-tu le cadavre de cette femme, là? dit Hari. Elle tient encore un couteau.

— Mais ce n'est qu'une enfant.

— On grandit vite dans les terriers. Keech a remporté cette bataille. Keg est sans doute mort. Et des femmes qui se sont soulevées du Terrier clos, celles qui ont survécu auront joint l'armée de Keech.

— Où est-il allé?

— Dans son terrier, celui qui porte son nom. Mais il aura laissé des éclaireurs dans les ruines. Restons prudents.

Ils entendirent des cris au loin, des gémissements dans l'entrée d'une maison tout près et virent, en bas d'une longue rue, un feu rouge devant lequel des silhouettes noires dansaient.

— Où se trouve le Terrier du sang?

— À la limite des territoires de Keech. Tarl s'est mis en tête d'unir la tribu, mais le temps est compté. Il devra faire vite.

Ils gravirent des tas de pierres et de briques, marchèrent sous des arches et se glissèrent dans les égouts, sous des allées qui avaient jadis été de larges rues passantes.

— Voilà le Terrier du sang, nous y sommes, annonça Hari.

— J'entends des chiens.

— Sur la Place du peuple.

Il s'engouffra dans un bâtiment par le trou d'un mur effondré, grimpa sur une poutre fracturée vers les pièces à l'étage et courut vers les bruits distants. Il atteignit bientôt la grande salle aux mosaïques où il s'était réfugié le jour de la capture de Tarl. Perle arriva peu de temps après, le souffle court, à bout de course.

— Nous nous éloignons de la cité, s'inquiéta-t-elle.

— Je veux voir ce qui arrive à Tarl.

Il courut dans la salle et monta sur les murs couchés et les meubles cassés, passant en courant au-dessus du trou de la Porte de l'est. Il fit le tour de la place jusqu'à retrouver la fenêtre où, en ce jour qui semblait maintenant si lointain, il s'était penché pour voir les Faucheurs enchaîner Tarl à une charrette et l'emmener.

Il se coucha par terre et regarda par le trou, puis pensa à arracher quelques bouts de bois pourris pour que Perle, qui venait se coucher à ses côtés, puisse voir, elle aussi.

Les aboiements avaient cessé, mais l'endroit gardait une forte odeur, celle d'une grande meute de chiens. D'abord, Hari ne l'aperçut pas, son regard s'attardant plutôt sur le marais, avec Cowl le libérateur qui sortait la tête de l'eau, couverte de limon vert, et brandissait bien haut son glaive. C'est alors qu'il vit les chiens réunis devant la tête émergée du libérateur, et aussi Tarl.

Hari reconnut la meute. C'était celle du chien noir et blond — le chien qu'on avait baptisé avec imagination Chien. La meute était plus forte, le double en nombre, mais le vieux chien au museau gris la commandait encore. Et Hari comprit sans mal que Chien s'était mis en tête de défier l'autorité du chef. Les deux animaux se faisaient face, le chef devant sa meute et Chien à son opposé, avec Tarl se tenant debout à une dizaine de pas derrière. Tarl n'allait pas s'interposer, pas ouvertement du moins. Cette bataille, c'était celle des chefs.

Les adversaires tournaient en rond, grognant, et Hari pensa que Chien allait perdre et que la meute s'en prendrait aussitôt à Tarl.

Le chef de la meute était un grand chien, fort de corps et vif d'esprit, avec une mâchoire longue et portant les cicatrices de plusieurs combats. Malgré sa supériorité de force et de légitimité, il semblait incertain, hésitant devant son adversaire de moindre taille qui lui tournait autour, babines retroussées. Chien n'était plus cet animal malade qui avait suivi Hari un soir de famine. Il ne boitait plus. Le repos dans le village, la bonne nourriture en abondance lui avait redonné ses forces. On voyait qu'il avait pris du coffre, sa large tête plate semblait plus osseuse, et sa gueule s'ouvrait sur des crocs aiguisés, avec de fortes molaires à l'angle de la mâchoire. Il tremblait d'une énergie et d'une force contenues.

Le moment de l'attaque fut trop rapide pour être compris à l'œil nu. Ce fut Chien qui ouvrit les hostilités, non pas en s'attaquant à la gorge du chef de meute, comme Hari s'y attendait, mais en fondant sur une de ses pattes avant, dans un bruyant claquement de mâchoire et d'une seule morsure...

— Tarl l'aide, dit Hari. J'entends la voix de Tarl.

Perle en avait assez vu. Elle se détourna de la scène, ferma les yeux et se boucha les oreilles. Hari ne la blâma pas ; il en aurait fait tout autant.

« Maintenant, à la gorge », perçut Hari, un ordre dans l'esprit de Tarl.

Le chien obéit et la bataille fut terminée aussi vite qu'on l'avait engagée.

Chien resserra sa prise, secoua la tête, déchira le cou de l'adversaire et recula de quelques pas, levant la truffe au ciel en hurlant sa victoire. Tarl resta debout, immobile. La meute se lança en avant, déchiquetant le cadavre de leur ancien chef jusqu'à ce qu'il n'en reste plus que des lambeaux poilus et des os brisés.

— C'est terminé, Perle.

— On peut y aller ?

— Attendons. Des gens arrivent.

En effet, on voyait des silhouettes sortir des trous, des portes, des entrées et venir sur la Place du peuple.

Tarl attendait sans bouger. Hari entendit à nouveau sa voix s'adressant à Chien :

— *Tu es leur nouveau chef, rameute-les. Dis-leur qu'ils ne manqueront pas de nourriture. Fais-leur comprendre que je suis ton ami.*

Chien aboya trois fois et les animaux vinrent derrière lui. Il se mit à marcher de long en large devant eux. Hari n'entendait pas ce qu'il disait.

Les gens s'approchaient à présent. Ils étaient armés de lances, de couteaux, de pieux et de gourdins faits de fer ou de pierre.

Tarl s'avança dans la meute pour rejoindre Chien. Il fit face à la foule grossissante et fit arrêter les gens en levant la main.

— Je suis Tarl, dit-il. J'ai survécu à l'Abîme de sel.

On entendit une rumeur se répandre dans la foule, un chuchotement de plus en plus profond, teinté tantôt d'incrédulité, tantôt d'admiration, jusqu'à ce que s'élève le cri d'une femme vers l'arrière de l'attroupement :

— Personne ne revient jamais de l'Abîme de sel.

— Je suis Tarl. Tarl revient et se tient devant vous. Regardez-moi. Voici mon bras droit. Voici mon poignard, déclama-t-il avant d'écarter les cheveux de son front. Et voici la marque que la Compagnie a brûlée dans ma peau.

— Personne n'en revient. Tu n'es qu'un imposteur. Un monstre qui a volé son corps !

— Tu as dévoré Tarl !

— Tu as mangé son âme !

— Tu n'es pas Tarl !

— Ils vont le tuer, dit Perle dans un court murmure.

— Non, mon père est changé.

Tarl désigna un homme, un grand gaillard au front bombé, et lui dit :

— Trabert, j'entends ta voix. Serais-tu aujourd'hui le chef du Terrier du sang ? Si oui, accepterais-tu de te battre contre moi, comme les chiens se sont battus ?

— Notre terrier n'a pas de chef. Et personne ne se bat avec un fantôme.

Tarl eut un grand sourire et leva la lame de son couteau, la faisant courir sur la ligne anguleuse de sa mâchoire. Du sang lui coulait sur le torse.

— Et ils saignent, tes fantômes, Trabert ?

Dans la foule, on entendit s'élever des encouragements et des plaintes, tandis que les chiens gémissaient à l'odeur du sang.

Une femme cria :

— Si tu es Tarl et vivant, est-ce que ton fils Hari vit aussi ?

— Il s'est noyé, cria une autre fille. Nous l'avons vu mourir dans le marais. Près du mur.

— C'est faux, affirma Tarl avec assurance. Il a nagé et trouvé un trou dans le mur pour sortir de l'autre côté. Hari est en vie. Il se cache dans l'ombre. Il se déplace sans être vu. Il est parti voler l'arme qu'Ottmar a trouvée dans l'Abîme de sel. Une arme qui brûle les hommes et les réduits en cendres. Il m'apportera l'arme et nous combattrons Ottmar. C'est lui que nous réduirons en poussière.

Sans ouvrir la bouche, il parla à Chien :

— *Dis à ta meute de hurler.*

Chien releva le museau et poussa un long hurlement vite imité par le reste de la meute — un son qui prit Hari et Perle par surprise, et leur réflexe fut de s'ôter de la fenêtre. Lorsque l'horrible cri s'évanouit dans l'air, Tarl invita la foule :

— Les chiens le savent. Ils me suivront. Vous, me suivrez-vous ?

— Les hommes ne courent pas avec les chiens, dit Trabert qui regardait pourtant tout autour de lui, incertain de la réaction des gens.

— Les temps ont changé. Et les hommes — ceux du Terrier du sang — doivent changer aussi. La Compagnie ne viendra plus, mais elle existe toujours. La Compagnie porte maintenant le nom d'Ottmar, et tout reste à craindre. Il a prévu de nous tuer avec son arme. Notre seule chance est de nous joindre à Keech pour l'affronter. Toi, Trabert, toi, Wonk, vous avez agi sagement. Vous avez laissé Ottmar et l'armée de fonctionnaires se battre, et les ouvriers aussi. Ils s'entretuent et ne se soucient pas de nous. Mais nous devons passer aujourd'hui à l'acte et nous battre aux côtés de Keech. Nous devons nous joindre à lui et être prêts. Les terriers frapperont. Nous nous battrons à notre manière — depuis les ruines, depuis les trous dans la terre. Frapper et disparaître, c'est ainsi que nous ferons. Nous serons des ombres. Ils ne nous verront jamais. Des ombres armées de couteaux, trop rapides pour leurs canons électriques. Jamais ils ne nous repéreront. Et nous aurons aussi l'arme d'Ottmar, quand Hari l'apportera. Quand tout sera terminé, la cité sera nôtre à nouveau, et son nom sera Appartenance, comme ce l'était avant la Compagnie.

— Et qui gouvernera ? demanda Trabert. Keech ou le Terrier du sang ?

— C'est un sujet qu'il faudra débattre un autre jour. Je m'occuperai de Keech. Mais pour ce qui est des choses d'aujourd'hui, je vous le demande, allez-vous me suivre ?

— Oui, ils le suivront, dit Hari.

Il se détourna de la fenêtre et fit quelques pas indécis.

— Allez, viens, Perle, décida-t-il, prenant sa main pour l'aider à se lever. Allons trouver la boîte d'Ottmar et ramenons-la à la colline morte avant que quelqu'un ne l'ouvre et tue la cité et le monde.

CHAPITRE 12

Sachant que personne ne viendrait les déranger, ils s'étaient installés pour la nuit et le jour suivant dans la cache de Tarl, cette pièce où le grand chasseur du Terrier du sang avait constitué les réserves et les armes d'une rébellion aussi futile que rêvée.

Quand il fit nuit à nouveau, Perle et Hari sortirent de leur cachette et s'en allèrent en longeant le mur de la cité. Ils s'arrêtèrent devant une conduite qu'un grillage bloquait jadis et que gardaient en temps normal les soldats de la Compagnie. C'était en effet un lieu connu des autorités, une brèche souvent testée par les gens des terriers. Or, il n'y avait désormais personne pour garder ou forcer cette voie d'accès interdite, et seul le bruit des eaux s'écoulant dans le fossé puis vers la mer se faisait entendre.

— Je ne suis jamais entré par ici, mais je connais le tracé des conduites qui mènent à cette sortie, raconta Hari. C'était mon dernier chemin de fuite en cas de pépin, et aussi le chemin le plus risqué pour sortir de l'Enclave.

— Où aboutirons-nous ?

— Tout près d'une maison garnie de drapeaux avec une flamme jaune.

— La maison Sinclair.

— Ici, les rats sont petits. Tu n'as rien à craindre.

— Je n'ai pas peur des rats, Hari. D'ailleurs, je n'ai plus peur de rien.

— Entrons avant que le clair de lune n'allonge les ombres et trahisse notre présence.

La conduite souterraine charriait très peu d'eau pour sa taille et, bien qu'ils se mouillaient les pieds, Hari et Perle s'y déplaçaient avec aise, sans même voûter le dos. Depuis les quatre coins de l'Enclave, des tuyaux de fer venaient se greffer, à gauche comme à droite, mais aussi par le haut, à la canalisation où ils avançaient, certains dévidant leurs eaux usées dans un flot continu, d'autres gouttant à peine. En suivant la canalisation principale, leurs pas les menèrent tout droit sous la cité. Hari s'arrêta bientôt à l'embranchement d'un conduit secondaire.

— À partir d'ici, il faut ramper… et croiser les doigts pour que les nuages ne crèvent pas, sinon, c'est la noyade assurée, avertit-il en éteignant dans l'eau la torche qu'il avait allumée à l'entrée des égouts. Dans ce conduit, on grimpe en aveugle.

Les parois étaient visqueuses et, pour ne pas glisser, il fallait serrer les coudes, au sens propre comme au figuré. Le tuyau se redressait parfois à la verticale, mais dans ces passages abrupts, on avait soudé dans le métal et à intervalles réguliers des barreaux de fer pour faciliter l'inspection des canalisations. L'effort leur aurait sans doute coûté beaucoup en temps normal, mais la progression se fit sans peine et sans sueur tant leurs corps avaient été exercés dans les longs jours de marche en montagne, durant la traversée de la jungle, sans parler des épreuves que la mer fait endurer à ceux qui la découvrent. Sans même le vouloir, Hari pressentait un malaise dans les pensées de Perle tandis qu'ils grimpaient vers la surface et la vie qu'elle avait autrefois connue. Mais Hari vit aussi que ce doute ne changeait rien à sa détermination. En fait, il était surpris de voir la force de ses intentions. Lui, il avait vu la lumière verte, les horreurs qu'elle pouvait faire aux rats, et il s'était engagé contre le sel empoisonné qui tuait la vie, et la déformait. Elle avait cet autre engagement tout aussi fort de trouver ce poison et de l'arracher des mains d'un meurtrier, pour que le massacre cesse, pour que sa famille ne soit pas morte en vain.

Un début de lumière vint sur leurs visages, depuis la surface.

— Nous y sommes. Juste là, par la bouche d'égout, c'est la rue que la lune éclaire. Mais avec ces sacs sur le dos, on ne passera pas.

Il ferma les yeux et envoya son esprit sonder les environs.

— Personne ne garde l'endroit et les maisons sont vides.

— C'est sûrement qu'on occupe les autres manoirs, ceux des Kruger, des Bowles et d'Ottmar, présuma Perle.

— Je sens la présence d'une seule sentinelle sur les murs. Le roi a sans doute réduit tous ses effectifs pour gonfler les rangs de l'armée.

Hari prit son sac et le poussa dans la rue. Il se glissa dans l'ouverture et s'assit sur le trottoir. Perle fit bientôt de même et se retrouva assise à côté de lui.

— J'entends des chiens hurler par là, fit remarquer Perle. C'est la direction des terriers, n'est-ce pas ?

— Oui, et c'est la meute de Tarl. Il est parti traiter avec Keech.

Ces bruits avaient piqué la curiosité de la sentinelle qui tournait le dos à la rue. Profitant de la diversion, Perle et Hari traversèrent à la course et en ligne droite cette portion d'avenue à découvert. Bientôt, ils furent devant le quartier où Perle avait vécu, devant ses années d'enfance. Perle avait pris la tête de l'expédition, et ce, même si Hari voulut prétendre qu'il connaissait l'endroit aussi bien sinon mieux qu'elle ; et notamment où et comment fuir si les choses tournaient mal. En effet, Hari savait sur le bout des doigts toutes les cachettes que les falaises et les environs pouvaient offrir.

Ils sautèrent la clôture séparant la rue du manoir de la famille Sinclair, où l'herbe qu'on ne coupait plus s'emmêlait sous le pied. Les haies aussi poussaient maintenant sans égards à ce qu'en pensaient les maîtres des lieux et leur jardinier. Les allées étaient jonchées de détritus et les mauvaises herbes s'installaient déjà dans les platebandes. À voir l'état de la maison, on devinait qu'Ottmar lui avait conféré une autre vocation, celle de loger les troupes qu'il enverrait en guerre.

En prenant des précautions de voleurs, Perle et Hari se dirigèrent à l'arrière de la demeure. Ouvrant les yeux de l'esprit, ils cherchèrent quelque part parmi les ombres la présence d'un quelconque guetteur, mais n'en trouvèrent aucun. Les maisons Parlane et Bassett se trouvaient plus haut, avec leurs jardins verdoyants jusqu'au bord des falaises. Les vastes bâtiments étaient déserts, tout comme leurs dépendances. Un peu plus loin encore, ils arrivèrent à la propriété des Bowles. Perle se hissa pour regarder par-dessus le muret.

— Je vois des soldats.

— Le manoir de ta famille doit servir de caserne.

Des hommes anéantis par la bataille s'étaient couchés sur les pelouses ou prenaient leur mal en patience, adossés aux murs, les bras ballants et la tête lourde.

— Ils reviennent du combat, observa Perle. La maison est pleine de blessés et ne peut plus en accueillir davantage. C'est tant mieux, je n'y aurais pas mis les pieds de toute manière.

— Je connais un sentier qui longe les falaises. Allons par là.

Ils partirent en courant dans les jardins de la maison Bassett, s'accroupissant lorsque le muret n'offrait plus une hauteur sûre et les exposait aux regards des soldats sur la propriété des Bowles. Ils obliquèrent comme les pierres du muret devant le vide de la falaise et purent bientôt ralentir le pas, protégés par une haute clôture d'arbres ornementaux qui commençaient à perdre cette forme pour laquelle ils étaient si prisés. Une grille en fer forgé coupait le sentier et servait en temps normal à protéger le promeneur d'un escarpement dangereux et de la chute fatale. Perle reconnut l'endroit et entraîna Hari jusqu'au banc qu'elle connaissait et qui offrait une vue plongeante sur l'immensité de la mer et la ligne tourmentée du littoral.

— J'aimerais m'asseoir un instant, Hari.

Elle venait ici avec Feuille-de-thé durant les chaudes soirées d'été, mais parfois aussi la nuit lorsqu'on dormait à poings fermés dans la maison Bowles. Et c'est sur ce même banc et dans ce même décor qu'elle revoyait à présent Feuille-de-thé lui dire le nom des étoiles, lui raconter comment la lune commande les marées, lui expliquer pourquoi soufflent les vents et d'où sont nées bien d'autres merveilles. Elles avaient regardé ensemble le port et les intrigantes activités qui s'y déroulaient, avec ses rues marquées de réverbères, et ses navires amarrés aux quais, déchargeant leurs grains, le charbon, le thé et le bois — et le sel, se rappela-t-elle à cet instant dans un frisson inquiet. À présent, le port était tout noir,

sauf peut-être en un endroit où quelques flammes mouraient d'avoir dévoré la carcasse d'un entrepôt visité par
des pilleurs.

En laissant glisser son regard dans le paysage, Perle
découvrait les falaises, les caps déchiquetés s'élançant
dans la mer. Elle ne s'y était jamais intéressée et Feuille-
de-thé s'était gardée de lui raconter les événements qui
hantaient ces roches ; mais elle les avait néanmoins
entendus, de la bouche d'enfants qui bavassaient. Elle
savait donc qu'en ce lieu où les jardins des maisons
Bowles et Ottmar s'effaçaient dans une pointe de roc
que là où la terre se dérobe aux regards et plonge en
falaise vers des récifs noirs, les grandes familles avaient
trouvé la plus horrible des morts. C'était loin d'elle à
l'époque, l'histoire d'une vie qu'elle n'avait pas connue,
un récit d'avant la Compagnie, la conquête et la Grande
Guerre. Feuille-de-thé lui avait au moins dit cela. C'est
pourquoi elle savait la signification du monument érigé
— la main en marbre blanc, la main de la Compagnie
dressée sur son socle, avec ses doigts crispés, s'accrochant au ciel. Mais était-ce là la crispation de l'agonie ou
une promesse de vengeance ? Perle n'aurait su le dire,
mais croyait que ce pouvait être les deux à la fois.

Elle alla s'asseoir sur le banc. Hari l'accompagna et
attendit sans rien dire. Perle tourna les yeux vers le
monument de marbre — Hari se rappela qu'il avait
l'habitude de cracher sur cette main à tous ses passages
— et sur les caps rocheux qui s'imposaient à la mer.

Ottmar se servait à nouveau de ces falaises pour assassiner des gens. Elle eut une pensée pour sa famille, se la remémorant pour ce qu'elle avait eu de bien, et des larmes se mirent à couler sur ses joues.

« Fleur, pensa-t-elle. Fleur aimait m'habiller de ses vieilles robes quand j'étais petite. Elle me brossait les cheveux et y attachait des rubans. Fleur aurait fait une très bonne servante. Et ce métier l'aurait sans doute rendue heureuse. Et Hubert, qui aimait mieux les chevaux que les gens. Hubert aurait dû travailler aux écuries, comme valet. » Elle pensa à son père, mais, même en cherchant bien, elle ne trouva rien qui aurait su le rendre heureux, comme pour sa mère d'ailleurs, et William et George. Perle pleura tout de même pour eux. Peu après, elle sécha ses larmes et se leva.

— On peut y aller. J'ai terminé.

— Il y a des façons bien moins expéditives de mourir, dit Hari, qui se voulait réconfortant.

— Tais-toi, Hari.

Ils traversèrent les jardins, laissant derrière eux le paysage découpé des falaises. Le mur ceignant la maison Ottmar était plus imposant et haut. Perle dut grimper sur les épaules de Hari pour se hisser au sommet.

— Je ne vois personne, mais il y a de la lumière dans le manoir.

Elle se pencha, le bras tendu, et Hari sauta pour attraper sa main et grimper sur le mur.

— Je n'entends pas de bruits de bataille dans la cité. Ottmar est sûrement de retour de campagne. Il y aura des gardes dans le manoir.

— Mais aucun dans les jardins? J'imagine qu'il se croit intouchable derrière ces murs.

On ne voyait pas d'autres lumières dans le manoir que celles qui éclairaient le rez-de-chaussée. Perle et Hari s'élancèrent en bas du mur, courant d'abord avant de faire une pause et de repartir à pas de loup, leur esprit toujours à l'affût de la moindre présence cachée; mais il n'y avait personne dans les haies et les arbres en fleurs. Ils attendirent qu'un soldat vienne relever la garde d'une sentinelle postée à l'arrière de la propriété, près d'une porte dérobée. Le soldat démis de ses charges marcha vers une fontaine qui lançait de longues gerbes d'eau dans les airs. Il s'y aspergea le visage et but dans ses mains en coupe.

— Ce sont des soldats, pas des Faucheurs, dit Perle.

— Ils ont des fusils, mais pas de gants électriques, ajouta Hari.

— Je m'occupe de celui à la porte. Toi, maîtrise celui devant la fontaine.

Hari secoua la tête, puis sourit en pensant que les mœurs changeaient. Les femmes prenaient les devants et les décisions. Tout changeait. Et il pensa que cela n'avait rien de mal.

Perle rampa vers la fontaine, sans s'avancer dans la lumière que filtraient les fenêtres. Elle regarda Hari du coin de l'œil, derrière la haie, au coin de la maison; elle sentit son esprit agir sur l'homme, puis vit la sentinelle, qui n'était plus à son poste, s'immobiliser. Elle se leva, sortant dans la lumière et marchant vers le garde à la porte. Il se raidit en la voyant, un cri coincé dans la gorge — elle lui était apparue comme un spectre —, et fit balancer son arme sur la bandoulière, mais c'était trop tard :

— *Ne bouge plus*, dicta-t-elle, ce même ordre que Feuille-de-thé avait utilisé la nuit de leur fuite.

Bouche béante, sa carabine pointée au-dessus de toute cible, il obtempéra, et ce, même si Perle sentait encore le reste d'un élan de révolte. Il faudrait qu'elle soit meilleure à l'avenir. Elle marcha jusqu'à lui, des pas doux sur l'herbe tendre.

— *Mets-toi au garde-à-vous, crosse de fusil posée par terre. Reste en poste. Ne bronche plus.*

C'est exactement ce qu'il fit.

— *Hari ?* héla-t-elle de sa voix muette.

— *Oui, Perle. Tout va bien. Je l'ai eu : la simplicité même !*

Elle en douta et n'avait pas tort.

— *Bon, eh bien, allez, dépêche-toi avant que d'autres gardes rappliquent.*

Hari apprécia cette marque de franc-parler et revint en courant dans le noir, passant par la pelouse et évitant les fenêtres éclairées.

Perle s'adressa une dernière fois à la sentinelle :

— *Personne n'est venu par ici. Tu n'as rien vu.*

Elle mit toute la conviction de son esprit dans cet ordre et se satisfit de voir l'oubli comme une mort passagère dans les yeux de la sentinelle.

— *Demande-lui…*, commença Hari.

— *Chut !* fit-elle.

Elle savait fort bien quoi faire.

— *Où se trouve Ottmar ?*

— Dans la salle où son état-major est réuni, déclara-t-il avec raideur, mais d'une voix sans émotion aucune.

— *Où est Kyle-Ott ?*

— Avec le roi et ses commandants.

— *Y a-t-il des gardes à l'intérieur ?*

— Devant les portes de cette salle de réunion, à l'entrée et au portail.

— *Et où Ottmar garde-t-il le sel ?*

Au dernier mot de cette question, elle craignit de perdre son emprise sur le garde. Il broncha, ses yeux retrouvant une lueur de lucidité, et Hari, derrière elle, eut l'esprit de dire :

— *Du calme, mon vieux.*

— C'est un chemin bien étroit que celui de ce pouvoir, chuchota-t-il à l'oreille de Perle. Il suffit d'un faux pas et c'est l'échec.

— Je n'aurais pas mieux dit.

Elle renforça l'ordre de Hari en y ajoutant sa voix :

— *Calme-toi. C'est bien. Maintenant, je veux que tu m'écoutes attentivement. Ottmar possède une nouvelle arme. Où la garde-t-il ?*

La sentinelle sembla réfléchir un instant et Perle sentit les souvenirs de cet homme faire des ronds dans sa tête comme un poisson dans son bol. Il dit enfin :

— Des hommes sont venus avec une boîte.

— *Quand ?*

— Il y a six jours.

— *Où l'ont-ils amenée ?*

— Au sous-sol, là où les servantes dorment.

— *Dans quelle aile ? Celle des femmes ou des hommes ?*

— Celle des femmes.

— *Ces hommes, y sont-ils encore ?*

— Ils ne sont jamais ressortis.

— *Bien. Maintenant, reste à ton poste. Oublie-nous. Quand nous partirons, nous n'existerons plus.*

Ils entrèrent par la porte arrière et pénétrèrent dans un vestibule. Perle avait plusieurs fois assisté aux banquets et aux bals dans ce manoir ; récemment encore, elle y avait attiré l'attention d'Ottmar, et séduit aussi Kyle-Ott. Les grandes salles se trouvaient un peu plus loin — la salle de réception, la salle à manger, la salle de bal, les galeries, tandis que les salons et les chambres se trouvaient à l'étage —, mais par cette entrée discrète, on avait immédiatement accès aux cuisines et à l'arrière-cuisine. Perle soupçonnait que la salle de l'état-major était en fait l'ancienne salle de bal. Ottmar n'était pas le genre d'homme à choisir moins que les plus grandioses espaces pour concevoir ses plans.

Des escaliers menant au sous-sol partaient de chaque côté du vestibule. Rien ne les différenciait, sauf le subtil arôme d'un parfum féminin venant des marches de gauche. C'est donc à gauche qu'ils allèrent. En bas, il y avait une grande pièce où les servantes prenaient les repas. Les tables et les chaises avaient été poussées contre les murs et, dans un coin, on avait empilé des lits en bois comme pour en faire un feu de joie.

Ils traversèrent la salle et empruntèrent le premier de deux corridors qui menaient aux autres pièces du dortoir. Une seule lampe éclairait le passage et il y avait un garde, debout, à mi-chemin entre eux et la lumière, sa tête invisible dans l'ombre et ses pieds dans le voile lumineux qui sortait de sous une porte.

— *Tu as remarqué comme moi l'autre corridor?* demanda Hari. *Je crois qu'il vaudrait mieux faire le tour plutôt que d'attaquer de front.*

Ils rebroussèrent chemin et se retrouvèrent dans un couloir plus étroit où l'obscurité semblait presque souterraine. Se dirigeant à tâtons, ils aperçurent bientôt une lumière diffuse s'échappant de sous une autre porte. Marchant sur la pointe des pieds, faisant des pas nerveux sur les planches grinçantes, ils s'y rendirent et cherchèrent une présence derrière la porte.

— *Deux hommes*, déclara Perle. *Tout au fond de la pièce.*

— *Ils ne sont pas rassurés. Ressens-tu leur peur ? Le sel est dans cette pièce.*

— *Comment peux-tu l'affirmer ?*

— *J'y ai été exposé, souviens-toi. Mais c'est étrange, je ne sens pas la lumière. Ils doivent garder le sel dans la boîte.*

Il porta la main à la poignée et la tint fermement pour ne pas qu'elle grince.

— *Attends une minute, Hari,* l'arrêta Perle dans son geste. *Leur regard, je vais le détourner.*

— *Comment ?*

— *Feuille-de-thé m'a appris quand tu étais avec Danatok.*

Elle transmit de toutes douces commandes, les formulant comme le souffle d'une brise sur un champ de blé, pliant les épis et faisant balancer les tiges lourdes de graines :

« *Voyez où le vent voyage. Voyez où il va.* »

— *C'est fait, ils regardent ailleurs.*

— *Ils regardent l'herbe pousser ! Un jour, il faudra que tu m'apprennes à faire ça,* dit Hari, une pointe d'admiration dans sa voix.

— *Ouvre la porte. Fais gaffe, tout doucement.*

Ils franchirent la porte et Hari la referma derrière eux.

Cette pièce était plus grande que la salle à manger des servantes. Sur un comptoir, il y avait plusieurs bassines pour la toilette. Quelques cabines sans porte s'alignaient sur le mur de droite, servant évidemment aux besoins plus primaires. Plus loin vers le fond, il y avait des lits entassés, cachant le reste de la pièce. On voyait tout de même la lumière de deux lampes à gaz qui dansait au plafond.

Ils entendirent le son sourd de lourdes bottes sur le plancher de bois. Puis, il y eut des voix, résonnant comme si la pièce était vide.

— Combien il y en a ?

— Cent.

— L'impératif, c'est de les armer lentement. Pas plus de trois ou quatre par jour. On ne peut pas risquer davantage.

— Mais il les veut maintenant.

— Nous devrons plaider la patience...

L'autre voix interrompit la première :

— Plaider ! Mais personne ne discute avec Ottmar ! Il nous fera fusiller.

— Mais Slade, la radiation traverse tout. Elle passe à travers le plomb, à travers nos combinaisons. Nous sommes tous les deux malades, Slade ! Cette horreur nous tue.

— Ottmar nous tuera bien avant, rétorqua l'autre voix au bord de la crise de nerfs.

— Je sais, nous devons sortir d'ici.

Et l'homme se mit à se plaindre, sa voix faible, défunte, mais aiguë, comme celle d'un enfant malade.

— Ferme-la, Coney, exigea celui qui se nommait Slade.

À croupetons, avisant chaque geste avec prudence, Perle et Hari allèrent se cacher derrière la pile de lits et cherchèrent à voir la scène entre le treillis de paillasses et de pattes cassées. Deux hommes leur apparurent dans une combinaison de métal gris — le plomb dont ils parlaient l'instant d'avant, supposait Hari. Ils se tenaient dans la lumière des lampes. Sur une table devant eux, il y a avait une petite boîte plate du même métal gris.

— *Est-ce que c'est ce que nous cherchons ?* demanda Perle, qui se doutait que oui.

— *C'est probable.*

— *J'avais un coffret à bijoux plus gros que cette boîte. Comment peut-on retrouver la mort d'autant de gens dans une aussi petite chose ? Et s'ils l'ouvraient…*

— *Ils ne le feront pas, la boîte est scellée. De toute manière, ils ont bien trop peur. Perle, nous devons vite prendre la boîte et la ramener dans l'Abîme de sel. Tu les as entendus comme moi, la maladie les ronge malgré la barrière métallique de leur combinaison.*

— *Je fonce sur le plus éloigné des deux, tu prends l'autre. Concentre-toi et sois précis, retiens-le de toutes tes forces. Mais Hari, qu'est-ce qu'on fait ensuite ?*

— *On rafle la boîte et on déguerpit.*

— *Aussi simple que ça ?*

— *Si tu as une meilleure idée, ne te gêne surtout pas. Le temps de regagner la bouche d'égout et nous sommes saufs. Es-tu prête ?*

— *Attends. Mais attends, je te dis !*

Elle avait mis la main sur son avant-bras et l'empêchait de bouger. On entendit encore le bruit qui avait alerté Perle.

— *Des bruits de pas,* réalisa Hari.

— *On vient vers ici.*

— *S'ils entrent par la porte derrière nous, c'est la catastrophe.*

Les pas s'approchaient et Hari soupira.

— *Ils viennent par le grand corridor,* comprit Perle. *Le garde leur adresse un salut.*

Ils l'entendirent claquer des bottes. La porte s'ouvrit brusquement dans un fracas surprenant et un homme dans l'uniforme des Faucheurs d'Ottmar apparut, balayant rapidement la salle du canon de son fusil électrique.

— Sécurisé ! annonça-t-il d'un cri rauque.

Le second homme, de grade supérieur, fit son entrée et écarta son subalterne.

— Le roi Ottmar et le seigneur Kyle-Ott ! annonçat-il officiellement.

Les hommes à la table s'étaient retournés, des gestes lourds et lents dans leurs habits de métal. Ils essayèrent dans un résultat plutôt grotesque de se mettre au gardeà-vous. On entendit le grondement d'une autre arrivée, d'autres pas dans le corridor.

Ottmar passa la porte et Perle eut presque un cri en le voyant apparaître si près. C'était un homme corpulent qui ne laissait que bien peu d'espace dans le cadre de la porte. Elle ne se le rappelait pas si gros et large, mais peut-être que sa nouvelle importance n'avait eu d'autre effet que d'enfler son orgueil. Il sortait visiblement de table, car on voyait encore aux commissures de ses lèvres et sur son menton le rouge du vin et de la viande saignante — tel qu'elle l'avait vu à table quelques mois plus tôt, lors d'un dîner dans le manoir des Bowles, un événement arrangé par le père de Perle pour amener Ottmar à courtiser sa fille. Malgré l'occasion, Ottmar avait surtout démontré son intérêt pour la nourriture et le vin, claquant souvent des doigts pour qu'on remplisse son verre. À un certain moment, Perle avait senti le regard lubrique d'Ottmar sur son visage et vu qu'il accepterait leur union, ne serait-ce que pour servir l'avancement que le mariage procurerait, mais sûrement aussi pour satisfaire ses envies de chair. Perle avait également compris qu'il se désintéresserait vite d'elle comme on se défait d'un plat terminé. Et Perle avait senti qu'il dégustait sa peur comme s'il s'agissait du grand vin, qu'il l'avalait à coup de gosier, à grands traits, en faisant de grands bruits avides. Si ce n'avait été de Feuille-de-thé qui, debout contre le mur avec les autres servantes, lui disait de garder son calme, elle se serait levée pour quitter la table sans remords.

À nouveau, le sort voulut qu'ils soient réunis dans la même pièce et Perle frissonnait de voir Ottmar à quelques pas d'elle. Sa tête rasée luisait comme un œuf.

Comme sous l'effet de la gravité, la chair semblait avoir glissé de cette tête pour s'agglutiner dans les joues et sous la mâchoire, laissant le crâne fragile, exposé, tandis que des roulements de peau s'écrasaient les uns sur les autres en grands bourrelets de gras sous son menton. Il portait des habits de velours et de soie, parés d'un brocart et d'un chapelet de médailles nouvellement frappées, brillantes, bleues, jaunes et rouges. Il dégageait une forte odeur de sueur que les plus forts parfums ne savaient pas cacher. « C'est l'odeur d'une soif de pouvoir et de destruction, pensa Perle. Il ne s'arrêtera pas avant d'avoir tout rasé et reconstruit à son image. »

Kyle-Ott apparut derrière son père et s'arrêta à un pas de ce dernier. Tout son corps trahissait les mêmes rages, les mêmes convoitises. C'était dans ses yeux, insatiables. Perle vit que sa chute dans le feu l'avait marqué : une cicatrice violette recourbée comme la lame d'un couteau sur sa joue.

— *Hari ?*

— *Ne respire même pas.*

Il sentait la menace d'Ottmar. L'homme semblait percevoir leur présence. Ses yeux, petits et profonds dans leurs orbites, prenaient en intensité dans l'ombre qui les cachait et fouillaient l'endroit, semblant percer à travers l'enchevêtrement de lits et y deviner le visage de Hari. Hari ferma tout doucement les paupières, de sorte qu'aucun reflet ni mouvement n'attire l'attention d'Ottmar.

— Veillez à ce que cette pièce soit rangée, dit-il seulement en se détournant de la pile de lits enchevêtrés. Que ce soit fait demain.

— Oui, mon seigneur, répondit sèchement le Faucheur en chef.

— Et postez deux gardes à la porte. Maintenant, dit-il en se tournant vers Slade et Coney, êtes-vous prêts?

— Prêts, mon seigneur, dit l'un des hommes en combinaison de plomb.

— Faites-en la démonstration, alors, les invita-t-il en s'approchant de la table. Le sel s'y trouve? demanda-t-il en indiquant la boîte.

— Oui, mon seigneur. À l'abri, dans cette boîte.

— Y en a-t-il suffisamment?

— Assez pour un millier de balles, un grain par munition. Mais seigneur Ottmar, Votre Majesté…

— Où sont ces balles?

L'homme s'avança lourdement vers la table.

— Les voilà, mon seigneur.

Les objets rangés sur la table ressemblaient à des souris. Ni Hari, ni Perle ne pouvaient en voir le détail.

— De combien en disposons-nous? s'enquit Ottmar.

— Cent au total.

— Bien, cela suffira. Veillez à ce qu'elles soient prêtes au matin.

— Mon seigneur…

— Au matin, répéta Ottmar d'un ton sans équivoque. Et si vous me décevez, vous serez privés de vos combinaisons. On verra si votre travail s'en trouve accéléré.

— Mon père, intervint Kyle-Ott, il faudrait en réserver une. Quand je trouverai la fille, cette Resplendissante Perle, je l'enfermerai avec la balle dans une chambre noire. Et elle brûlera comme elle m'a brûlé.

Perle ressentit toute l'étendue de sa haine et se sentit happée par cette force obscure. Elle se retira plus profondément en elle, là où cette haine ne pourrait pas l'atteindre; et, de ce lieu sûr, elle vit combien la haine déformait ce jeune garçon, combien elle l'enfermait en lui-même. Elle vit aussi que la haine le rendait impuissant, et elle eut pitié de lui.

— Tu feras à ta guise avec cette fille, convint Ottmar, mais connais ta place et ne me fais pas ombrage, avertit-il avant de se tourner vers Slade et Coney. À l'aurore, ordonna-t-il.

Les Faucheurs s'écartèrent et Ottmar quitta la pièce, Kyle-Ottmar se pressant derrière lui. La porte se referma dans un bruyant claquement et on entendit les bruits de pas s'éloigner dans le corridor.

— Nous sommes morts, chuchota Coney.

— Demain, il nous paiera. Et demain, je mangerai, je boirai et je me paierai une femme. Je te souhaite de faire de même, dit Slade.

— Nous sommes des hommes morts.

— Ivres morts, c'est ce que je serai. À présent, Coney, au travail, suggéra-t-il en prenant la boîte.

— Non ! cria Coney. Ne brisons pas le sceau. Ouvrons d'abord les balles.

Perle posa la main sur le bras de Hari.

— *Maintenant*, fit-elle.

— *Frappe-les et fais leur mal, Perle. Ces habits de métal peuvent les défendre de nos attaques comme ils les protègent du sel.*

Ils se levèrent et marchèrent calmement vers les hommes qui leur tournaient le dos, penchés sur la table tout au fond de la salle.

— *Slade*, appela Perle, qui surprit Hari, lui qui pensait que cette cible était la sienne.

— *Coney*, dit-il, utilisant toute sa force et la projetant comme une lance à travers le casque de plomb jusque dans la tête de l'homme.

— *Retourne-toi et regarde-moi, Slade*, commanda Perle.

Les hommes se tournèrent lentement. Leurs yeux fixes et lunatiques derrière les plaques de verre du casque.

— *Dis-moi*, continua Hari, *que sont ces choses posées sur la table ?*

— *Des balles*, répondit Coney d'une voix pâteuse.

— *À quoi elles servent, ces balles ?* exigea de savoir Perle.

— *À tuer l'armée rebelle dans la cité*, répondit passivement Slade.

— *Dis-nous comment*, proposa Hari qui, tout en maîtrisant Coney, se joignait à Perle dans l'esprit de Slade.

Docile, Slade prit une balle sur la table. L'objet n'avait pas la forme d'une balle de fusil, mais se présentait plutôt comme une munition de carabine, une forme grossièrement allongée. Le métal dont elle était faite ressemblait au plomb des combinaisons.

— Il se trouve une petite trappe à charnière d'un côté, expliqua Slade. Grâce au mécanisme, la balle s'ouvre.

Hari avait compris.

— *Et à l'intérieur de la balle, retrouve-t-on un espace pour le sel d'abîme ?*

— Un seul grain suffit.

— *Mais comment Ottmar compte-t-il tirer ces balles ?* demanda Perle.

— Il a fait construire un canon qu'on a hissé sur le mur de la cité. Grâce à cette arme, Ottmar fera pleuvoir les balles sur l'ennemi. Chacune des balles sera scellée, mais ce sceau cèdera sous l'impact, en frappant le sol, et le grain de sel en sera éjecté. Ensuite…

— *La lumière sera libérée dans la ville et tout le monde mourra.*

— C'est le plan d'Ottmar, oui. Ensuite, nous descendrons dans nos combinaisons de plomb et nous retrouverons chaque grain de sel grâce à la lumière qu'ils dégagent, et nous les remettrons dans leur boîte.

— *Et Ottmar libérera ensuite son arme de mort sur les habitants des terriers.*

— Oui, les terriers. Après, il s'attaquera aux armées rebelles du sud.

— *Et se tuera par le fait même.*

— Nous n'avons pas porté ce sujet à sa connaissance. Ottmar ne nous écouterait pas de toute façon. Il se pense invulnérable par sa souveraineté. Un roi ne meurt pas.

— *Hari, prends la boîte et partons,* dit Perle.

— *Attends,* répliqua-t-il. *Slade, voici ce que tu vas faire. Est-ce que les balles sont vides ?*

— Oui, elles sont vides.

— *Scelle-les ainsi, chacune d'elle. Quand Ottmar enverra ses hommes à l'aurore, dis-leur qu'elles contiennent le sel. Ils auront trop peur de vérifier. Ils les emporteront à Ottmar. Quand prévoit-on utiliser le canon sur la ville ?*

— À la nuit tombée. Ottmar veut assister au spectacle et voir le sel briller dans la cité.

— *Sait-il que toute chose vivante sera anéantie ?*

— Il le sait, ou du moins, il ne l'ignore pas. Ottmar n'a aucune conscience. Il croit que nous inventerons pour lui un vaccin contre le sel.

— *Rien ne peut survivre au sel.*

— Non, rien, répondit Slade avec satisfaction.

Slade et Coney étaient faciles à contrôler. Peut-être était-ce la peur qui les rendait plus ouverts aux suggestions de l'esprit. Il restait toutefois à ce Slade assez de volonté pour prendre plaisir à l'hécatombe qu'il aidait à mettre en œuvre ; on le voyait presque déjà goûter à l'agonie du monde et sourire de cette fin. Hari recula dans un instant de dégoût, puis revint à la charge, entrant par l'incision qu'il avait déjà faite dans l'esprit de Slade. Une fois à l'intérieur, il chercha et trouva le berceau de tout ce qui faisait de Slade l'homme qu'il était. Hari écrasa cette idée d'identité jusqu'à ce qu'il n'en reste plus qu'un sentiment d'ignominie.

— *Je pourrais le tuer*, pensa-t-il ; et il sentit quelque chose se tordre en lui, comme dans la caverne, à la frange où se rencontraient les ténèbres et la mort lumineuse et verte.

— Non, Hari ! cria Perle. Le don ne doit pas servir à tuer.

— Je n'y peux rien. C'est trop fort.

— *Tu le peux, Hari*, lui dit-elle en pensée. *Entends ton nom.*

Perle l'insufflait en lui :

— *Hari, Hari.*

Il reconnut ce nom, l'attrapa et s'y accrocha pour l'enchâsser profondément dans son esprit, et ainsi, il trouva la force de s'éloigner peu à peu de la cage noire où il s'était enfermé. Il sentit la maladie glisser hors de lui. Il soufflait bruyamment, reculant devant Slade.

— Tu vas bien ?

— Perle, il y a une autre voix. Je l'ai entendue. Je la suivais.

— C'est ce qu'Ottmar entend, Hari. Tout comme Kyle-Ott. Nous avons l'autre voix, eux pas. Allez, viens maintenant, il faut partir.

— D'accord, sortons d'ici. Fais que ces hommes oublient. Je ne veux plus leur parler.

Il se rendit à la table et ramassa la boîte de plomb. Il faillit l'échapper en réalisant son poids. Elle était chaude, comme le cadavre d'un rat fraîchement tué. Il ouvrit son sac et y poussa la boîte, pressé de ne plus l'avoir dans les mains.

Perle parla à Coney. La peur avait tant réduit l'homme que Perle effaça ses souvenirs aussi aisément qu'elle aurait couché un nourrisson endormi. Elle ramena Slade de l'état dans lequel Hari l'avait laissé. Elle le persuada que seul Ottmar et son fils s'étaient présentés dans la salle, que le temps s'arrêterait quand Hari et elle partiraient pour ne reprendre qu'aux coups de minuit sur l'horloge du manoir. Coney et lui scelleraient les balles et les rendraient, l'aube venue, aux soldats. Ils affirmeraient que la boîte de sel avait été rangée dans son coffre-fort de plomb. C'était tout, mais Perle hésitait. Elle dit enfin :

— Partez d'ici, si vous le pouvez, partez aussi loin que possible, avant qu'Ottmar découvre le stratagème et comprenne que les balles sont vides.

Les hommes se tenaient comme des statues de plâtre, figés même dans leur regard.

— *Allons-y, Hari.*

Ils allèrent prendre la porte derrière le monticule de lits brisés et glissèrent sans bruit hors de la pièce. Ils traversèrent discrètement la salle à manger des servantes et gravirent les marches. La sentinelle se tenait à son poste à l'extérieur. Perle prit le pouvoir sur sa conscience, puis força le garde sur le coin du manoir à admirer la brise dans les herbes hautes. Sans se faire inquiéter, ils purent courir vers la fontaine et s'éclipser dans le noir.

Le chemin du retour aux abords des falaises, par-dessus les murs et dans les jardins, prit un temps considérable. Hari traînait sous le poids de la boîte et grognait en courant. Il ne s'expliquait pas les larmes qui mouillaient ses joues, pas plus que cette impression que ses larmes ne naissaient d'aucun sentiment, mais de la seule présence du sel.

Perle fit tourner la sentinelle sur le mur d'enceinte pour qu'elle regarde les terriers. Hari et elle traversèrent l'avenue et replongèrent dans le noir de la bouche d'égout. Les douze coups de minuit retentissaient à l'horloge d'Ottmar — un son solennel, des coups de mort, quand ils retrouvèrent les voies étroites et humides des canalisations. Hari portait son sac sur le ventre tandis que l'inclinaison des tuyaux les obligeait à glisser sur le dos. Dans le conduit principal, Perle retrouva la torche et l'alluma, prenant la tête dans une cadence soutenue. Arrivée au pied du mur de la cité, elle en éteignit la flamme et Hari les mena dans le fossé qui descendait vers la mer. Le passage était barré en quelques endroits par des murs au mortier effrité par le temps. Perle et Hari n'eurent pas trop de difficulté à les sauter. D'ordinaire, Hari n'aurait pas choisi une voie si propice aux embuscades, mais il avait entendu, dans le lointain, le hurlement des chiens, des cris ponctués comme s'ils étaient orchestrés à la baguette. Il supposa que les discussions sur la Place du peuple avaient cours encore, et peut-être qu'une alliance se concluait, dans le Terrier du sang ou celui de Keech.

— *Tarl*, pensa Hari, *sois prudent.*

Mais il n'eut pas d'autre force pour lui souhaiter davantage. La boîte, chaude et pesante contre son corps, semblait le vider de son énergie vitale.

Ils atteignirent le point où le fossé déversait ses eaux usées dans la mer.

— *D'ici, il nous reste à rejoindre les quais.*

Il y eut des allées enténébrées, des ruelles qui ne leur étaient pas familières. C'était presque l'aube quand ils arrivèrent au quai. À la nage, entre les pilotis, ils retrouvèrent leur bateau, y grimpèrent et Hari se défit aussitôt de son sac. Il avait eu cette impression que la boîte voulait le noyer.

— Je ne peux plus garder cette chose sur moi, dit-il.

Perle souleva le sac et sentit son poids et la chaleur qui piquait la peau.

— Hari, attaches-y une corde et laisse-le à côté du bateau. Espérons que l'eau agisse comme une barrière et nous protège de son effet.

— Ça pourrait empirer les choses.

Malgré ses craintes, Hari noua un bout de corde aux attaches du sac, puis grimpa aussi loin que possible dans les pilotis. Le poids de la boîte entraîna le sac par le fond. Hari attacha la corde à une traverse et revint à la nage vers le bateau. Il se sentait mieux, moins sale.

Ils mangèrent et dormirent, trop épuisés pour réaliser qu'ils étaient détrempés. En ouvrant les yeux, des rayons du soleil dardant entre les planches du quai leur apprirent que c'était l'après-midi.

— Nous ne pouvons rien faire avant qu'il fasse noir, dit Hari.

— Pourquoi pas? Aucun bateau ne nous prendra en chasse. Et pourquoi nous suivrait-on, d'ailleurs? Tout le monde sera occupé à regarder la ville, attendant de voir ce dont le canon d'Ottmar est capable.

Elle avait raison.

— Et nous aurons pris le large avant qu'on suspecte quoi que ce soit. Slade et Coney ne vendront pas la mèche et auront peut-être même fui.

Hari était bien content que Perle eût cette vivacité d'esprit et qu'elle sût penser clairement. De son côté, tout s'embrouillait. Il se sentait incapable de réfléchir correctement.

Ils attendirent quelques instants de plus, à l'affût de tout son inquiétant. Hari retourna dans les pilotis pour en ramener le sac, s'assurant de ne jamais le sortir de l'eau.

— Attache-le à l'arrière du bateau, suggéra Perle. Nous pourrons le remonter une fois à l'Abîme de sel.

— Il nous ralentirait.

— Oui, mais nous serons à l'abri du sel. Le temps que nous prenons pour rejoindre le port minier n'a pas d'importance.

Il attacha le sac et le laissa sombrer. Ils pilotèrent l'embarcation entre les pilotis et sortirent en eaux libres. Levant le mât et la voile, ils voguèrent, dans une brise presque imperceptible sur la peau, s'éloignant lentement du port vers la haute mer.

Le coucher de soleil était d'or et les manoirs perchés sur leurs collines brillaient bleus, jaunes et blancs. Les fenêtres étincelaient dans cette lumière où tout semblait figé. Devant le mur de la cité, les terriers étaient calmes, et on apercevait çà et là un ou deux panaches de fumée.

Un vent frais se leva et tourna vers le large, éloignant des côtés le petit bateau qui avançait néanmoins paresseusement, le sac et la boîte de plomb comme une ancre qu'on aurait oublié de lever. Hari tendait la voile pour obtenir plus de vitesse. Ottmar lancerait son spectacle de lumières avant le lever de la lune, et Hari pressentait que, une fois l'échec constaté, le roi saurait qui accuser du vol et vers où on amenait son arme. Ottmar avait lui aussi cette voix qui lui parlait.

Les dernières lueurs du jour semblaient retenir leur souffle dans le ciel à l'ouest. Puis, elles disparurent comme si on avait jeté une pelletée de terre sur le feu. La nuit vint rapidement, étincelante d'étoiles. Ottmar n'aimerait pas les voir aussi brillantes. Il préférerait une plus grande noirceur.

On alluma quelques lumières dans les manoirs, mais le port et les terriers demeurèrent obscurs. Soudain, le tonnerre retentit, roulant sur l'eau comme une roue de fer sur un plancher de bois.

— C'est commencé, dit Perle.

— Et maintenant, Ottmar sait, laissa tomber Hari.

Il y eut une pause, puis un autre grondement.

— Il ne se découragera pas avant d'avoir vidé toutes ses munitions, s'imagina Perle.

Le bombardement continua.

Perle comptait les tirs.

— Ça fait cinquante.

— Et il n'y a toujours pas de lumière sur la ville.

— Il fera quoi, tu crois? demanda Perle.

— Il tuera des gens. En torturera d'autres, peut-être.

— Hari, il n'a aucune manière de savoir que c'est nous.

Elle avait raison, et malgré tout, Hari avait entendu le murmure d'une autre voix.

Une goutte de feu apparut entre deux manoirs, et l'instant suivant, le son de l'explosion vint sur eux.

— L'armée dans la cité contre-attaque, dit Hari. Les fonctionnaires ont des canons électriques.

Il y eut une autre flamme et une autre détonation.

— Une des maisons a été touchée. C'est la maison Kruger, annonça Perle.

Le canon d'Ottmar s'était tu.

— Il fera appel à la frappe des canons électriques, lui aussi, soupçonna Hari.

— Ils s'entretueront. Le prix sera élevé dans les deux camps, prédit Perle.

Elle tint la barre tandis que Hari travaillait la voile, mais tous deux ne pouvaient détourner le regard des feux qui jaillissaient un peu partout au-dessus des falaises. Le grondement des canons ne cessait plus et une grande lueur s'élevait sur la ville — non celle du sel vert, mais bien l'orangé des flammes dévorant les bâtiments.

La maison Kruger se consuma. Puis…

— Hari, ils ont bombardé ma maison. Ils ont touché la maison Bowles.

— Ils les détruiront toutes. C'est à croire que l'attaque était préparée.

Il eut une pensée pour Tarl, qui devait observer les combats depuis les terriers — et sut qu'il allait attendre.

Quand les deux armées se seraient affrontées jusqu'à l'épuisement, Tarl frapperait.

«Les terriers vont vaincre», pensa Hari. C'était la victoire dont il avait rêvé toute sa vie, et qu'il n'avait jamais cru possible. Mais aujourd'hui, son cœur était lourd et triste. Il avait peur aussi, peur que Tarl, Keech ou un autre prenne les rênes du pouvoir et que rien ne change.

La maison Kruger s'effondra dans une grande explosion de feu et de fumée. Dans sa chute, elle entraîna une plus petite demeure, celle des Roebuck. Le manoir des Bowles brûlait encore. Perle observait la scène sans pouvoir préciser ses souvenirs ni y découvrir ce que cette maison avait signifié pour elle. Il lui sembla qu'elle avait passé sa vie à s'en éloigner, à vouloir en sortir — mais ce désir ne s'était pas montré au grand jour avant l'arrivée de Feuille-de-thé, avant l'éveil de Perle à des vérités autrement plus importantes. Cela dit, cette maison avait un toit, cette maison l'avait gardée au chaud, l'avait nourrie — tandis que Hari crevait de faim dans le Terrier du sang.

Les étages du manoir s'écrasèrent soudain les uns sur les autres et les murs au-dessus du soubassement s'éventrèrent, s'ouvrant comme les pétales rouges d'une fleur de feu. Une colonne de fumée s'éleva en roulant sur elle-même avant de disparaître dans la nuit.

«Elle n'est plus, pensa Perle. Et je ne suis plus une Bowles.»

— Est-ce que ça va ? se troubla Hari.

— Oui, je vais bien.

— Ils les brûleront toutes.

— Fichons le camp d'ici, dit Perle.

CHAPITRE 13

Ils naviguèrent dans la nuit, puis se réfugièrent des grands vents dans une petite baie abritée. Une source d'eau fraîche jaillissant des roches derrière la plage leur permit de refaire des réserves. Hari piégea un poisson dans une lagune peu profonde tandis que Perle trouvait un arbre aux fruits comestibles.

Les vents se montrèrent plus cléments le jour suivant et l'avancée fut bonne. Ils restèrent près des côtes, où des criques offraient souvent un endroit propice au campement et des terres nourricières. Après quatre jours, les collines, deux vertes et une grise, se montrèrent derrière le littoral. Hari fit un grand détour au large pour éviter que l'on repère leur voile depuis le port minier et mit le cap sur la terre au nord des collines. Ils débarquèrent au lieu même où Danatok et lui s'étaient arrêtés au premier jour de liberté de Tarl.

— Perle, dit-il, je n'ai pas besoin de toi. J'irai seul.

— Hari, répondit-elle, je n'ai pas besoin de toi. J'irai seule.

Ses lèvres se fendirent lentement en un grand sourire et, la regardant, il éclata de rire.

— Hari, dit-elle en fronçant les sourcils, ne dis plus
jamais d'idioties pareilles.

— *Je suis désolé.*

Et il l'était en vérité. Les plis d'inquiétude qu'il voyait
sur le front de Perle, c'était lui qui les y avait mis. Pour
souligner combien il était désolé, il s'excusa à nouveau à
voix haute.

— Commençons tout de suite. Amenons le sel à l'intérieur et partons aussi loin que possible.

Ils poussèrent le bateau à l'eau et bordèrent le littoral
de la première colline verte. La marée était plus forte et
haute que le jour où Danatok et Hari étaient arrivés,
mais la mer du côté nord de la colline grise était calme.

— Nous nous amarrerons à l'entrée des cavernes.
C'est impossible de nager longtemps avec la boîte; elle
me noierait.

Des falaises s'érigeaient au-dessus de leurs têtes,
noires et luisantes comme le charbon. Perle braqua le
bateau pour en briser l'allure et Hari sauta à l'eau, allant
fixer la corde sur un pic de roche. Il pensa à laisser beaucoup plus de corde qu'il n'en fallait en prévision de la
marée qui avait déjà commencé son recul. Si le vent
venait à tourner et les vagues à se lever, le bateau se bri-
serait contre la falaise, mais c'était un risque qu'il fallait
prendre. Perle baissa la voile et Hari ramena son sac, le
levant haut au-dessus des flots le temps que l'eau de mer

s'en échappe. Il mit la main à l'intérieur pour vérifier l'état de la boîte.

— Elle est encore chaude.

Il eut la troublante sensation de toucher à quelque chose de vivant.

Perle sortit une torche à demi brûlée du compartiment avant et l'alluma avec le briquet à amadou. Elle mit une torche inutilisée à sa ceinture. Ils allèrent gravir la roche qui cachait l'entrée des cavernes et pénétrèrent dans le trou déchiré de la terre. L'air empoisonné leur colla aussitôt à la peau.

«Voilà pourquoi Hari ne voulait pas que je vienne», se dit Perle.

— *Pressons-nous.*

Hari se lança en avant, tenant la torche haute, retrouvant son chemin comme s'il consultait une carte, un parchemin qu'il déroulerait dans son esprit. Ils avaient parcouru bien peu de terrain quand les premiers cris se firent entendre, des grincements rappelant les gonds rouillés d'une porte. Des yeux rouges comme la braise brillaient sur eux ; des museaux humides et gris s'avançaient tout près du halo de lumière.

— *Il faut faire un mur devant nous et les repousser.*

Les rats mutants rageaient tandis que Perle et Hari les poussaient comme de la poussière dans des coups de balai.

— *Ils ont faim. Ils sont affamés. Bientôt, ils s'entredévoreront.*

Hari n'avançait plus aussi vite et l'aide qu'il apportait à Perle pour chasser les rats vacillait. Elle dut augmenter la pression et s'approcher des rats, et ce, même si le seul fait de les regarder l'emplissait de dégoût. Pour taire cette révulsion, elle se répétait que, sans le poison du sel, les rats ne se seraient pas développés ainsi : nus ou marchant sur une trop longue fourrure, à trois queues ou apparemment sans tête. Ces rats étaient tordus à l'intérieur — et Ottmar souhaitait ce même mal à ses ennemis. Elle se surprit à ressentir une plus grande répugnance pour le roi que pour les rats.

— *Hari ?*

— *Je vais bien, mais la boîte devient de plus en plus lourde.*

— *Rien ne sert d'aller plus loin, Hari.*

— *Il y a une caverne au bout d'un tunnel secondaire, tout près de la lumière, juste avant l'endroit où moi et Danatok nous sommes arrêtés la dernière fois. Il m'a parlé d'eaux sans fond, un bassin dont il a testé la profondeur avec une pierre au bout d'une corde, une pierre qui n'a jamais touché le fond. C'est là qu'il faut jeter la boîte.*

Ils continuèrent d'avancer. Les rats s'écartaient de leur chemin, faisant volte-face dans des cris d'horreur. La boîte en plomb semblait suinter dans le dos de Hari et des sifflements semblaient s'en dégager. Il aurait juré qu'elle disait son nom.

— Ferme-la, saleté, chuchota-t-il en retour.

— C'est encore loin ? dit Perle.

— C'est tout près.

La carte dans son esprit n'était plus tracée, mais il sentait, comme on pressent l'existence d'une pièce cachée, que la caverne secondaire se trouvait tout près devant. D'un seul coup, un tunnel apparut à la lumière de la torche. Un rat qui s'y était sauvé revint en criant. Hari lui asséna un bon coup de pied, puis n'eut plus de force. Il s'appuya contre la paroi et laissa retomber la torche.

Perle le rattrapa et chassa les rats dans un cri de rage.

— Hari, s'écria-t-elle, donne-moi la boîte. Ôte ton sac.

Il releva la tête.

— Perle, dit-il. Perle…

— Qu'est-ce qu'il y a ?

— Si je la gardais, elle me servirait contre Ottmar.

Sur ces mots, il glissa contre le mur et tomba assis par terre.

— Je pourrais l'utiliser contre les deux camps et arrêter les combats.

— Non, Hari.

— Je pourrais…

— Non.

— Je le veux, Perle ! se choqua-t-il, les yeux injectés de sang.

Des rats s'approchaient et Perle, dans une explosion de pensée, les fit voler en arrière. Elle prit la torche de secours à sa ceinture et l'alluma contre celle de Hari.

— Lève-toi, Hari, dit-elle sèchement.

— Non...

— Lève-toi!

Elle employa toute sa force et vit les yeux de Hari se voiler dans la lumière des torches. Il se releva tout doucement, le dos frottant sur le mur. Le sac n'endura pas ce traitement et l'une de ses sangles céda sur son épaule.

— Ôte ce sac et donne-le-moi.

— Perle...

Sa voix venait de très loin, lestée par le poids indicible d'une force maléfique.

— Hari, je ne veux pas t'obliger. Donne-le-moi de plein gré.

— Perle, chuchota-t-il cette fois, et Perle vit une question dans ce murmure.

Avec la lenteur d'un vieillard, il lui montra le flanc. Portant la main à la deuxième sangle, il tira le sac et le posa au sol.

— Ah! souffla-t-il. Ah! fit-il, essoufflé comme s'il avait couru le marathon.

— Merci, Hari. À présent, tiens ma torche.

Elle fit l'échange, prenant la torche qui s'essoufflait maintenant et le sac auquel il manquait une sangle.

— Empêche les rats d'avancer.

Elle s'engouffra dans le tunnel, bifurqua à gauche, puis à droite, et aperçut le fond de cette grotte qui se terminait dans un mur de pierres couchées. Devant elle, il y avait un bassin d'eau pas plus large que les bains parfumés de son enfance, ses eaux miroitantes comme de l'huile dans la lumière de la torche. Perle s'approcha, traînant le sac plus qu'elle ne le transportait. C'est dans cet effort que Perle eut une sensation de picotement, le tortillement d'un ver à la base de sa colonne vertébrale qui forçait sous la peau pour remonter le long de l'échine. D'un sifflement qui était né dans le lointain, à l'orée de tout son existant, le bruit d'un mal sans nom vint à ses oreilles et disait : «Garde-moi, Perle.»

Elle s'enragea.

— Sors de mon corps! cria-t-elle en tenant le sac à bout de bras.

Prenant son élan, elle envoya valser le sac dans les airs d'un grand coup de pied. Il tomba dans l'eau, mais restait à la surface, crachant de l'air pour finalement sombrer dans le bassin. Perle se l'imagina en train de descendre toujours plus creux, sous le regard étonné des créatures sous-marines, pour se perdre dans les profondeurs où Ottmar ne le trouverait jamais, ni Tarl, ni Hari. Ni même Perle.

Le mal qui lui avait soufflé son nom à l'oreille s'était évaporé. «C'était en moi, c'était moi», pensa Perle. Elle revint en courant auprès de Hari.

— C'est fini, Hari! lui cria-t-elle. Je m'en suis débarrassée.

Elle l'entendit sangloter. La bouche ouverte, il restait debout, la torche levée dans sa main. Les rats grouillaient et se mordaient entre eux là où la lumière se faisait diffuse.

— Sortons d'ici, dit-elle.

— C'est impossible, bredouilla Hari. Je ne peux pas.

— Hari! cria Perle en le ramenant vers elle.

— Je ne peux pas. Je dois savoir s'il reste des survivants.

Elle n'avait pas réfléchi à la question.

— Il n'y en aura pas, dit-elle sans vraiment savoir.

— S'il reste des ouvriers en vie, nous devons les sauver. Nous ne pouvons pas les laisser mourir.

L'idée de s'enfoncer davantage dans ce trou du monde terrifiait Perle. Elle jeta un coup d'œil aux rats, qui faisaient le dos rond et pointaient leurs museaux, et douta de son propre courage. Elle n'allait pas pouvoir les retenir bien longtemps.

— Les torches ne dureront pas, prétexta Perle.

— Aide-moi à les appeler.

— Nous ne connaissons pas leur nom. Et même s'ils nous répondaient, ils ne sauraient pas venir jusqu'à nous. Les rats n'en feraient qu'une bouchée.

— Je veux les appeler, Perle.

— Qu'est-ce qu'il faut dire?

— Demande simplement s'il y a quelqu'un.

Ainsi, ils tentèrent la chance, joignant leurs voix dans un même cri silencieux.

Mais personne ne répondit.

— J'essaie de sentir leur présence, dit Hari, qui laissa son esprit s'envoler comme une chauve-souris, mais sa pensée, battant de l'aile, tourna en rond dans une caverne verte qu'il ne pouvait qu'imaginer, et rien ne bougeait dans ce lieu, rien n'y respirait.

— Aide-moi, Perle.

Elle essaya.

— Hari, ils sont tous morts, se peina-t-elle d'insister.

— Nous devons revenir par la colline et les faire sortir par la porte de fer.

En pensant aux ouvriers pris dans la caverne, il voyait son père, décharné, abattu et malade, trimant dans la lumière empoisonnée.

— D'accord, Hari. La porte en fer, nous l'ouvrirons. Mais il faut partir maintenant. Si nous restons plus longtemps sous terre, nous mourrons.

Ils retournèrent sur leurs pas. Les rats suivaient derrière, et Perle dut à deux reprises les chasser dans une puissante vague d'énergie, non différente de celles qui, lors des grandes marées, avalent le sable des plages ; mais malgré tous ses efforts, leurs griffes grattaient, leurs yeux avançaient et leurs gueules affamées criaient toujours plus fort.

— Perle, nous y sommes, s'exclama Hari. Tu vois, il y a une étoile.

Ils balancèrent leurs torches aux rats et sortirent vite des cavernes, retrouvant enfin l'air pur. Ils sautèrent en bas des roches et se jetèrent à l'eau, y plongeant tout leur corps, se nettoyant de la tête aux pieds. L'air de la caverne pris dans leurs vêtements remontait en grosses bulles à la surface. Hari alla détacher le bateau et ils levèrent la voile, fuyant l'ombre de la colline grise.

— J'ai horriblement sommeil, dit Hari.

— C'est pareil pour moi.

Après un temps, ils amenèrent la voile et laissèrent le bateau voguer à la dérive. Ils s'allongèrent trempés, tremblant l'un contre l'autre, et dormirent jusqu'à l'aube.

Il leur fallut la journée entière pour contourner la colline en front de mer et retrouver le paysage du port minier.

— Tout m'a l'air désert, remarqua Perle.

— Ottmar a sans doute engagé tous les hommes dans sa guerre.

— Non, rectifia-t-elle, pas tous. Il en reste un. Regarde : il quitte cette remise près du quai.

Cet homme qui sortait, c'était un Faucheur. Il braqua son canon électrique dans leur direction et fit feu, mais la portée de son arme fut insuffisante et l'éclair alla s'éteindre dans la mer.

— Il vaudrait mieux passer cette pointe de roche et revenir à pied.

Ils mirent le cap au sud et, voyant qu'on tenait compte de son avertissement, le Faucheur rentra dans sa remise.

— Tout semble abandonné, dit Perle. Cet homme est peut-être le dernier.

Ils dissimulèrent le bateau dans les eaux boueuses d'une mangrove, en amont d'une grande crique. Non loin, un ruisseau d'eau fraîche coulait et ils burent et se lavèrent encore pour chasser les picotements du poison.

— Il nous faudra bientôt d'autre nourriture, Hari.

— Il y en aura sûrement dans le port minier.

Ils longèrent le littoral, et ce, même s'il se trouvait des fermes dans les terres et que celles-ci étaient visiblement abandonnées. Aux abords du port, la vie semblait tout aussi figée ; les maisons, les échoppes et l'école étaient vides. Hari et Perle approchèrent avec prudence. Sondant les environs, ils ne décelèrent aucun mouvement, depuis les premiers bâtiments jusqu'aux quais. Là, cependant, deux hommes étaient assis sur un banc et s'occupaient à partager une bouteille de vin. Ils portaient l'uniforme des Faucheurs, même s'ils n'étaient encore que des garçons, des cadets sans doute.

Hari et Perle passèrent de l'autre côté du bâtiment et suivirent le mur jusqu'au quai où ils avaient aperçu le Faucheur. La porte de la remise était ouverte et l'homme se trouvait assis à l'intérieur, tenant une patte de mouton dans sa main et mordant à belles dents dans la viande. Il échappa l'os en voyant Hari dans l'embrasure de la porte.

— *Ne bouge plus*, commanda Hari.

L'homme se figea à moitié hors de sa chaise.

— *Qui es-tu ?*

— Caporal-chef Tuck, s'annonça l'homme.

— *Qui est en charge, ici ?*

— Je le suis.

Hari ouvrit l'esprit de l'homme comme on soulève un couvercle.

— *Combien d'hommes as-tu sous tes ordres ?*

— Deux.

— *C'est tout ?*

— Nous avions deux sections, mais un navire est venu. Ottmar les réquisitionnait pour son armée.

— *Pourquoi le port est-il désert ?*

— Tout le monde s'est enfui. Les hommes ont pris leur famille et se sont sauvés dans la nuit. Ils sont allés au sud, dans les collines. Ils craignaient qu'Ottmar revienne et exige qu'ils fassent la guerre. Les fermiers aussi sont partis. Ils ont emporté leurs moutons et leurs bestiaux. Il ne reste plus personne ici.

— *Où sont les mineurs ?*

— Sans garde pour les surveiller, ils se sont enfuis. Dans les montagnes.

Hari hocha la tête. Les mineurs provenaient souvent des terriers et Hari connaissait la débrouillardise de ces gens. Ils retrouveraient le chemin de la cité.

— *Combien d'hommes sont sortis de l'Abîme de sel ?*

— L'Abîme de sel ? répéta le caporal-chef Tuck, chez qui Hari perçut un frétillement comme du plaisir.

— *Combien en ont réchappé ?*

— Personne ne s'est échappé. Les hommes s'y trouvent encore.

— *Vous avez laissé la porte fermée ?*

— Nous avons suivi les ordres qui interdisent d'ouvrir la porte.

— *Et qui apporte les vivres et l'eau ?*

Le caporal-chef Tuck cligna des yeux, ses paupières lourdes et son regard à moitié mort.

— Pas d'eau. Pas de nourriture.

— *Tu les laisses mourir ?*

— Ce sont mes ordres, dit Tuck. Et n'en faisons pas tout un plat, ce n'était que des esclaves. Il en reste plein d'où ils viennent, dans les terriers.

— Hari, dit Perle, qui s'était approchée à côté de lui.

« Tue-le », dit une voix en Hari. Et c'était sa propre voix.

— Non, dit-il tout haut.

Il extirpa la voix de sa tête et la fit taire.

— *Les derniers vivres ont été livrés quand ?*

— Il y a longtemps, répondit le caporal-chef en secouant la tête. Le jour où les hommes de plomb sont venus récolter le sel.

Hari s'indigna.

— *Ils sont morts, c'est obligé.*

— J'ai envoyé Candy et Fat jeter un œil sur eux. Ils ont parlé de voix qui appelaient au secours derrière la porte. Quand ils y sont retournés, trois ou quatre jours après, plus personne ne criait. Ils ont cogné sur la porte, disant qu'ils apportaient du rosbif et un tonnelet de bière, histoire de rire un peu, mais personne n'a répondu. Tant pis, ce n'était que des esclaves. Et, de toute manière, le commissaire du port est parti avec les clés.

Perle mit la main sur le bras de Hari.

— Je ne vais pas le blesser, lui assura-t-il, mais je ne veux plus lui parler. Prendrais-tu la relève ?

Ce disant, il libéra l'homme. À l'instant même, la main de Tuck alla prendre le canon électrique.

— *Ne bouge plus, Tuck*, dit Perle.

— Demande-lui pourquoi il reste ici. À quoi ça sert de garder une ville fantôme ?

Perle lui posa la question.

— Nos ordres sont d'assurer la garde de l'arme, répondit Tuck. La cale ne pouvait pas contenir une aussi lourde pièce d'artillerie, et on a dû la laisser sur place. Un plus gros navire doit venir la prendre quand Ottmar en aura besoin.

Hari s'avança vers l'homme :

— Montre-moi, dit-il à voix haute.

Ils exigèrent que Tuck sorte sur le quai.

— *Débarrasse-toi de ton arme,* commanda Perle.

Tuck dégaina l'arme.

— *Lance-la à l'eau.*

Ce qu'il fit non sans afficher une moue contrariée.

— *Montre-nous l'arme à présent.*

Le canon avait été remisé dans une resserre — c'était une batterie électrique avec un siège pour le tireur, installée sur le tombereau d'un grand camion. Elle était alimentée par un générateur dans un caisson de métal noir aussi haut qu'un homme.

— Sais-tu comment tirer de cet engin ? demanda tout haut Hari, qui ne voulait plus s'aventurer dans l'esprit du caporal-chef.

— Bien sûr, dit Tuck.

— Alors, qu'attends-tu ? Appelle tes hommes.

— Fat, Candy, ramenez vos fesses ici ! beugla Tuck.

Des bruits de pas rapides vinrent en martelant le bois du grand trottoir à l'extérieur de la remise transformée en bureau. Les cadets s'arrêtèrent en dérapant devant la porte, regardant Tuck sans trop comprendre ce qui se passait là. On vit leur hésitation, puis leurs mains se porter à leur arme.

— *Donnez-les-moi,* dit Perle sans trop dépenser ses forces.

Elle amena leurs fusils devant le quai et les balança à l'eau. En revenant, elle jeta un coup d'œil à Hari et sut ce qu'il avait en tête. Elle le laissa donnant des ordres à Tuck pour aller chercher de la nourriture et trouva ce qu'elle cherchait en fouillant le bureau du Faucheur. Dans son placard, il y avait du fromage et des biscottes. Perle ramena à manger et s'occupa des trois soldats le temps que Hari casse la croûte. Les militaires s'activaient, démarrant la génératrice à vapeur du camion.

Ils quittèrent le port minier en milieu d'après-midi, suivant les rails qui montaient vers la mine de sel. La voie latérale se trouvait à une demi-heure de route. Le cadet répondant au nom de Candy s'occupa de l'aiguillage et actionna le moteur pour pointer la batterie vers la porte en fer. On arrêta le camion à quelques centaines de mètres de la colline grise qui se dressait au loin comme un mur.

— Hari, ne tire pas sur la porte, avertit Perle.

— Non, je ne tirerai pas sur la pierre tombale des morts.

Il avait le sentiment que c'était aussi le tombeau de Tarl — ce Tarl qui l'avait porté sur ses épaules, lui enseignant comment survivre dans les terriers. Il leva les yeux sur la colline grise et y chercha une quelconque faille, une faiblesse géologique.

— Armez la batterie. De combien d'éclairs disposons-nous ?

— Vingt charges élevées, répondit Tuck. Puis de quelques éclairs de basse tension, en attendant que les piles se rechargent.

— Visez la colline, là où cette fissure court sous le surplomb.

Tuck ordonna à Fat et à Candy d'aller à leur poste, ce qu'ils firent. Il fallait tourner les manivelles de visée. Le caporal-chef prit place dans le siège sur le côté de la batterie et calcula la portée en consultant les instruments devant lui. Le canon qui s'élevait lentement s'arrêta à la position voulue.

— C'est bon, maintenant. Feu ! cria Hari.

Il y eut une assourdissante explosion dans la profonde culasse ; une lumière aveuglante sortit du canon, un éclair grésillant et arrondi en sa tête, aussi long qu'un serpent, monta presque paresseusement vers la colline. À mi-chemin, l'éclair se mit à redescendre, grossissant en son centre comme s'il s'était nourri d'air. Il frappa sous le surplomb dans une explosion de feu. Des roches grosses comme des balles de foin furent projetées très haut dans le ciel. La colline parut trembler, mais le surplomb resta bien accroché.

— Tirez encore, ordonna Hari.

Dans la seconde explosion, la saillie s'effondra dans un terrible rugissement et alla ensevelir l'arche menant à la porte en fer, tout en bas de la colline. Le silence revint tandis que la poussière retombait au loin.

— Encore !

Hari fit tirer Tuck encore et encore, ciblant d'abord le bas de la colline, puis plus haut, jusqu'à ce que les roches entassées aillent écraser le lampadaire et l'abri de la sentinelle. La porte en fer se retrouva sous des tonnes de roches que jamais personne ne pourrait déplacer.

Les cadets attendaient les ordres. Tuck se leva, son visage rougi dans la chaleur de la batterie, et fit un salut militaire.

Hari eut l'envie de leur dire de se mettre en marche, d'aller où ils voulaient et de ne jamais revenir. Mais il y renonça et demanda plutôt :

— *Perle, aide-moi, s'il te plaît. Je veux qu'ils oublient tout de l'Abîme de sel, jusqu'à son existence même.*

Ils travaillèrent d'un commun effort, œuvrant au plus profond de la psyché des hommes, détournant les regards des idées horribles qu'ils y croisaient et semant partout où ils le pouvaient l'idée que l'Abime de sel n'existait pas, que cela n'avait jamais existé — pas de porte en fer, pas d'hommes mourant dans le noir. Hari et Perle placèrent aussi cette conviction de ne jamais avoir rencontré les deux jeunes gens qui se tenaient devant eux.

— *Quand nous serons partis, vous respecterez les ordres que voici : vous ramènerez la batterie au village et la pousserez du bout du quai dans la mer. Cela fait, vous reviendrez ici même, tous les trois, et vous vous mettrez au travail. Il faut arracher la voie latérale qui mène à la colline. Arrachez les rails et enlevez les traverses. Vous arrêterez lorsqu'il n'y aura plus aucune trace de cette voie ferrée. Peu importe le temps qu'il faudra, c'est ce que vous ferez. Ensuite, vous partirez et ne garderez aucun souvenir de ce qui s'est passé ici. Vous*

pourrez marcher indéfiniment si ça vous chante, mais vous ne
remettrez jamais les pieds au port minier.

Tuck, Candy et Fat se tenaient immobiles comme des statues.

— *Attendez de nous voir disparaître.*

Hari alla au camion et prit sur son épaule le sac que Perle avait rempli de nourriture. Ils tournèrent le dos aux soldats, aux éboulements de roches, à la colline grise, et s'en allèrent en marchant. Ils suivirent la voie latérale, puis croisèrent la grande voie ferrée pour aller vers les champs et les fermes abandonnées. Il était passé minuit quand ils arrivèrent dans la mangrove.

— Dormons ici, Hari, demanda Perle.

— Oui, il faut dormir.

— Et demain, nous prendrons la mer pour nous rendre à Calanque.

Hari secoua la tête.

— Non, Perle, dit-il.

Elle le regarda, l'air alarmé.

— Il y a une dernière chose que je dois faire.

CHAPITRE 14

Ils mirent à nouveau le cap au sud. Pour Perle, c'était comme se jeter dans la gueule du loup. Les collines en front de mer se hérissaient d'arbustes et le ciel à l'ouest était d'une couleur plombée. Le danger semblait venir de partout, fondant sur le minuscule point noir qu'était leur bateau dans l'immensité de l'océan. Elle s'était juré de ne plus jamais poser le regard sur la cité, cette ville avec son port suspendu dans le temps, ses terriers ruinés et ses falaises entachées du sang de sa famille. Comment pouvait-elle revenir vers Ottmar, cet homme qui la répugnait autant sinon plus que les rats difformes de l'Abîme de sel ? De plus, et elle l'admettait maintenant, elle n'avait aucune envie de revoir Tarl. Il y avait en lui une blessure qui refusait de guérir, une inclinaison malsaine qui s'accrochait et ne lâcherait jamais prise. Cela dit, elle savait pourquoi Hari voulait le revoir une dernière fois.

Les nuages s'amoncelèrent à l'horizon comme des têtes se levant pour regarder par-dessus le mur. Trois jours durant, ils s'étaient gonflés d'ombres et d'eau et roulaient maintenant vers le côté, mus par un vent obstiné. Comme Hari, Perle avait l'habitude des orages d'été qui venaient parfois balayer la ville, mais c'était une première pour eux que d'affronter une tempête en pleine mer. La pluie battante s'entêtait et tombait si drue qu'on ne voyait plus les arbres enténébrés dans les jardins ni les manoirs incendiés et les squelettes de leurs charpentes. Ils virent brièvement, comme un spectre, la maison Ottmar, encore debout et intacte, avec le drapeau sur son toit claquant au vent. Étrangement, ce drapeau ne semblait pas arborer les couleurs d'Ottmar.

Ils entrèrent dans le port, leur bateau battu par de violentes vagues. Aucun d'eux n'avait les compétences pour naviguer dans ces conditions difficiles. Le vent les poussa dangereusement vers la digue du nord, où le bateau alla s'écorcher contre les pierres. Sous le choc, la barre du gouvernail fut arrachée des mains de Perle. Ils réussirent néanmoins à passer la digue pour entrer dans des eaux plus calmes, mais leur voile était encore fouettée par le vent. Une rampe conduisait à la terre ferme et Perle y apporta l'embarcation. Ils écopèrent l'eau accumulée et tirèrent le bateau jusqu'à la marque des hautes marées. Le port semblait désert et, croyant que l'orage découragerait les voleurs, ils laissèrent le bateau à cet endroit, courant se réfugier dans un entrepôt, leur sac de nourriture sur le dos. Ils s'installèrent au sec et Hari, qui avait remarqué un foyer de pierre dans la pièce, ramassa quelques bouts de bois pour faire un feu. Ils se séchèrent devant les flammes, puis prirent le temps de manger et de boire.

— Où allons-nous ? s'enquit Perle.

— Dans les terriers, voir si Tarl y est. Si nous ne le trouvons pas, je ne sais pas. J'irai le chercher ailleurs, j'imagine. Tu sais, Perle, tu n'as pas besoin de venir avec moi.

— Je viens, un point c'est tout.

Après une heure d'un repos inconfortable sur le plancher dur, ils sortirent dans les rues du port. Ils ne rencontrèrent personne, ne virent aucun feu, n'entendirent aucun cri. Tout était étouffé par le martèlement de la pluie et le rugissement des torrents engorgeant les bouches d'égout. Ils traversèrent les terriers clos, de Keg et de Keech, des déserts où régnait un silence de mort. Dans le Terrier du sang, ils découvrirent le même décor.

Hari grimpa tout en haut d'un bâtiment en ruine, mais la pluie tombait si drue et grise qu'il était impossible de voir au loin. Il semblait pourtant y avoir quelques rais de lumière sur le mur de la cité ; et au-delà, presque invisibles derrière les rideaux de pluie, des éclosions jaunes qui pouvaient être des feux.

Ils firent leur première rencontre en approchant du mur : un homme, une femme et un enfant marchaient tête baissée, s'arc-boutant dans la pluie. Hari fit attendre Perle dans l'entrée d'une demeure. Il arrêta l'homme, imposant une légère contrainte sur l'esprit de celui-ci :

— Où est passé tout le monde ? demanda-t-il.

— Dans la cité. Sur les falaises. C'est ce soir qu'a lieu la signature.

— Quelle signature ?

— Eh bien, mon garçon, d'où sors-tu ? Tout le monde sait ça.

— Oui, mais j'arrive de la campagne. C'est quoi, cette signature ?

— C'est entre les fonctionnaires et nous, les habitants des terriers. C'est la signature du traité.

— Et qu'est-ce qui est arrivé à Ottmar ?

L'homme éclata de rire, visiblement ravi par la question. En comprenant son allégeance, Hari le libéra de toute contrainte.

— Ottmar est à sa place, dans une cage.

— On l'a capturé ?

— C'est Tarl qui l'a pris, avec ses chiens. Il y a eu une bataille dans la cité. L'armée des fonctionnaires a défait les hommes d'Ottmar, les a massacrés en fait, mais quand ces gratte-papiers ont voulu prendre les hauteurs des falaises, ils nous ont trouvés sur leur chemin, pointant le canon d'Ottmar sous leur nez. Ils n'en pouvaient plus de se battre ; ils avaient trop perdu d'hommes. Donc, ils n'ont pas eu le choix d'ôter leur chapeau et d'être polis avec nous. Tu imagines, nous respecter, nous, les gens des terriers ?

Il se remit à rire sur ces mots.

— Comment Tarl a-t-il capturé Ottmar ?

— Il est tout simplement entré par la porte du manoir avec ses chiens quand les armées s'affrontaient. Nous, les gens du Terrier du sang, l'avons suivi, couteau à la main. Nous avons couru dans les allées et le manoir comme des rats dans les terriers, pour chaque officier le même traitement, dit-il, imageant son propos en passant la main devant la gorge. Tarl a coincé Ottmar avec les chiens, mais nous a interdit de l'achever. Il l'a mis en cage, l'endroit tout choisi pour un salaud de son espèce. Lui et son fils.

— Kyle-Ott ?

— Oui, Kyle-Ott. On prévoit les sortir ce soir pour s'amuser un peu. C'est ce qui m'amène d'ailleurs dans le coin. Je suis venu chercher mon fils, pour qu'il voie ça. Et la signature aussi. J'ai tellement hâte de voir Tarl et Keech humilier les fonctionnaires.

— Keech sera là ?

— Oui, il est venu nous rejoindre avec sa bande, et celle de Keg. Et aussi les damoiselles du Terrier clos. Ils nous surpassent en nombre, mais nous avons Ottmar. Et Tarl. Tu ferais mieux de ne pas trop tarder si le spectacle t'intéresse.

— C'est entendu, dit Hari.

L'homme, sa femme et leur enfant s'en allèrent sous la pluie ; Hari vit l'homme prendre le garçon sur ses épaules pour qu'il cesse de pleurnicher.

— Perle, appela Hari, il faut que j'y aille. Mais cette fois, c'est sérieux, tu ne peux pas m'accompagner.

— Pourquoi?

— Parce que tu as la peau blanche. Ils te tueraient pour ça. Pour eux, tu incarnes la Compagnie.

— Mais je n'en suis plus.

— Je sais, Perle, je sais. Mais une blanche aux cheveux blonds, c'est la mort assurée. On ne te laisserait pas même la chance d'expliquer.

— Je n'ai qu'à garder mon capuchon sur la tête.

— Ça ne suffirait pas.

— Je tirerai sur les cordons. Et regarde…, commença-t-elle en ramassant de la boue pour s'en frotter sur le visage. Je peux devenir aussi brune que toi. J'enduis mes mains et mes bras de boue, et le tour est joué.

— La pluie la rincerait.

— Eh bien, je prendrai de la suie. Il y en a partout de la suie. Je m'en frictionnerai la peau. Hari…

— Tes yeux, tes yeux bleus.

— Je les garderai baissés. Je regarderai par terre. Les femmes de la Compagnie sont bonnes à ce jeu.

Il la regarda, regarda ses yeux, leur bleu plus brillant maintenant que la boue assombrissait son visage.

— Hari, dit-elle, tu pourrais avoir besoin de moi.

Hari réalisa qu'il se souciait plus d'elle que de Tarl. Il devait pourtant voir son père, lui dire que la boîte de sel se trouvait sous terre et qu'on ne la retrouverait pas. Il fallait qu'il sache que l'Abîme de sel avait été condamné à jamais. Et Hari voulait rendre Tarl heureux, si toute-fois une telle chose était possible.

Perle utilisa l'eau s'écoulant d'un toit pour rincer son visage. Hari alla chercher de la suie et en trouva sous une feuille de fer-blanc servant à abriter un feu. Elle en frotta ses bras et ses mains, puis se barbouilla le visage, devenant bientôt plus noire que brune. Hari lui fit fermer les yeux pour maquiller ses paupières.

— Garde les yeux fermés. Je serai ton guide. Nous dirons que tu es aveugle.

— Je veux bien essayer.

La pluie cessa tandis qu'ils grimpaient vers le mur de la cité, s'arrêtant d'un coup comme ils passaient la grande porte. Mais le vent du large s'était levé et souf-flait fort, faisant claquer les capes sur leurs jambes, et ce, même si la maison Hill faisait barrage, se dressant entre eux et la mer. Ils marchèrent dans l'allée que Perle et Feuille-de-thé avaient empruntée dans leur fuite.

— Des gens viennent, avertit Perle.

— Des gens des terriers, expliqua Hari.

C'était une foule dense dans l'avenue bordée de mai-sons incendiées : des hommes, des femmes, des enfants, vieux et jeunes, malades et éclopés, tous étaient venus. On voyait là des gens de tous les terriers, ceux du sang, de Keg, de Keech, de Basin et des maisons closes. Hari sentit les larmes lui monter aux yeux en sentant l'odeur de ces corps, un mélange de vêtements sales, de mauvaises nourritures, de famine et de maladie. Mais au même instant, un élan d'allégresse l'emportait :

— *Nous avons gagné !*

Cette exultation fut cependant bien éphémère, car il se rappela les meurtres, l'homme rencontré plus tôt et sa mimique de gorge tranchée. Il y avait aussi cette obligation de traiter avec les fonctionnaires. Dans ce contexte, Hari sut que personne n'avait gagné, qu'il ne pouvait y avoir aucun vainqueur, que des vaincus. « Mais sûrement, l'avenir sera meilleur, essaya-t-il de se convaincre. On ne crèvera plus de faim dans les terriers. »

Il se fraya un chemin parmi la foule, protégeant Perle qu'il guidait par le bras, et lorsque des hommes barraient sa route, il disait :

— Je suis le fils de Tarl. Je suis Hari et j'ai un message pour mon père.

Ils le laissaient alors passer. Par un heureux hasard, les gardes postés à l'entrée du manoir d'Ottmar connaissaient Hari et, après des salutations joyeuses, ils l'invitèrent à franchir les grilles.

Parmi les gens attroupés sur les pelouses, on devinait une majorité de combattants, des hommes de chaque terrier et quelques guerrières du Terrier clos. Ici et là, on s'efforçait de mettre le feu à des planches mouillées pour cuire la nourriture que les fonctionnaires avaient offerte en gage de bonne volonté. C'était un spectacle étrange de voir les gens vider le manoir d'Ottmar de ses sofas, de ses fauteuils et de ses chaises pour s'y affaler. Derrière cette scène pittoresque, près des falaises, on avait abattu le mur qui séparait les jardins d'Ottmar du cap où, à une autre époque, Cowl le libérateur avait poussé les familles vers une mort certaine; en ce même lieu, cent ans plus tard, Ottmar faisait ses propres victimes. La main de marbre tenait toujours, mais n'avait plus qu'un pouce plié vers la mer, les autres doigts ayant été pulvérisés par l'explosion d'un tir de canon. Il y avait une tente devant la main et sous le jute, on retrouvait une table et quatre chaises. Sous la tente, on voyait plusieurs groupes d'hommes, certains du Terrier du sang, d'autres de la tribu de Keech, et plus loin, faisant bande à part, on pouvait voir les femmes du Terrier clos.

Plus près du manoir, des hommes criaient et dansaient autour d'une cage en fer, lançant des os de mouton et des poignées de boue entre les barreaux.

— C'est Ottmar et Kyle-Ott, dit Perle.

Ottmar gisait recroquevillé au milieu de la cage, à moitié vêtu dans ses beaux habits déchirés. Il tremblait et gémissait, puis bafouillait des mots qu'il ne comprenait peut-être pas lui-même — la litanie d'une gloire perdue. Il ouvrait les yeux, lançait des regards fous tout autour pour fermer aussitôt les paupières, espérant sans doute que la réalité disparaisse. Kyle-Ott se tenait debout, ses mains agrippées aux barreaux. Il regardait les gens en les défiant ; il criait aussi, des cris de rage et de mépris, mais tremblait autant que son père. La terreur et l'incrédulité du père et du fils étaient les mêmes.

Perle et Hari se détournèrent de ce tableau pitoyable. Certes, Ottmar avait traité ses ennemis avec une cruauté autrement plus condamnable, mais cela ne pouvait justifier toutes les barbaries.

— Je ne veux pas voir ce qu'on leur fera, chuchota Perle.

— Moi non plus. Trouvons Tarl et partons d'ici.

Ils firent le tour de la tente. Keech se trouvait là : un homme court, avec les jambes arquées, un œil aveugle plus blanc que le lait et un côté du visage relâché, glissant horriblement vers son cou ; c'était la déformation d'une maladie infantile. Son bon œil faisait penser à l'agriote, cet insecte bondissant en tout sens et qui ravage tout ce qu'il trouve.

Tarl se tenait parmi un plus petit groupe d'hommes et semblait terriblement seul malgré leur présence. Derrière lui, dans une pénombre plus profonde, Chien et sa meute rongeaient des os dans l'herbe.

— Plus de lumière, cria Keech. Il nous faut du feu. Ramenez du bois.

Les hommes accoururent peu après, les bras chargés de planches cassées et de portes arrachées. Bientôt, on alluma une demi-douzaine de feux entre la tente et la main de marbre.

Hari et Perle passèrent derrière la tente et devant la cage où un homme avait défait sa braguette et faisait reculer Kyle-Ott d'un grand jet d'urine. Ils s'approchèrent de la meute de chiens.

— Attends-moi ici, Perle.

Hari s'avança prudemment vers la meute.

— Chien, appela-t-il.

Chien fit un saut comme s'il avait reçu un coup de botte au flanc. Debout, il grognait à présent.

— Chien, viens ici.

L'animal l'aperçut et ses poils se hérissèrent sur son cou.

— *Du calme, Chien, c'est moi, Hari, ton ami. Viens me voir.*

Peu rassuré, Chien s'approcha à un mètre de Hari, boudant sa main tendue.

— *Bon, d'accord, Chien. Je sais que tu es devenu chef de meute. Mais j'ai besoin de parler à Tarl. Va et ramène-le.*

Chien grogna.

— *C'est moi, son fils, Chien. Il veut me voir.*

Chien sembla prendre un moment pour réfléchir, puis se retourna et partit en trottant. Les hommes autour de Tarl s'écartèrent pour le laisser passer. Ce geste de déférence pour un chien fit sourire Hari. Il n'y a pas si longtemps encore, les hommes faisaient leur nourriture des chiens, et inversement.

Chien leva sa truffe humide dans la main de Tarl. Hari ne sut pas lire les pensées que l'animal et son père échangeaient, mais ressentit l'élan de joie de son père, qui s'écarta du groupe et courut vers lui.

— Hari !

— Tarl !

Tarl se jeta dans les bras de son fils.

— Mais Hari, où étais-tu passé ? J'ai cru que tu t'étais fait tuer. Je n'ai pas arrêté de répéter à tout le monde que tu reviendrais, que tu rapporterais une nouvelle arme. Est-ce que tu l'as avec toi, Hari ?

— Non, Tarl. Et maintenant, écoute-moi. Il n'y a pas d'arme que toi ou quiconque pouvez utiliser. Le sel est poison. Il tue sans exception, tous les gens et toute chose vivante. Les animaux, les plantes. Le sel tuerait le monde si la folie des hommes le libérait. Tu ne peux pas l'utiliser.

— Hari…

— Écoute-moi. J'ai volé le sel d'Ottmar et j'ai ramené ce poison dans l'Abîme de sel. Nous l'avons volé, Perle et moi. Nous l'avons abandonné dans les cavernes et l'Abîme est désormais condamné. On ne le retrouvera jamais plus.

— Mais Hari, je dois l'avoir. Je leur ai dit que nous aurions une arme. Les fonctionnaires sont trop forts pour nous. J'ai promis à Keech…

— Tarl, le coupa-t-il.

Il entra dans l'esprit de son père et s'y enfonça, envahissant ses pensées, se haïssant de devoir faire cela. Tarl avait tout été pour lui et Hari l'avait aimé plus que quiconque, avant bien sûr de rencontrer Perle.

— *Tarl, l'Abîme de sel n'existe pas. Tu n'y es jamais allé. Répète-le, Tarl.*

Tarl secoua la tête, comme s'il sentait à nouveau la lumière empoisonnée sur sa peau.

— L'Abîme de sel n'existe pas. Je n'y suis jamais allé, murmura-t-il.

— *C'est le moment de nous dire adieu, Tarl. Je m'en vais, maintenant. N'oublie pas que je suis ton fils. N'oublie pas que je t'aime.*

Il se retira de l'esprit de Tarl comme s'il sortait à reculons d'une pièce où il aurait longtemps vécu. Chien, assis au pied de Tarl, eut un gémissement d'incompréhension.

Un cri vint derrière eux :

— Tarl ! Est-ce que c'est le garçon de ta promesse ? Le garçon qui amène l'arme ?

Keech marchait vers eux, grotesque sur ses jambes arquées, mais féroce dans son assurance.

— Mon fils, fit Tarl d'une voix confuse en présentant Hari à Keech.

Il retenait fermement Hari par le bras.

— Hari, est-ce bien ton nom, mon garçon ? Tarl nous a raconté que tu étais parti chercher l'arme secrète d'Ottmar.

Et il éclata d'un long et grand rire gras.

— Quelle folie! dit-il en reprenant son souffle. Les hommes des terriers n'ont besoin que de leurs couteaux!

— Keech, fit Hari dans une courbette, j'ai beaucoup entendu parler de vous. On m'a aussi dit que vous aviez assisté mon père dans la prise de l'Enclave. Vous faites un excellent bras droit. Et vous n'êtes pas dupe. Il n'y a pas d'arme secrète, ce n'était qu'une histoire pour donner du courage à nos gens. Nous avons nos couteaux et c'est tout ce qu'il nous faut.

Le bon œil de Keech retint le regard de Hari avec la force d'un poing serré.

«Cet homme est dangereux», comprit Hari.

— Donc, reprit Keech en se tournant vers Tarl, pas d'arme, hein? Eh bien, c'est dire qu'on ne trompe pas Keech avec des balivernes. Je savais que c'était n'importe quoi. Mais je dois vous avertir que les hommes qui me suivent n'aimeront pas ça du tout. Les hommes de Keech n'aiment pas que les hommes du sang les tournent en bourriques.

Hari essaya d'abord avec finesse d'entrer dans l'esprit de Keech, mais se buta vite contre une barrière. Il sentit aussi, en poussant plus fort, que ce mur se renforçait, qu'il grossissait. Et il y avait derrière cette barrière opaque une force, un monstre qui cherchait non seulement à retenir l'intrus, mais aussi à le connaître.

C'était un guet-apens et Hari sortit à la hâte de l'esprit de Keech. Son cœur battait à tout rompre. Keech se transformait à l'intérieur, tout son être vibrant d'une soif de pouvoir et d'un aveuglement infini. Hari sut que la voix allait tôt ou tard appeler Keech, lui murmurer son nom. Que deviendrait-il alors ? Quels mystérieux pouvoirs lui seraient conférés ?

« Je dois amener Tarl avec moi, pensa-t-il. Il ne gagnera pas contre cet homme. »

Tandis qu'il décidait des gestes à poser, un cri vint depuis les pelouses du manoir :

— Les fonctionnaires arrivent !

Les gens dans les rues s'étaient massés par les grilles ouvertes et formaient une grande marée humaine qui se mouvait selon différentes humeurs, emplissant les jardins d'Ottmar depuis le manoir jusqu'à la tente et la main de marbre. Un groupe du Terrier du sang vint escorter trois officiers de l'armée des fonctionnaires, s'ouvrant un chemin à coups de gourdin. Ils les amenèrent à la tente, trois hommes nerveux qui feignaient l'indifférence et un sang-froid à toute épreuve. Keech se pressa vers eux, tenant d'une main le chapeau à plumes qui lui donnait des airs d'amuseur public.

— Hari, attends ici, demanda Tarl. J'ai besoin de toi.

Il se dépêcha de rejoindre Keech, avec Chien qui le talonnait.

Perle prit Hari par le bras. La foule l'avait bousculée jusqu'à lui. Il se sentit ensuite poussé comme elle, toujours plus près de la tente : les hommes de Keech, au moins une douzaine, les cernaient, leur barrant la voie.

Hari n'y comprenait rien. Quand Keech avait-il donné cet ordre ?

— Perle, ils nous prennent en souricière. Mais c'est moi qu'ils veulent, pas toi.

— Je reste.

— Ils sont trop nombreux pour les contrôler.

— Hari, attendons notre chance. Nous sortirons d'ici.

Tarl se trouvait avec Keech sous la tente, mais il ne faisait aucun doute que Keech allait prendre les choses en charge. Sa barbe hirsute qui poussait d'un seul côté de son visage se tenait à l'horizontale tellement le vent marin soufflait. Son chapeau à plumes s'envola au-dessus de la foule réunie. Il le laissa se perdre au loin. D'un coup de botte, il poussa les chaises destinées aux hommes des terriers.

— Les hommes des terriers restent sur leurs pieds. Nous préférons l'action. Mais vous, chers fonction-naires, assoyez-vous donc, si vous aimez à ce point poser vos derrières.

Dans la foule, on entendit s'élever des rires et un grognement d'approbation.

Deux officiers prirent place à la table, leur uniforme bleu et rouge ceint à la taille d'une cordelette garnie de glands jaunes. Hari reconnut le troisième homme qui restait debout derrière les chaises : c'était l'auditeur de la Place du peuple, celui que Tarl avait manqué avec son couteau et qui avait passé sous la roue de la charrette. Hari vit que l'auditeur reconnaissait Tarl à la marque d'acide sur son front — et, sondant les trois hommes, Hari comprit qu'il était le cerveau du groupe. L'auditeur porta la main à sa serviette et, quand l'un des fonctionnaires tendit le bras en arrière pour obtenir un document, il sortit avec importance les feuilles du traité qui les conviait tous à cette réunion.

Les fonctionnaires voulaient imposer le protocole et tenir des discours, mais Keech n'en avait que faire. Il arracha les documents des mains du fonctionnaire et les déchira en deux.

— Les hommes des terriers ne lisent pas ! cria-t-il. Vous me montrez des papiers. Nous brûlons le papier pour nous chauffer.

Ce disant, il balança les feuilles déchirées par-dessus son épaule. L'un de ses hommes alla les ramasser et courut les jeter au feu.

— Nous n'avons qu'à dire ce à quoi nous nous engageons…

— *Hari*, fit Perle, *Keech et l'autre homme, le fonctionnaire debout derrière les autres, ils ont des intentions cachées et tirent les ficelles. Sens-tu ce qu'ils sont ? Chacun trahira le traité à sa façon. Il y aura des tractations et des mensonges, puis l'un d'eux tuera l'autre, et la question demeure : qui de Keech ou du fonctionnaire règnera en maître ? Je sens le mal en eux, un tourbillon sans fin.*

— *Tarl n'a aucune chance*, réalisa Hari.

— Ceci est un accord ! rugit Keech, qui s'adressait davantage à la foule venue des terriers qu'aux fonctionnaires à la table. Moi, Keech — qui parle au nom de Tarl, du Terrier de sang, du Terrier clos, de tous les terriers —, je dis que nous prenons les hauteurs. Ces territoires sont désormais notre propriété. Nous gardons aussi les terriers. Ils sont à nous. Et nous prenons la moitié sud de la cité, depuis la grande avenue qui part à l'ouest. Nous aurons la ville et chasserons les travailleurs qui sont les rebuts du genre humain. Vous, les fonctionnaires, pouvez prendre ce qui reste. C'est à vous.

— Mais c'est absurde, s'écria l'un des officiers. Ce n'était pas du tout notre entente…

— L'entente a changé. Et si j'étais vous, je penserais à nos canons qui sont pointés vers vos maisons et vos familles. Sur vos enfants, qui sont, j'en conviens, ô combien blancs et doux ! Nos armes sont prêtes à frapper et seront aussi meurtrières que les chats-crocs. À combien s'élèvent vos pertes, déjà ? Êtes-vous prêts à perdre davantage ? Nous nous engageons ici et maintenant à nous battre à vos côtés contre les travailleurs. Nous les tuerons ou les forcerons à l'exil. Et nous diviserons les terres comme j'ai dit. Acceptez maintenant ou retournez d'où vous venez, mais si vous partez, vous le ferez en écoutant nos canons tuer ceux qui vous sont chers.

Le fonctionnaire à l'épaule blessée se pencha entre ses deux collègues et leur chuchota quelques mots. Le visage tout blême, les deux officiers secouaient la tête. Le fonctionnaire leur parla encore tout bas.

— *Keech les tuera s'ils n'acceptent pas*, prédit Hari.

— *Ils le savent très bien*, répondit Perle.

Le plus vieil officier se leva debout et, à le voir vaciller, on aurait cru qu'il allait perdre connaissance. Mais le fonctionnaire murmura encore — cette fois, Perle et Hari entendirent ses propos :

— *Dites-lui que nous acceptons. Nous renverserons les rôles le moment venu. Le temps est ici notre seul avantage.*

L'officier leva la main. Sa voix vint faible et chevrotante :

— Nous acceptons ces termes.

— Plus fort! brailla Keech. Je veux que mon peuple l'entende.

— Nous acceptons ces termes, cria faiblement l'officier.

— Vous entendez, hommes des terriers? hurla Keech. Vous entendez, Terrier de Keech. Le traité est conclu. Nous avons les terriers et les hauteurs, la cité et le port. Tout est à nous. Mes amis, les terriers maintenant sont libres de la tyrannie!

Un rugissement de joie s'éleva dans la foule, comme un torrent qui aurait la force de remonter la colline; et la pluie se remit à tomber, soufflée par un grand vent qui faisait crépiter les feux.

Keech leva les bras en l'air et on eut dit un magicien, capable par ce simple geste d'imposer le silence.

— L'heure est venue de divertir nos nouveaux alliés. Montrons-leur comment le Terrier de Keech punit ses ennemis. Emmenez les prisonniers.

Derrière la tente, des hommes ouvrirent la cage. Ils traînèrent de force Kyle-Ott, qui se débattait et mordait, ainsi qu'Ottmar, qu'ils soulevèrent comme un sac de grain. On les projeta sous la tente, renversant les fonctionnaires, et Keech prit le roi et le prince par le collet, les soulevant de terre. Il alla les jeter sur la pelouse devant la foule. Le vent souffla une grande rafale, gonflant puis aspirant le jute du toit de la tente, lequel claqua deux fois comme un géant tapant dans ses mains.

— Je vous donne le grand roi Ottmar. Et le petit prince Kyle-Ott. Voyez comme ils s'agenouillent devant vous, vaillants hommes des terriers !

Hari et Perle s'étaient déplacés, essayant encore d'échapper à ceux qui les encerclaient, se tenant à présent tout près de Tarl et de Chien, sur le côté de la tente.

— Tarl, il faut que nous partions à l'instant. Keech a pris le contrôle.

— Non. Non.

— Tarl, tu es le prochain sur sa liste. Il te tuera.

— Il ne ferait jamais ça. Tout le Terrier du sang est derrière moi. Et les chiens me défendraient. Hari, reste à mes côtés. Aide-moi, Hari. Je peux le battre.

Les hommes de Keech relevèrent Ottmar et Kyle-Ott, que la terreur faisait bafouiller.

Tarl fit un pas en avant.

— Ce sont mes prisonniers ! cria-t-il. Je les ai mis en cage : je décide de leur sort.

— Des esclaves, protesta Kyle-Ott d'une voix stridente. Vous n'êtes que des esclaves, de la racaille.

Keech l'assomma d'un coup de poing au visage.

— Et quelle différence que ce soit toi qui les aies capturés ? argua Keech. Les voici à nos pieds, les derniers survivants des grandes familles, et quand ils mourront, ce sera pour nous la fin d'une ère de misère. Tuons-les donc, mes amis ! Jetons-les du haut de la falaise !

Kyle-Ott se releva et démontra qu'il lui restait, à défaut de dignité, un certain courage.

— Mon père n'aurait jamais pu régner, clama-t-il. Regardez-le. Il pleure comme une fille. Mais je suis, moi, à la hauteur de ce rôle. Faites de moi votre roi et je vous donnerai la richesse, hommes des terriers. Vous aurez une place à droite comme à gauche de mon trône. J'appointerai mes gouverneurs et mes généraux parmi vos gens, dit-il d'abord en pointant Keech, et les vôtres, indiquant cette fois Tarl. Ma main gauche et mon bras droit, à la guerre comme dans la paix, dans le commerce et dans la répartition des biens de la Compagnie. Et je prendrai ma reine parmi vos femmes. Qu'on me présente vos demoiselles. Que je choisisse.

Ses yeux glissèrent sur la foule, s'attardant sur Keech, Tarl puis les hommes debout dans leur dos. Il s'arrêta soudain, son regard se posant sur Perle. Elle n'avait pas su fermer les yeux à temps. Kyle-Ott l'avait reconnue. Il se fit pâle, ce qui rougissait la cicatrice qu'il avait à la joue.

Il eut un cri étouffé et dit :

— C'est elle ! C'est Perle ! C'est la Resplendissante Perle, la fiancée de mon père. Hommes des terriers, je ne suis point le dernier de ma race. Il en demeure une. Je vous l'offre en gage de mes bonnes intentions envers vous. Sacrifiez-la à ma place, jetez l'épouse avec le roi, s'exclama-t-il en indiquant son père du geste. Et je serai votre nouveau souverain...

— Tuez ce jeune fou, ordonna Keech. Faites-le taire. Saisissez-vous de lui.

Des hommes s'élancèrent et, prenant Kyle-Ott par les bras, l'emmenèrent devant la main de marbre jusqu'au bord de la falaise, où ils le poussèrent sans hésitation. On l'entendit crier son mépris dans la nuit, puis ce cri mourut dans le vide.

— Voilà la fin de l'enfant-roi. Maintenant, c'est le tour à papa, ricana Keech.

Mais Ottmar n'avait pas attendu cette mort annoncée. Voyant que les hommes relâchaient leur prise pour regarder Kyle-Ott périr, il s'était défait d'eux dans un rare accès de fureur. Il avait couru — et plutôt vite pour un homme de sa corpulence — devant la foule.

Tandis que son fils tombait vers la mort, il avait traversé les pelouses et filait vers le mur entre les jardins d'Ottmar et la maison Kruger.

Keech se mit à rire. Il laissa Ottmar se perdre dans les arbres près du mur, puis il cria :

— Ramenez-le-moi, hommes de Keech. Ramenez notre roi et voyez s'il sait voler.

Une douzaine d'hommes prirent Ottmar en chasse, mais Tarl fut plus prompt dans sa réaction.

— Chien, avait-il dit en touchant légèrement la tête de l'animal.

Chien aboya pour alerter la meute et passa rapidement devant les hommes. Les chiens glapissaient tant l'excitation était grande. Ottmar était arrivé devant le mur, essayant gauchement de se soulever de terre, sautant une puis deux fois, forçant avec les bras pour se hisser par-dessus le mur. C'est à la troisième tentative que les chiens fondirent sur lui — le prenant aux chevilles, aux mollets et aux cuisses — tandis que Chien, dans un grand bond, plongeait ses crocs dans le flanc d'Ottmar, où il pendit de tout son poids. Ottmar chuta lourdement. Les chiens se jetèrent sur lui et il disparut dans une tempête de poils bruns, noirs et blonds.

Perle et Hari s'étaient retournés et essayaient de briser le cercle d'hommes autour d'eux, mais c'était impossible. Ils y mirent toute la force de leur esprit, mais dès qu'ils réussissaient à soumettre un de ces hommes, un autre venait prendre sa place.

— C'est la fin d'Ottmar, mes amis! cria Tarl. Le Terrier du sang a terrassé le roi. Ottmar, c'est de la moulée pour chien!

Keech lui décocha un sourire en coin. Dans la moitié de sa bouche tordue, ses dents brillaient à la lueur des feux.

— Bravo, j'admire l'exécution, dit-il. Tarl fait bien les choses. Mais écoutez-moi, hommes des terriers, tout n'est pas encore terminé. Ottmar est mort. Ottmar ne sera bientôt plus qu'un tas d'os. Mais qu'en est-il de cette reine dont a parlé le jeune prince? Où est-elle? Où se cache la reine Perle?

Il se retourna brusquement, son œil noir et dément se braquant sur Perle. Il eut un geste de la main, et les hommes prirent Perle et la jetèrent par terre, parmi les chaises renversées.

— Relevez-la, ordonna Keech.

Keech s'approcha et tira sur son capuchon, révélant son visage féminin et barbouillé de suie, ses cheveux blonds retombant sur ses épaules. Il déchira sa cape et la laissa en pantalon et en chemise.

— Regardez, Kyle-Ott avait raison. Elle est née des grandes familles, elle s'appelle Perle. Voyez ses cheveux, hommes des terriers, ils brillent autant que l'or de la Compagnie. Voyez sa peau sous la suie, elle est blanche. Voyez ses oreilles, comme des coquillages, et ses yeux comme la mer. Le Terrier de Keech réclame ses droits sur elle. Keech la fera voler dans les airs.

Perle était impuissante, son esprit paralysé et inutile. Elle se sentait toute petite, prise de terreur.

Dans sa panique, elle entendit tout faiblement la voix de Hari :

— *Ne tente rien, Perle. Aie confiance en moi.*

Il parla ensuite à haute voix :

— Laissez-la, Keech. Perle est ma prisonnière.

— C'est Hari qui parle ? Le garçon sans arme ? Ta parole ici ne vaut rien.

— Je parle en mon nom, cria Hari, et au nom de Tarl, mon père. J'exprime aussi la voix du Terrier du sang. Et je dis qu'elle est à moi. Perle est ma prisonnière. Je l'ai capturée. Je l'ai soumise et emmenée ici. Elle est mon offrande aux tribus des terriers. Regardez tous : voici que je vous offre la Resplendissante Perle de la maison Bowles !

Il n'avait jamais vu ses idées filer aussi vite et s'imbriquer avec une telle précision. Dans son esprit, le choix était fait.

— N'écoutez pas ce garçon, il vous abuse, cria Keech. Il a déguisé cette fille et l'a amenée jusqu'ici pour nous espionner.

Hari organisa ses forces et prit l'esprit de Keech d'assaut, l'attaque surprenant l'ennemi et le faisant tituber. Keech se retrouvait dans l'étau des pensées de Hari. Bien sûr, il y avait toujours ce mur dans l'esprit de son adversaire, et Hari savait que son avantage serait de courte durée.

— *Tais-toi, Keech.*

Il s'adressa à la foule :

— Je vous livre la dernière survivante des grandes familles. Je l'ai emmenée ici pour lui donner la mort. Et je serai son bourreau. Je la lancerai dans le vide. C'est mon droit et mon devoir, au nom du Terrier du sang. Demandez à Tarl.

Tarl saisit sa chance.

— Hari dit vrai. Rangez-vous derrière lui, gens du Terrier du sang. Gens de tous les terriers. Mon fils a fait la capture : l'exécution lui revient de bon droit.

— Assez parlé ! s'écria une femme du Terrier clos. Que le garçon agisse. Qu'il jette cette fille par la falaise !

D'autres voix s'élevèrent, puis il y eut les cris d'une approbation générale.

Hari se plaça à côté de Perle. Il lui prit le bras.

— *Fais ce que je dis, Perle, tout ce que je dis et rien que ce que je dis.*

— Ôtez-vous de mon chemin, exigea-t-il d'une voix forte. Laissez-moi l'amener à sa mort.

— *Trébuche, Perle. Aie l'air d'avoir peur.*

— *J'ai peur, Hari.*

— *Moi aussi.*

Ils passèrent devant Keech, qui retrouvait lentement ses esprits ; à le voir, on aurait dit qu'une mouche bourdonnait sous son crâne. Les gens s'écartèrent pour former un passage vers la main en marbre. Hari tira Perle devant les feux grésillant, la tenant fermement sans lui adresser la parole. Il respectait les étapes qu'il avait répétées en pensée, les jouant dans l'ordre précis où elles lui étaient apparues. À chaque instant, il fallait faire le choix entre la perfection ou la mort. Il parla à Perle.

— *Perle, je t'ai déjà parlé de mes chemins de fuite, ceux que j'ai tracés pour échapper aux autorités de l'Enclave. Aujourd'hui, il ne reste de tous ces chemins qu'une seule voie pour échapper à la mort.*

— *Qu'est-ce que c'est, Hari ?*

— *Il faut se jeter du haut de la falaise.*

— *Hari...*

— *On ne se jettera pas là où les gens se tuent. Il faut se fier au pouce de la main de marbre, sauter dans la direction qu'il pointe, à quatre ou cinq pas du monument. Quand nous serons devant la falaise, tu remarqueras deux récifs à fleur d'eau, avec une cuvette de mer entre ces deux récifs. Pour réussir, Perle, la marée doit être haute, et elle l'est ; le vent doit souffler vers la mer, et il le fait. Chaque vague vient monter sur la falaise, et il se trouve un moment où la vague frappe, où elle s'élève avant de revenir sur elle-même, une demi-seconde, avant qu'elle ne reparte. Perle...*

— *Hari, c'est de la folie. On ne peut pas...*

— *Oui, on le peut. J'ai tout calculé à la seconde près. J'ai étudié la chute des cailloux pour savoir combien ils prenaient de temps à tomber. Nous n'avons pas d'autre choix. Tiens-toi bien à moi, Perle.*

Il restait un espace entre la foule et la main de marbre. Ils firent de lents pas vers le vide, Perle tenant difficilement sur ses jambes. Keech les suivait derrière et Tarl vint près de Hari. En regardant par-dessus l'épaule, Hari vit Tarl mettre la main à la poignée de son couteau à lame noire.

— Presse-toi, garçon, dit Keech, nous n'avons pas toute la nuit.

Hari l'ignora complètement.

— *Perle, jette-toi par terre devant le pouce. Fais semblant de pleurer.*

— *Je pleure déjà, Hari.*

Ils s'éloignèrent de Tarl et de Keech, l'herbe sous leurs pieds cédant la place à une terre rocailleuse, là où le socle de la main commençait. La foule retenait son souffle tandis que Hari et Perle passaient sous le pouce en marbre. Perle s'effondra au sol.

— *Très bien, Perle.*

— *J'aimerais te dire que je fais exprès.*

Il mit le pied sur elle et la fit rouler sur le dos, se tournant en souriant vers la foule qui jubilait d'anticipation. À dix mètres de là, on avait tué Kyle-Ott, mais Hari et Perle allaient sauter plus à gauche, à cinq pas, où la falaise commençait. Il releva Perle en tirant sur son bras, puis regarda la mer, où les deux points noirs des récifs auraient dû lui apparaître. La pluie était trop forte. Il ne les voyait pas. Il devina quand même une tache grise, comme une boule de poussière — non, deux taches, tandis qu'une vague se levait là où les récifs devaient poindre à la surface.

« Attends la suivante », se dit-il à lui-même.

— Titube, Perle, chuchota-t-il. Entraîne-moi plus près du bord.

La vague qu'il avait vue sur les récifs frappa le pied de la falaise.

— Perle, à trois, nous sautons. Saute le plus loin possible de la paroi. Et tiens-moi la main. Ne la lâche surtout pas.

Il aperçut à nouveau les deux halos grisâtres et compta jusqu'à six, se rappelant le temps qu'avaient pris les cailloux pour chuter au sol. C'était maintenant ou jamais :

— *À trois, Perle, fais cinq pas et saute. Un, deux, trois !*

Il entendit la foule siffler comme un serpent à sonnettes et, s'élevant au-dessus des cris, la voix terrorisée de Tarl :

— Hari !

Les sons se perdirent dans le vent qui remontait la falaise. Ils tombaient, main dans la main. Après quelques instants de chute, ils virent — comme une image fixe — la vague venue de la mer. Elle les avala et les sépara avec toute sa violence. Leurs corps furent projetés par le fond, contre les galets et les roches, puis aspirés vers le haut, retournés dans tous les sens. Ils furent recrachés comme des grains d'orge de cette marmite écumante, refaisant surface par-delà les récifs noirs.

Hari vit Perle et fit tout en son pouvoir pour la garder à flot. Il luttait contre la mer et pour rester en vie. Perle eut cette pensée :

— *Nous mourons maintenant. C'est la fin.*

— *Pas encore. Sans ma cape, je crois pouvoir nager.*

En y repensant plus tard, Hari se retrouva devant un grand vide ; incapable de comprendre comment ils avaient pu survivre. Il leur avait fallu toute la nuit et la moitié du jour suivant pour sortir de l'eau. Par chance, Hari avait trouvé une grande planche en bois, flottant à peine tant elle était gorgée d'eau — on avait dû la jeter en bas des falaises. Il avait hissé Perle sur la planche et s'était mis à battre des pieds pour s'éloigner des roches meurtrières. Le vent avait fini par s'essouffler, contrairement à la pluie qui ne cessait plus. Perle s'était recroquevillée sur elle-même, son corps tout entier parcouru de tremblements. Hari n'avait jamais perdu l'espoir de la sauver. Vers midi, ils passèrent non loin de la digue. La planche devenait trop lourde et ne flottait presque plus. Il fallut une autre heure d'effort pour entrer dans les eaux du port, et une autre encore pour atteindre la rampe où le bateau les attendait. Hari souleva Perle dans ses bras et l'emmena dans l'entrepôt, dans cette pièce qu'ils avaient utilisée en revenant du port minier.

Hari ne s'était pas soucié d'être vu, sa seule préoccupation étant d'offrir à Perle un endroit chaud et sec.

Hari trouva les deux couvertures pliées dans le coin où ils les avaient laissées. Il enleva les vêtements trempés de Perle et se servit de son pourpoint pour la sécher. Son corps était couvert d'ecchymoses. Il l'enveloppa dans une couverture, fit un feu près d'elle et fouilla dans le sac de nourriture. Il fit une pâte en écrasant le pain et du fromage et réussit à la faire manger un peu. Peu après, il s'endormait contre elle.

Ils restèrent trois jours dans cette pièce. Lors de la seconde nuit, Hari tua un rat à la pointe de son couteau de pêcheur et le fit cuire en ragoût dans une casserole cabossée. Pour ajouter au goût, il était même allé cueillir des herbes amères à l'arrière de l'entrepôt. Perle reprenait des forces. Durant la troisième nuit, elle l'aida même à chasser des pilleurs d'ordures qui cherchaient des ennuis. Cette nuit-là, ils entendirent des échanges de tirs, entre les hauteurs et la cité.

Dans la bruine du matin, le ciel tournait au rouge. C'était une belle journée et ils mirent le bateau à l'eau, voguant par-delà la digue pour prendre le nord sous la poussée d'une brise agréable.

Sur la ville, les canons s'étaient tus. On entendait seulement le lugubre hurlement des chiens, au loin, dans les terriers.

CHAPITRE 15

C'était au tour de Hari de se trouver mal. Assis à la barre, il n'avait même plus la force de garder la tête levée. Sa fièvre était violente et il frissonnait dans des sueurs froides. La progression était lente et les escales nombreuses ; ils devaient se reposer l'après-midi sur les plages et dormir sur les berges des criques le soir venu. Le vent ne soufflait plus. Ils avançaient à peine sur une mer d'huile et le soleil d'été brûlait la peau.

Perle craignait que Hari ne survive pas au voyage. Hari, lui, serrait les dents et souriait quand elle le regardait.

— Ça va aller, Perle, dit Hari, qui respirait fort et suait à grosses gouttes. C'est Ottmar qui s'accroche en moi. C'est Keech dans mon esprit. Mon corps combat le mal et je chasse la maladie de mes pensées.

Les trois collines apparurent au loin, avec le port minier accroché au littoral. La colline grise présentait une large balafre, brillante comme le verre. Ils passèrent sans en parler.

Hari lutta beaucoup pour guérir et, quand les collines eurent disparu au sud, il sentit ses forces lui revenir. Le littoral semblait lui aussi reprendre vie. Lors d'une escale, ils eurent la chance de pêcher des coquillages et de manger des fruits mûrs. Lentement, mais sûrement, ils arriveraient à Calanque. À la nuit tombée, la routine voulait qu'ils tirent le bateau sur une plage, qu'ils fassent du feu devant lequel ils s'asseyaient. Au début, ils avaient surtout discuté en silence, mais ils préférèrent bientôt échanger à voix haute. Ils aimaient le son de leurs voix, et les rires qui allégeaient le cœur.

Une nuit, tandis qu'ils dormaient côte à côte, enveloppés dans les couvertures, le froid les réveilla. C'était entre minuit et l'aurore, et ils virent les étoiles briller dans leurs yeux ouverts. De caresse en caresse, ils connurent bientôt le plaisir de se faire l'amour.

Ils restèrent sur cette plage le jour suivant et l'autre nuit aussi, puis repartirent vers Calanque. Deux jours de mer calme les menèrent jusqu'à Feuille-de-thé, qui les attendait devant la marée haute. Elle les accueillit à bras ouverts et leur parla tout haut, car elle avait deviné en eux ce désir. Ils discutèrent en se rendant à la maison de Sartok, mais Hari et Perle s'en tinrent aux grandes lignes : la boîte de sel, les balles d'Ottmar, le périple au cœur de l'Abîme de sel, les rats — tout fut abordé, mais sans grand détail. Ils lui dirent à propos du saut de l'ange depuis les hauteurs de la falaise et racontèrent le voyage de retour, et Feuille-de-thé comprit dans leur regard ce qu'ils avaient échangé et vécu en route.

Elle leur parla des Natifs cachés dans la ville qui rapportaient des combats meurtriers. Les fonctionnaires et les hommes des terriers avaient fait front commun pour attaquer l'armée des travailleurs, mais la lutte avait été difficile, les travailleurs possédant leurs propres batteries de canons. Personne n'avait remporté une victoire décisive. Les fonctionnaires avaient trahi le traité et joint leur force aux travailleurs pour chasser des hauteurs les hommes des terriers. Personne ne savait ce qui était arrivé à Keech.

— Le tissu même du monde s'effrite à présent, expliqua Feuille-de-thé. Il y a des hommes et des femmes qui chassent en bandes pour se nourrir, qui incendient les villages et les villes. Tout s'écroule et le désordre est omniprésent. Nous devons nous attendre à plus de famine, de violence et de mort, et cela durera plusieurs années.

— Et Tarl, qu'est-ce qu'on dit de lui ?

— Tarl a fui avec ses chiens. Il a traversé les plaines pour regagner la forêt, voire la jungle, à en croire les rumeurs. Tarl est déjà entré dans la légende. Les hommes parlent à présent de lui, mais disent le roi des chiens.

L'annonce les laissa sans voix. Hari eut beaucoup de peine pour son père, et cette nuit-là, comme la journée entière qui suivit, Perle resta avec lui, le réconfortant de ses paroles attentionnées et de sa présence. Pour aider Hari à retrouver la paix, Perle proposa de partir en bateau et ils allèrent au nord, s'arrêtant trois jours sur une plage de sable. Lorsqu'ils revinrent à Calanque, Hari avait fait une place dans son esprit pour Tarl, un lieu plein de souvenirs qu'il pourrait visiter le cœur en paix, malgré les larmes.

Ils travaillèrent dans les potagers et le fumoir à poissons, et Eentel apprit à Perle à jouer de jolis airs avec une flûte de bambou. Feuille-de-thé vint un jour les voir avec la question qu'ils attendaient : comment voyaient-ils l'avenir ? Et voici ce que Perle répondit :

— Hari et moi, nous avons discuté. Nous adorons Calanque, mais nous voudrions un endroit bien à nous, dans les terres peut-être, pour bâtir une ferme et y vivre le reste de nos jours. Nous voulons vivre loin de la cité. Et Feuille-de-thé, nous ne voulons plus entrer dans l'esprit des gens, nous ne voulons plus voler les souvenirs.

Feuille-de-thé leur sourit.

— C'est bien ce que j'avais cru comprendre. Et je connais justement l'endroit idéal, un coin de pays sur les pourtours de la mer intérieure. Les Natifs connaissent bien ce territoire, mais ne s'y sont jamais installés. Une rivière coule tout près et les terres y sont fertiles. Nous vous aiderons, Perle. Nous vous aiderons, Hari. Le peuple sans nom vous guidera dans la jungle. Les Natifs vous feront traverser la mer intérieure — elle eut un autre sourire. Nous vous apprendrons à bâtir une maison, à semer et à récolter les champs. Et un jour pas si lointain, peut-être, nous vous enverrons d'autres gens.

— Des gens, mais qui ?

— Perle, c'est le temps des semences, c'est l'ère d'un grand renouveau. Souviens-toi de Tilly. Son enfant est né. Nous les avons pris sous notre aile. Bientôt, ils découvriront le don que Hari et toi partagez. Et il y en aura d'autres. Moi, je retourne en ville...

— Non, Feuille-de-thé !

— Oui, mon enfant. Il le faut. Mais n'aie crainte, je sais comment cacher ma présence. Ainsi, nous vous amènerons Tilly, son bébé et les autres que nous trouverons. Des enfants qui savent parler la voix, qui savent l'entendre...

— Il y a une autre voix, déclara Hari.

— Oui, Hari, je sais. Ottmar a entendu cette voix. Et l'homme que vous appelez Keech a lui aussi répondu à son appel. Et toi, Hari, tu l'as entendue. Tu l'as combattue et chassée. Mais elle se cache et veille. Là où une voix s'exprime, il y aura toujours cette autre voix chez l'homme. Il en va de même chez les Natifs. Hari, tu pourrais l'entendre encore, mais sache que tu as fait ton choix, expliqua Feuille-de-thé en posant la main sur le poignet de Hari. Même si tu n'entends plus la voix que tu souhaites entendre, sache qu'elle se trouve toujours en toi, qu'elle ne te quitte jamais. Est-ce que tu la sens vibrer au rythme de ton cœur, dans ton pouls ?

Hari sourit.

— Oui, je la sens.

— Et toi, Perle, que ressens-tu, maintenant que tu portes un enfant ?

— Comment le sais-tu ? Je ne suis même pas sûre de le savoir moi-même !

— Je suis Feuille-de-thé, ta servante. C'est mon travail de savoir.

— Mais regarde ce que tu as fait. Regarde dans quel état tu as mis Hari. Je voulais être celle qui lui annoncerait.

— Pardon, c'est mon erreur, dit Feuille-de-thé. Vas-y, je te laisse faire la grande annonce, ajouta-t-elle en riant de bon cœur.

Ils quittèrent Calanque deux semaines plus tard. Feuille-de-thé les accompagna jusqu'à la rivière, puis prit la direction du sud vers la ville. Perle et Hari poursuivirent leur chemin, traversant la forêt, la jungle, puis la mer intérieure. Ils construisirent leur maison et ensemencèrent leurs champs. Et Perle eut une fille.

D'autres âmes perdues viendraient à eux ; ce n'était qu'une question de temps.

À PROPOS DE L'AUTEUR

Maurice Gee est l'un des grands écrivains de Nouvelle-Zélande. Né en 1931, il est l'auteur d'une quarantaine d'ouvrages destinés aux jeunes comme aux moins jeunes. Gee a remporté plusieurs prix littéraires, dont le Wattie Award, la Montana Deutz Medal pour une œuvre de fiction, le New Zealand Fiction Award et le Prix du livre de l'année décerné par l'organisme New Zealand Children's Book.

Parmi les romans pour jeunes adultes de Maurice Gee, nous retrouvons *The Fat Man*, *Orchard Street*, *Hostel Girl*, *Under the Mountain*, *The O Trilogy*, *Le sel* et *Gool*, les deux premiers livres de La trilogie du sel. Maurice Gee vit à Nelson, en Nouvelle-Zélande, dans l'île du Sud.

LA TRILOGIE DU SEL
LIVRE II

GOOL

Maurice Gee

« Gee plus fantasie égale incroyable. » *Real Groove*

A·A

CHAPITRE 1

Hari n'avait jamais exploré cette anse, mais sa connaissance de la mer intérieure l'invitait à croire qu'aucun danger n'y planait, qu'il vienne du ciel ou des forêts denses couvrant les vallées du littoral. À l'horizon, on ne voyait pas les nuages lourds, menaçants et crevassés qui annoncent la tempête, pas d'emportement dans le vent ni de sombres augures dans les collines au-delà des brousses en bord de plage. Il n'y avait donc rien de ces trois menaces que Hari craignait par-dessus tout : les orages soudains, les bêtes malfaisantes et inconnues, et les profondeurs obscures de la jungle où même le peuple sans nom n'aimait pas s'aventurer. Et la goélette glissait doucement sur une mer calme, le sable des plages avait le jaune du soleil, les collines se teintaient de jolies ombres bleues et l'air embaumait le parfum des nouveaux bourgeons.

— Karl, dit-il, emmène Lo. Vous prospecterez les terres à l'est depuis la plage et dans la brousse. Revenez ensuite à bord et ne vous perdez pas en route. Sal, tu pars avec Mond ; vous couvrirez l'ouest, mais ne grimpez pas dans les caps. Duro, tu prends Xantee et vous entrez droit dans les terres, mais sans trop vous éloigner. Je veux savoir si les arbres se tordent, ici. Arrêtez-vous aux premiers mouvements inquiétants et ne faites pas un pas de plus. C'est compris ? Bien, allez-y.

Ils partirent, pagayant dans les canots, six garçons et filles à demi vêtus — ils étaient cinq de l'âge de Hari et de Perle à l'époque de leur rencontre, et six à maîtriser le don de la voix, rivalisant d'aise et de clarté avec les Natifs dans cet art. Même Feuille-de-thé, lors de sa dernière visite, eut du mal à suivre le rythme, et surtout celui de Xantee et de Lo. Personne ne démontrait plus d'adresse, d'esprit et de sagacité qu'eux. Les mots qu'ils échangeaient en pensée étaient comme le vent, aussi lumineux qu'un soleil au zénith, ouvrant des espaces de connaissances que même Hari et Perle n'avaient pas la rapidité d'occuper. C'était étonnant que des êtres nés de leur amour, la chair de leur chair, les supplantent dans la maîtrise de la voix. Lo et Xantee comprenaient ce don que Hari et Perle avaient seulement découvert.

«Qui sont-ils? songeait parfois Hari. Et qu'ont-ils à apprendre en ce monde, de cette vie?» Ces questions le troublaient, car c'était celles auxquelles mille réponses sont possibles. Loin de cette mer intérieure, au-delà de la jungle et des montagnes, le monde s'agitait d'un bouleversement sans nom. Hari se l'imaginait comme un chaudron infernal, comme le volcan d'un millier de menaces, crachant dans les plus incroyables altitudes des panaches de fumées tourmentées, de la pierre en fusion, les gaz infects de la haine. C'était du moins ce qu'il concevait des nouvelles rapportées par Feuille-de-thé et d'autres Natifs, et c'était ce qu'on comprenait du monde depuis la ferme sur la lointaine rive de la mer intérieure. Hari ne pouvait s'empêcher de penser que l'existence était simple dans le Terrier du sang et que, malgré les dangers, on savait comment survivre dans ce trou du monde. Le présent était tout autre : ici, on n'avait aucune certitude et les rumeurs étaient ce qu'on avait de plus certain ; comme celles concernant une bête née dans l'humidité des cavernes et sortant des ténèbres vers la lumière du jour, et aussi des arbres qui tordaient leurs troncs dans la jungle, comme pour fuir un mal violent et sans remède.

Il regardait les enfants pagayant dans les canots, Karl et Lo vers l'est, Sal et Mond à l'ouest, et Xantee et Duro s'avançant droit devant. Ce furent eux les premiers à mettre le pied à terre. Hari avait confié la plus lourde tâche à sa fille — si le danger guettait dans la jungle, on le trouverait certainement là où l'abondance des arbres rendait la forêt impénétrable et non dans les étendues ouvertes des plages — et l'avait jumelée à Duro, le plus âgé des six. Duro n'égalait pas Xantee dans l'art de la voix, mais la vigilance de la fille de Hari suffisait pour deux. À son mérite, Duro maniait l'arme blanche aussi bien que Hari. Si d'aventure ils devaient se battre, si la jungle leur imposait l'une de ses infinies menaces, Duro était celui que Hari voulait voir aux côtés de sa fille.

Il les regarda disparaître dans les broussailles, puis entendit leurs pensées échangées, leurs voix comme l'insecte oubliant la fenêtre ouverte et bourdonnant dans le coin d'une pièce. Il aurait pu se forcer et déchiffrer les mots de leurs voix silencieuses, mais il n'y tenait pas. Karl et Lo avaient tiré leur canot sur la plage et marchaient à présent vers l'est; Sal et Mond, trottant pour couvrir plus de terrain, s'éloignaient à l'ouest. Pour Hari, le mot ouest avait même dans sa sonorité quelque chose d'une menace. C'était de ce point cardinal qu'était venue la Compagnie, sous le règne de laquelle la moitié de son peuple avait été massacrée, et le reste réduit en esclavage. Et bien qu'il ne restait plus aujourd'hui de la

Compagnie que d'amers souvenirs, Hari savait en son for intérieur qu'elle renaîtrait de ses cendres, qu'elle se relèverait à l'ouest de l'horizon, sa grande flotte noire comme un nuage empoisonné sur la mer. Et il en subsistait des vestiges, en ce qu'elle avait de plus sombre, dans les bandes de malfrats et de sauvages qui écumaient les campagnes autour de la cité ruinée. Perpétuant cette tradition de violence, Keech vivait encore — Keech, le chef du terrier du même nom, un homme borgne, mais que cette infirmité ne diminuait aucunement tant son esprit percevait tout. C'est par lui que l'union des terriers s'était faite et il régnait en roi sur tous ses hommes, un souverain vêtu de loques sur un trône de clous et de planches. Il y avait aussi l'Auditeur, un clerc parmi les hauts fonctionnaires de la défunte Compagnie, qui régnait sur Ceebeedee, le quartier des affaires. Contrairement à Ottmar —le roi autoproclamé dont la mort fut précipitée sous les crocs d'une meute de chiens — l'Auditeur avait eu la grande intelligence de ne pas prétendre à la royauté ; d'ailleurs, quel sot n'aurait pas vu dans le titre d'auditeur un plus grand pouvoir à moindre risque ?

Hari frissonna, se remémorant ces lieux et ces événements — cela dit, il n'avait jamais eu honte ou regretté son enfance. C'était étrangement les mots « chez soi » qui lui venaient aussitôt en tête quand il repensait au Terrier du sang, ce dédale incroyable de chemins de fuite dans la maçonnerie effondrée, de puits, de murs aveugles et abattus, d'escaliers ne menant nulle part ; quand il pensait aux marais cachant de leurs eaux saumâtres les grands parcs qui verdoyaient avant la venue de la Compagnie, aux meutes de chiens en maraude et aux hommes chassant le rat pour se nourrir. Et ces images l'amenaient à revoir le Terrier de Keech, bordant celui de sa naissance, et ensuite ceux de Keg et des maisons closes. De repenser à ces lieux comme à une maison perdue n'avait aucun sens. Chez lui, c'était ici, sur le littoral à l'est de la mer intérieure, sur la ferme avec ses champs, ses vergers et ses jardins, dans cette maison aux vastes pièces. Et plus encore, chez lui, c'était auprès de sa famille, auprès de Perle, de Xantee, de Lo et des jumeaux, Fleur et Hubert. Pourtant, le Terrier du sang réapparaissait toujours dans ses pensées, ancré si profondément en lui. Il n'en avait pas peur et ne regrettait rien : Hari comprenait qu'il était le fruit de ses jeunes années, qu'il serait un tout autre homme sans les épreuves qu'elles avaient imposées. Mais il ne voulait plus jamais remettre les pieds dans le Terrier du sang.

Il avait par ailleurs ce désir de revoir Tarl — Tarl qui avait fui la bataille sur les hauteurs de l'Enclave avec sa meute de chiens, qui avait traversé les terres désertes vers la forêt, puis la forêt vers la jungle, où l'on disait qu'il régnait en maître, le roi des chiens et sa meute de mille têtes, et tous les autres animaux qu'il avait, comme un vrai souverain, pour sujets. Tarl, c'était le père qui avait porté Hari sur ses épaules, qui l'avait nourri, lui apprenant tout ce qu'il fallait savoir pour survivre dans le Terrier du sang.

Hari avait souvent appelé et envoyé des messages : «Tarl, je suis vivant», disait-il. Faute de réponse, il en était venu à croire que son père était mort depuis longtemps, que seule la légende lui survivait. Malgré tout, il gardait espoir.

Hari chassa de son esprit les fantômes du passé pour écouter ce que se disaient en pensée Xantee et Duro.

— *Pas de piste au sol*, observa Duro.

— *Pas de scat*, dit Xantee.

— *Mais le chant des oiseaux*, fit remarquer Duro. *Des oiseaux vivent ici, ou ce n'est qu'une simple visite.*

— *Regarde, un oiseau-cristal !*

— *Je n'ai jamais entendu son chant*, avoua Duro.

— *Écoute*, lui suggéra Xantee.

Hari l'entendit à travers eux, en sondant leurs sens, une cabriole de notes rondes qui sonnaient presque faux. Hari devenait nerveux. Les enfants écoutaient le chant de l'oiseau, mais en oubliaient le danger. Qui surveillait la forêt ?

— *Moi, Hari*, répondit Xantee. *Ne t'inquiète pas.*

Hari cligna des yeux. Il eut l'impression d'avoir reçu une tape sur le front. Comment Xantee et Lo faisaient-ils cela ? Comment savaient-ils à une telle distance qu'on s'inquiétait pour eux ?

— *À quoi ressemble la jungle ?* demanda-t-il en silence.

C'est Xantee qui lui répondit :

— *Il y a des fougères, des plantes grimpantes et des arbres. Je ne sens pas de ténèbres, ici.*

— *Ne vous aventurez pas trop loin.*

Il s'intéressa à Karl et à Lo — Karl qui lui faisait penser à un troupeau de bisons en marche, et Lo, qui tantôt était là, tantôt avait disparu. Lo était si rapide que personne ne savait le suivre. «Comme un chat-crocs, pensa Hari, mais sans la sauvagerie de l'animal, un chat-crocs qui préfère aller ronronner au soleil.» Lo manquait encore de maturité et il lui restait encore beaucoup à apprendre. Hari avait mis Karl chargé de la paire, non seulement parce qu'il était plus vieux, mais aussi parce que son amour de la mer avait ouvert en lui des espaces d'une grande sérénité que Lo ne devinait pas encore. Ils formaient une excellente équipe, mais bientôt Karl serait dépassé par Lo. Avec Xantee, Lo atteindrait vite la perfection.

Hari se secoua pour retrouver sa concentration. Il n'aimait pas les idées qui envahissaient ses pensées, des inquiétudes plus fréquentes ces derniers temps, avec les nouvelles du monde au-delà des montagnes et les rumeurs d'un mal rôdant dans la jungle. Hari craignait plus que tout d'avoir à envoyer ses enfants au combat. Il avait bâti pour eux une maison et il voulait les voir grandir sur la ferme avec les autres enfants, apprenant à travailler la terre comme lui et Perle l'avaient fait pour un jour fonder leur propre famille.

Il regarda Karl et Lo entrer dans les broussailles.

— *Est-ce que vous trouvez quelque chose ?* demanda-t-il aux enfants.

— *Je vois une trace au sol*, répondit Karl. *On dirait qu'un cerf des marais est passé par ici. Il y a des moustiques aussi.*

— *C'est un marais devant vous. Il y aura des serpents.*

— *Et des hélicoptères d'eau*, ajouta Lo, tout heureux.

— *Soyez prudents.*

Il porta son attention sur Sal et Mond ; les vit atteindre le bout de la plage et s'arrêter, jetant tout autour des regards mal assurés.

— *Sal, Mond, quelque chose ne va pas ?*

— *Il n'y a pas d'oiseaux. C'est trop calme*, expliqua Sal.

— *Et ça sent drôle*, ajouta Mond.

— *D'accord, restez où vous êtes.*

— *Je pense qu'il faut avancer un peu dans les terres. Peut-être trouverons-nous des coucous.*

— *Pas de coucou dans les parages*, vint la voix lointaine, mais claire de Xantee, ce qui surprit à nouveau Hari.

Comment pouvait-elle tout entendre ?

— *Sors de nos têtes, Xantee*, se fâcha Sal. *Tu pourrais au moins cogner avant d'entrer !*

— *Je m'excuse, mais il n'y pas de coucou. Je sentirais leur présence, s'il y en avait.*

— *Allons voir et nous en aurons le cœur net*, dit Mond.

www.ada-inc.com
info@ada-inc.com

 www.facebook.com/EditionsAdA

 www.twitter.com/EditionsAdA